DREAMBOOKS★

DREAMBOOKS

DREAMBOOKS★

DREAMBOOKS

사도연 판타지 장편소설

ORIGINAL FANTASY STORY & ADVENTURE

dream books
드림북스

두 번 사는 랭커 11 독식자

초판 1쇄 인쇄 2019년 12월 11일
초판 2쇄 발행 2020년 11월 30일

지은이 사도연
발행인 오영배
편집 편집부
일러스트 우문
표지·본문 디자인 오정인
제작 조하늬

펴낸곳 (주)삼양출판사 · 드림북스
주소 서울시 강북구 도봉로 173
대표 전화 02-980-2112 **팩스** 02-983-0660
편집부 전화 02-987-9393 **팩스** 02-980-2115
블로그 blog.naver.com/dreambookss
출판등록 1999년 3월 11일 제9-00046호

ⓒ 사도연, 2019

ISBN 979-11-283-9769-1 (04810) / 979-11-283-9659-5 (세트)

+ (주)삼양출판사 · 드림북스의 서면 허락 없이는 어떠한 형태나 수단으로도 이 책의 내용을 이용하지 못합니다.
+ 지은이와 협의하에 인지는 생략합니다. 잘못된 책은 구입한 곳에서 바꾸어 드립니다.
+ 이 도서의 국립중앙도서관 출판시도서목록(CIP)은 서지정보유통지원시스템홈페이지(http://seoji.nl.go.kr)와
  국가자료종합목록 구축시스템(http://kolis-net.nl.go.kr)에서 이용하실 수 있습니다. (CIP제어번호 : CIP2019049124)

드림북스는 (주)삼양출판사의 판타지 · 무협 문학 브랜드입니다.

사도연 판타지 장편소설

ORIGINAL FANTASY STORY & ADVENTURE

11

두 번 사는 랭커

| 독식자 |

dream books
드림북스

목차

Stage 36. 성장   007

Stage 37. 독식자   159

Stage 36.
성장

시간은 쏜살같이 흘렀다.

어쩌면 탑이 생성된 이래 가장 혼란스러웠다고 할 수 있을 시간. 너무 정신없었기에 모두가 '벌써 그만큼이나 흘렀어?'라고 반문을 할 정도였다.

그동안 벌어졌던 일들은 거대 클랜의 소속원들이며 저층 구간에 있는 일반 플레이어들, 심지어 은거를 택한 자들도 피부로 느낄 수 있을 만큼 거칠었다.

여름여왕이 무너지면서 레드 드래곤은 존폐의 기로에 섰다.

수많은 승냥이들이 그들을 위협했다. 혈국이 가장 열성

적으로 물어뜯었고, 마군은 81개의 눈을 사냥하기 시작했다. 엘로힘은 시의 바다와 손을 잡고 76층으로의 진입을 시도했다.

그 외에도 크고 작은 클랜들이 서로 연합을 해서 각 층에 있는 레드 드래곤의 영역을 침범해 약탈하는 등, 레드 드래곤은 대내외적으로 큰 위기에 부딪쳤다.

하지만 레드 드래곤은 레드 드래곤. 아무리 여름여왕이 없어졌다고 해도, 오랜 역사만큼이나 내실도 단단히 다져져 있는 곳이었다.

특히 여름여왕을 대신해 레드 드래곤을 이끌게 된 비희 왈츠가 가장 눈에 띄었으니.

여태껏 베일에 가려져만 있던 그녀는 외뿔부족과의 전쟁에서 뛰어난 모습을 보이더니, 곳곳에서 벌어진 전투에서도 맹활약을 했다.

무공이면 무공. 마법이면 마법. 어느 것 하나 부족한 면이 없었고, 그녀가 나타난 전투에서는 언제나 커다란 승리가 남았다.

비록 여름여왕에 비하면 모자란 구석이 있을 것이나, 다른 아홉 왕에 비해도 절대 뒤처지지 않는 실력을 발휘했으니.

특히 76층에서 대대적인 침공을 벌인 엘로힘을 상대로,

세 집정관의 합공에서 무승부를 이뤄 낸 순간, 레드 드래곤은 더 이상 이빨 빠진 종이호랑이가 아닌, 다시 발톱을 날카롭게 간 들짐승으로 돌아와 있었다.

때문에 레드 드래곤은 많은 피해를 입고도, 여전히 명실상부한 최고 집단으로 남아 있을 수 있었다.

하지만.

문제는 바로 그 뒤에 벌어졌다.

비희 왈츠가 겨우겨우 침공을 막아 내고 난 뒤에 76층을 사수했다며 안심을 한 순간.

그동안 몸을 바짝 낮추면서 기회를 엿보고 있던 용생구자의 다른 형제들이 동시에 왈츠를 공격한 것이다.

이미 지칠 대로 지쳤던 왈츠는 무참히 패배하고 말았고, 자신을 따르는 소수의 무리만 데리고 겨우 76층을 탈출할 수 있었다.

그리고 다시 텅 비어 버린 왕좌를 향해, 용생구자들이 다시 격돌했다.

내란이었다. 그들은 오로지 새로운 왕이 되고 싶은 마음밖에 없었다.

81개의 눈과 여러 무력 부대는 서로 다른 주인을 섬기면서 여러 갈래로 쪼개졌고, 얼마 전까지만 해도 전장에서 함께 어깨를 맞대고 싸우던 동료의 심장을 칼로 찔렀다.

그러다 다시 하루가 지났을 때.

레드 드래곤은 크게 세 곳으로 갈라지고 말았다.

'봄의 여왕'이라는 별칭을 갖게 된 왈츠의 화이트 드래곤.

막내였지만 형제들을 차례로 삼키면서 갑자기 급부상하게 된 '가을군주' 탐의 블랙 드래곤.

이 둘보다 상대적으로 약세이지만, 연합을 이루면서 비등하게 덩치를 키운 할, 이수, 바하라탄의 그린 드래곤.

겨우 진정된 것 같았던 76층은 이제 다시 삼파전으로 갈려, 서로 먹고 먹히는 긴 전쟁에 들어서고 말았다.

그리고 여기에 발맞춰서 다른 거대 클랜들도 새로운 변화를 시도했으니.

청화도가 무너졌을 때와는 비교도 할 수 없는 혼란의 소용돌이는. 점차 그 아래에 있던 플레이어와 중소 클랜까지 집어삼켰다.

클랜들이 서로 잡아먹고 먹히기를 반복하면서 8대 클랜의 아성을 위협할 만한 새로운 클랜들이 우후죽순으로 나타나고, 신예 플레이어들이 하루에도 수십 명씩 랭커의 자리를 차지하면서 새롭게 떠올랐다.

이제 탑의 세계는. 칼이 진리였고, 법칙이 되었다.

격동(激動).

한 단어로 축약해서 설명하라면. 그렇게 말할 수 있으리라.

* * *

탑의 세계가 그렇게 혼란스럽게 굴러가는 와중에도, 모든 곳이 그런 건 아니었다.

외뿔부족은 소용돌이에서 벗어나 여전히 고요한 일상을 보냈다. 그나마 그들을 바쁘게 했던 궁무신도 언제부턴가 증발한 것처럼 아예 종적을 감추면서 잠잠해졌다.

그리고.

그건 연우와 일행도 마찬가지였다.

연우와 브라함은 비에라 둔의 허물이 토설했던 정보를 바탕으로, 아난타의 치료약을 개발했다.

그동안 발푸르기스의 밤이 '그릇'을 마련하기 위해 아난타에게 각종 약물을 너무 많이 투여한 탓에, 이것을 모두 씻어 내고 몸을 낫게 하는 데에는 상당한 수고가 필요했다.

그래도 다행히 브라함은 연단술로 이름을 알린 만큼, 개발에도 일가견이 있었다. 연우도 용의 지식 창고, 호크마를 수시로 열어 옆에서 도와주고, 대장로는 일족 내 약서를 개방해 주었다.

그리고. 몇 달이 흐른 뒤에 브라함은 드디어 치료약 개발을 마칠 수 있었다.

연우가 동석한 가운데. 브라함은 천천히 회복 캡슐에서 아난타를 꺼내었다.

그는 눈꺼풀이 파르르 떨리는 딸의 모습을 보면서 갖가지 생각에 잠겼다.

딸이 눈을 뜨면 가장 먼저 무슨 말을 하는 게 좋을까? 그동안 고생했다고 해 줘야 하나? 아니면 말없이 머리를 쓰다듬어 줘야 할까? 세샤가 얼마나 건강하게 자랐는지 먼저 보여 주는 게 좋지 않을까? 아니, 혹시 딸이 여전히 자신을 미워하고 있으면 어떡하지?

하지만 그런 생각들은, 아난타의 눈이 뜨인 순간 모두 사라졌다.

"아난타."

브라함은 아난타의 손을 꽉 쥐었다. 호흡기에 의존해 겨우 숨을 쉬고 있는 딸이 너무 안타깝게 보였다. 가슴 한쪽이 울컥했다. 이럴 때는 육체가 호문클루스라는 점이 원망스러웠다. 눈물이라도 흘리고 싶은데. 같이 온기를 나누고 싶은데. 그럴 수가 없었다.

그런데.

금방 잡힐 줄 알았던 아난타의 초점이 오래도록 잡히질

않았다. 두 눈은 빈 허공만을 응시했다. 분명 의식은 돌아왔을 텐데. 순간, 알 수 없는 불안감이 브라함의 등골을 스쳐 지나갔다.

뒤에 있던 연우의 표정도 딱딱하게 굳었다.

* * *

브라함의 불안감은 현실이 되고 말았다.

아난타를 회복 캡슐에서 꺼낸 뒤. 브라함은 아난타를 회복시키는 데 집중했다. 다행히 차도는 있었다. 몇 주 사이에 확연히 차이가 날 만큼.

하지만.

아난타는 여전히 정신을 차리지 못했다. 옆에서 도와주면 식사도 하고, 걸을 수도 있었다. 그러나 거기까지였다. 하루 종일 그저 멍하니 앉아만 있을 뿐. 말을 하지 못했고, 사람을 알아보지 못했다. 심지어 세샤까지도.

이유는 도저히 알 수 없었다.

트라우마 때문에 실어증이나 자폐에 빠진 게 아닌가 짐작하는 게 전부일 뿐. 이런저런 정신적 치료를 병행해도 도저히 차도가 보이질 않았다.

그래서. 브라함은 그런 딸의 곁에서 고통스러운 시간을

보내야만 했다.

하루에도 몇 번씩 이게 하늘이 내린 벌이 아닐까 싶었다.

그동안 딸을 챙기지 못하고 제 욕심만 채우다 이제야 받게 된 벌. 하지만 벌이 내릴 것이면 자신에게나 내릴 것이지, 어째서 딸에게 떨어진 걸까. 이게 전부 자신 때문인 것만 같아, 가슴이 미어졌다.

그리고 그런 모습은.

연우에게도 너무 큰 공허함으로 다가왔다.

'내가 조금만 더 일찍 알았더라면.'

연우는 손끝을 까닥거렸다. 지구였다면 담배라도 물었을 텐데. 탑에 들어오고 나서 담배 생각이 이렇게 간절한 적이 없었다. 그만큼 답답했다.

그래서 연우는 처음으로 대장로에게 부탁해 술을 한 병 가져왔다. 쨍. 술병과 술잔이 요란하게 부딪치면서 맑은 소리를 냈다. 간만에 마시는 술은 썼다.

그리고 두 번째 잔을 기울이려는데. 갑자기 손 하나가 불쑥 튀어나와 잔을 가로막았다. 고개를 들었다. 판트가 에도라와 함께 입술을 삐죽 내밀면서 투덜거리고 있었다.

"청승맞게 혼자서 뭐 하는 거유? 이런 건 같이 마셔야 재미있지."

판트는 허락도 받지 않고 술잔을 빼앗아 날름 자신이 마셔 버리고, 맞은편에 털썩 앉았다.

에도라는 연우의 옆에 앉아 조용히 빈 잔을 채워 주었다. 또르르. 연우는 채워지는 술을 가만히 바라봤다. 맑은 술 위에 비친 자신은 가면을 쓰고 있었지만, 그 안에서 쓰게 웃고 있다는 게 선명하게 느껴졌다.

자신에게도 이렇게 잘 보이는데. 판트와 에도라라고 모를 리가 없었다.

하지만 두 사람은 연우에게 왜 그러는지 묻지 않았다. 그저 조용히 옆자리만 지켰다. 같이 술병을 기울이고, 술잔을 부딪쳤다.

그러면서 연우도 복잡했던 머릿속을 조금씩 정리할 수 있었다.

그는 탑에 들어오고 나서도 세샤의 존재를 몰랐다. 브라함과 아난타가 어떤 고난을 겪는지 짐작도 못 했다. 비에라 듄이 무슨 수작을 부렸는지 생각지도 않았다.

「그걸 주인이 어떻게 알아? 주인이 무슨 올포원처럼 천리안을 부리는 것도 아니고, 앉은뱅이 세 여신처럼 예지를 할 수 있는 것도 아닌데?」

「그렇습니다. 너무 깊게 마음 쓰지 마십시오.」

샤논과 한령이 어떻게든 그런 연우를 달래려 했지만, 연우는 그런 생각에서 좀처럼 벗어날 수가 없었다.

조금만 더 빨랐더라면. 조금만 더 서둘러서 아난타를 구해 냈더라면. 비에라 듄을 처단했다면. 그때는 세샤에게 아픈 엄마를 보여 주지 않아도 되었을 것이다.

그리고 이런 좌절감과 후회는 다른 생각에 다다랐다.

'힘이 있었다면.'

이 모든 것들이 약하기 때문에 벌어진 일들이었다.

자신이 조금만 더 강했다면 아래층에서 시간을 더 끌지 않아도 되었을 것이다. 그렇다면 세샤와 아난타를 좀 더 빨리 구출할 수 있었겠지.

물론, 예전에도 이런 생각을 몇 번씩 가진 적이 있었다.

힘만 있다면 금방이라도 복수를 끝낼 수 있을 테니까. 그리고 원하던 대로 탑을 부술 수도 있었을 것이다.

하지만 이번에는 조금 이유가 달랐다.

'지붕이 되어야 해. 내가.'

홀몸이었던 처음과 다르게. 이제 연우의 주변에는 '자신의 사람'이 가득했다.

브라함, 아난타, 세샤. 충실한 권속이 되어 준 샤논, 한령, 레베카, 부. 그 외에도 판트와 에도라, 갈리어드가 있다. 무왕은 이제 소중한 스승이었고, 외뿔부족은 가족이었다.

복수도 복수지만, 이젠 주변 사람들도 지켜야만 했다. 울타리. 혹은 지붕. 그런 존재가 되고 싶었다.

 무왕이 그랬다. 그는 여름여왕을 상대하면서도, 일족을 지킬 수 있을 만큼 강했다. 다른 한편으로는 일족들도 그런 무왕을 따르면서 무왕이 싸움이 전념할 수 있게끔 단단히 등을 받쳐 주었다.

 서로가 서로를 굳게 신뢰하고, 거리낌 없이 등을 맞댄 것이다.

 연우는 그 광경을 본 뒤로 줄곧 생각했다. 자신도 그러고 싶다고. 때로는 자신이 울타리가 되어 주변인들을 지켜 주고, 또 다른 때에는 그들이 자신의 등을 지켜 주는. 그런 광경을 꿈꿨다.

 비록 가슴 한편에는 동생과 아르티야 간의 관계처럼 되지 않을까 하는 불안감도 있었지만.

 동생이 일기장에서 했던 말마따나, 부끄럽지 않은 형이 되고 싶었다.

 그리고. 마지막까지 친구와 연인에 대한 믿음이 절대 헛된 게 아니었다고 생각했던. 동생의 그런 마음이 옳았다는 것을 증명해 주고 싶었다.

 나와 내 사람을 지키고 싶다. 그것이 연우의 뇌리에 강하게 박힌 생각이었다.

 그래서 연우는 그런 생각들을 모두에게 털어놓았다.

「……뭐야, 오글거리게. 갑자기 그런 말하면 내가 소름 돋잖아. 으어어어!」

「저희는 주인께 종속된 존재입니다. 주인이 걷고자 하는 길을 걸으십시오. 샤논이 말은 저렇게 해도, 속은 그렇지 않습니다. 저희는 묵묵히 주인의 뒤를 따라 걸을 뿐입니다.」

샤논과 한령은 그들답게 대답을 하고.

"험험! 난 또 이 양반이 야밤중에 무슨 헛짓거리를 해 대려 하나 싶었더니. 그런 거였수? 나 참."

"오라버니. 혹시 제가 예전에 했던 말 기억하세요? 멍에를 나누고 싶다던 말."

판트는 고작 그런 것으로 고민했냐면서 고개를 절레절레 흔들고, 에도라는 조심스럽게 연우의 눈을 마주쳤다.

연우는 또렷하게 빛나는 그녀의 눈동자 속에서 어떤 목소리를 떠올릴 수 있었다.

—오라버니가 어떤 멍에를 지고 있는지 보고 싶었어요. 그것을 같이 나누고 싶다고 하면 잘못된 걸까요?

23층에서 아가레스와 격전을 벌이고 쓰러졌던 날. 에도라는 연우를 꼭 끌어안으면서 그렇게 말했다. 자신들을 진심으로 동생으로 생각한다면, 속에 담은 멍에를 같이 나눠 달라고.

여기에 연우는 언젠가 털어놓겠노라고 말했었다.

그리고. 그 언젠가가, 바로 오늘인 것 같았다.

연우는 두 사람 앞에서 가면을 벗었다.

아무런 예고도 없이. 어쩌면 술기운에 저지른 충동적인 선택이었는지 몰라도. 후회는 없었다. 그들에게 자력으로 맨 얼굴을 보여 준 건 이번이 처음이었다.

이미 한 차례 본 적이 있던 에도라는 드디어 마음을 열기 시작한 연우를 보면서 담담하게 웃으며 고개를 끄덕였고, 판트는 놀란 눈이 되어 연우를 바라봤다.

"헤븐윙……?"

연우는 밤새 그들과 술잔을 나누면서 자신의 사연에 대해서 말하기 시작했다.

술자리는 담담했다. 여전히 그날의 일을 떠올리면 속에서 불이 나는 것처럼 감정이 들끓었지만. 연우는 절대 내색하지 않았다. 마치 타인의 일처럼 이야기를 했다.

도리어 역정을 낸 건 판트였다. 울화가 치밀어 오른다는 듯 주먹으로 가슴을 두들기기도 하고, 술잔으로 탁상을 세게 내려치기도 했다.

에도라는 자신이 짐작했던 것보다 훨씬 심각한 사연에 눈썹을 파르르 떨었지만, 입을 꾹 다물고 아무 말도 하지 않았다.

"……."

"아버지는? 아버지는 이 사실을 아시우?"

연우는 고개를 가로저었다.

"말씀드린 적 없다."

"하여간 자기 일에만 관심 많은 양반이지! 제자가 이런 일을 겪었다는 걸 여태 모른다는 게 말이나 됩니까?"

판트는 자리에서 벌떡 일어났다.

"안 되겠수."

"뭘 하려고?"

"뭘 하긴 뭘! 형님은 이제 우리 일족의 사람이나 다름 없잖수. 일원의 일은 곧 일족의 일. 형님이 그런 고초를 겪었는데, 족장이라는 양반이 엉덩이를 깔고 앉아 있는 게 말이나 되냐 이겁니다!"

술기운에 당장이라도 튀어갈 것 같은 모습. 연우가 제지하기 전에 에도라가 버럭 소리를 질렀다.

"앉아, 이 등신아!"

"무, 뭐? 등신?"

여태껏 연우 앞에서는 조신한 태도를 보이려 했던 에도

라도, 이번에는 감정을 쉽게 다스릴 수가 없었다. 오히려 판트가 당황할 정도였다.

하지만 에도라는 여전히 도끼눈을 뜬 채 소리를 질렀다.

"그래. 등신아. 설마 아버지가 오라버니의 사연을 정말 모르신다고 생각하는 건 아니지?"

판트는 입을 꾹 다물고 말았다. 무왕은 세상사에 관심 없는 척하며 마을에 집중하지만, 언제나 주변에 눈과 귀를 거두지 않았다. 아무리 아버지라지만, 속이 시커멓다는 것만큼은 누구보다 잘 알고 있었다. 게다가 그의 곁에는 어머니인 영매도 있었다.

"아직도 모르겠어? 아버지는 오라버니에게 기회를 주시는 거야. 제대로 자라서 날갯짓을 할 수 있도록. 다른 천적으로부터 보호해 주고 계시는 거라고."

"……!"

판트는 순간 술이 확 깨는 기분이었다. 그는 아무 말 없이 자리에 털썩 앉아 다시 술잔을 기울였다. 동생은 언제나 이렇게 냉정하게 상황을 파악하는데. 왜 자신은 이렇게 성질머리만 앞서는 걸까.

"아버지는 알고 계신 거야. 오라버니가 언젠간 둥지를 떠날 거란 걸. 오라버니도, 자신의 손으로 모든 걸 마무리하길 원하시는 거고."

판트는 고개를 끄덕였다. 그가 보았던 연우는 절대 일족에 갇힐 사람이 아니었으니까. 연우가 무왕의 등을 보듯이, 판트는 연우의 등을 보고 있었기에 잘 알고 있었다.

그래서 판트는 궁금했다.

여태껏 이런 일에는 전혀 아무런 언급도 않던 양반이. 왜 갑자기 자신들에게 이런 속내를 털어놨을까 하고.

그래서 판트는 연우를 빤히 쳐다봤다. 금방이라도 연우를 잡아먹을 것처럼.

그는 아무런 질문도 던지지 않았다. 대신에 그 속에 담긴 진심을 더 내놓으라는 듯, 강렬한 눈빛만 보냈다.

때로는 백 마디의 말보다 한 번의 눈빛이 더 진실된 법이었다.

그리고 연우는 그 눈빛에 담긴 판트의 질문이 무엇인지 잘 알고 있었다. 외뿔부족에서도 꽤나 귀하다는 술이 담긴 잔을 꺾었다. 뜨거운 뭔가가 목젖을 타고 위까지 내려가는 게 느껴졌다. 도수가 높은 술인데도. 이상하게 정신이 번쩍 깼다.

탁!

연우는 그렇게 술잔을 탁상에 내려놓으면서.

"난."

여태 눌러 뒀던 진심을 꺼냈다.

"너희들이 내 날개가 되어 줬으면 한다."

"날개?"

판트는 그게 무슨 생뚱맞은 말이냐는 얼굴로 연우를 쳐다봤다. 하지만 은근히 오글거리는 것을 좋아하는 녀석의 두 눈에는 숨길 수 없는 기대가 엿보였다.

연우는 고개를 주억거리면서 말을 이었다.

"그래. 날개. 말했지만, 내가 앞으로 하고자 하는 건 무모한 짓이나 다름없다. 탑, 그 자체와 싸우는 것이니까. 그러니 너희에게 도와달라는 말을 하기가 어려워. 게다가 너희는 일족도……."

"형님."

판트는 듣기 지겹다는 듯이 새끼손가락으로 귓구멍을 후벼 파더니 도중에 연우의 말허리를 잘랐다.

"왜?"

후우! 판트는 손가락에 묻은 이물질을 입김으로 불면서 씩 웃었다.

"그럴 때는 말이유. 쓸데없는 말 이것저것 붙이지 말고, 딱 한 마디만 하면 되는 거유."

"……?"

"도와줘, 라고."

"……!"

"난 또 무슨 진지한 말을 이렇게 길게 늘어놓는가 했네. 평소에는 툭하면 말이 짧아서 사람 심기 상하게 하더니. 이제 보니 형님도 말이 많은 양반이었수? 으흐흐."

판트는 어깨가 들썩이도록 웃었다. 에도라는 연우를 보면서 고개를 끄덕였다. 전 오라버니의 멍에를 나누고 싶어요. 다시 한번 더 그녀의 목소리가 귓가에 울리는 것 같았다.

연우는 가만히 눈을 감았다. 이 두 사람에게 해 줄 말은 하나밖에 없었다.

"고맙다."

예전부터 줄곧 느꼈던 것이지만. 자신이 탑에 오고 나서 가장 잘한 일은 역시나 이 두 남매를 만난 것이었다.

판트는 검지로 붉어진 콧잔등을 긁었다. 부끄러워서 그런지, 취기가 올라서 그런 건지. 그러다 녀석은 잔에 있던 술을 날름 들이켰다.

"크! 그리고 다른 걱정은 할 필요 없수. 일족이야 우리 없어도 아버지가 어련히 알아서 잘 굴리실 테고, 다른 놈팡이가 후계자 자리를 가로채도, 뭐. 그까짓 거 쥐 패서 빼앗아 버리면 그만이잖수?"

참 판트다운 말이었다. 판트는 익살맞게 웃었다.

"그리고 남아로 태어났으면, 어? 세상과도 맞서 싸워 보는 그런 패기를 지녀야지. 호연지기! 크으! 내가 들어도 멋진데!"

"난 여잔데?"

에도라가 장난스레 물었지만.

"응? 네가 왜 여자야?"

"죽을래?"

"네 소중한 오라버니가 보고 계신다."

"……이따 보자."

"으하핫! 지금 많이 보려무나. 동생아."

판트는 에도라가 도끼눈으로 자신을 째려보거나 말거나 크게 웃음을 터뜨렸다.

에도라는 이를 바득 갈면서 술이 깨고 난 뒤에 응징을 하겠다고 속으로 다짐하고, 차분한 표정으로 되돌아와 연우를 돌아봤다.

"그런데 오라버니, 앞으로 계획은 어떻게 되는 건가요? 이런 말씀을 꺼내신 건 어떤 계획이 있기 때문 아닌가요?"

연우는 고개를 끄덕였다.

"클랜을 만들 계획이다."

두 남매의 눈이 살짝 커졌다.

"클랜?"

"조직부터 구축하려고 하시는 거군요."

"일단은 그게 가장 중요하니까. 기반부터 마련을 해 둬야 위를 쌓을 수 있겠지."

"으흐흐. 여기 있는 우리가 그 창립 멤버고?"

판트는 재미있어 죽겠다는 듯이 피식피식 바람 새는 소리를 냈다.

"하지만 아직 인원수도 그렇고, 준비가 덜 끝났으니 당장 창설은 힘들 테고. 그 전까지 우리는 뭘 하면 되는 거요?"

"강해져라."

"흠."

판트는 입을 꾹 다물었다.

"강해져. 아무리 눌러도 눌리지 않고, 아무리 부딪쳐도 절대 깨지지 않을 정도로."

"형님의 옆에 서기에 부끄럽지 않게 되라는 거구만. 이건 좀 자존심이 상하는데."

판트는 제자리에서 벌떡 일어났다. 불을 지핀 것처럼 두 눈이 활활 타올랐다.

"차라리 잘되었수. 나도 짐짝 되는 건 딱 질색이니까. 날개가 되라고 했지? 날개가 아니라 아예 이빨이 되어 줄 테니까, 제대로 해야 합니다. 못했다가는 도리어 형님이 씹어 먹히게 될 테니."

술은 다 마셨다. 판트는 몸을 휙 돌리면서 자리를 떴다. 에도라도 연우에게 고개를 숙이고, 똑같이 판트의 뒤를 따랐다.

홀로 남은 자리.

연우는 마지막 남아 있던 잔을 입에 털어 넣었다. 탁. 잔을 탁상에 내려놓는 소리가 유달리 크게 느껴졌다.

* * *

그 날부터.

일행은 바깥세상만큼이나 바쁜 시간을 보내기 시작했다.

부는 던전을 만드는 데 전력을 다했고, 브라함은 갈리어드와 함께 아난타의 치료에 힘쓰며 외우주를 복구하느라 정신이 없었다.

샤논과 한령은 미후왕의 유산을 해석하는 것에, 레베카는 신력을 회복하는 것에 몰두했다.

다들 연우의 의견에 깊게 공감한 데다가, 지난 레드 드래곤과의 전쟁에서 깨달은 점이 많았기 때문이었다.

'여전히 힘이 부족하다.'

그들은 모두 전쟁에서 맹활약을 펼치긴 했었다. 하지만 그건 혼란스러운 상황을 이용한 것일 뿐. 사실상 자신들의 힘으로 이룬 것은 거의 전무하다시피 했다.

특히 외뿔부족과 레드 드래곤의 전쟁에서. 무왕과 여름 여왕의 전투에서 그들은 강한 뭔가로 머리를 세게 얻어맞은 듯한 느낌을 받아야만 했다.

여태껏 자신들이 알고 지내던 세계가 아주 좁다는 것을 깨달은 것이다.

심지어 그것은 도무신이었던 한령도 마찬가지였다. 무왕이 펼친 무의 경지를 본 순간, 자신이 디뎠던 경지가 너무 초라하게만 느껴질 정도였다.

더구나 이번 전쟁을 통해 연우는 자신의 존재를 세상에 확실하게 보였다. 이제 그는 주목할 루키가 아닌, 경계해야 할 대상이 된 것이다.

때문에 더 이상 지금처럼 한 발짝 떨어진 곳에서 일을 꾸미기가 힘들게 되었다. 견제도 많이 들어올 것이고, 방해나 음모도 많을 것이다.

그런 위협으로부터 연우를 보호하기 위해서는 그들부터가 강해져야만 했다.

그래서 일행은 너 나 할 것 없이 모두 개인 수련에 집중했다. 층계를 오르자는 말을 꺼내는 사람은 아무도 없었다.

층계를 오르는 건 언제든지 할 수 있는 일이지만, 뭔가를 궁구할 수 있는 시간은 아무 때나 주어지는 게 아니었다.

그리고.

연우도 자기 단련에 집중했다.

갖고 있던 스킬과 권능들을 재점검하고, 용의 인자와 마의 인자로 한껏 달라진 3차 각성을 완벽하게 다루기 위해 노력했다.

특히 검에 대한 욕심이 부쩍 커졌다. 20층에서 오러를 깨달은 뒤로 꾸준히 훈련을 했다지만, 마법과 달리 검에는 이렇다 할 진척이 크게 없었다.

여기에는 샤논과 한령의 충고가 있었다.

「보통 사람들은 오러만 피워 내면 무의 종착점에 도착했다고 생각하지. 우스운 말일 뿐이지만.」

「오러는 종착점이 아닙니다. 오히려 시작점입니다. 그때서야 비로소 칼이 무엇인지 의미를 깨닫게 되는 것이니까요. 어렴풋이 의미를 알았다고 해서 기고만장한다면 거기서 그칠 뿐입니다.」

서로 상반된 길을 걸어왔던 두 사람이었지만. 어느 지점에 이르자 하는 말이 똑같았다.

이제부터 시작일 뿐이다.

검의 의미를 알아 나가는 것. 그리고 그것을 몸에 새겨 넣는 것. 그것이 가장 중요하다고 했다.

"그럼 어떻게 해야 의미를 알 수 있을까?"

「의념을 검에 실어.」

「단순히 싣는 게 아니라, 검이 의념과 하나가 되어야 합니다. 그런다면 육체와 검이 하나가 될 테니, 그때서야 주인께서 원하시는 육체의 완전화도 달성하실 수 있을 겁니다.」

연우는 어렴풋이 그게 무엇을 의미하는지 알 것 같았다.

검과 하나가 되어라. 외뿔부족에서는 이것을 두고 이렇게 불렀다.

검신일체(劍身一體).

세간에서는 달인 급을 넘어선 명인 급의 경지라고 이야기되는 것이었다.

이때부터 연우는 다시 본격적으로 검을 쥐기 시작했다.

우웅, 웅—

비그리드는 언제나 반갑다면서 몸을 떨었다.

연우는 하루하루 최선을 다해 칼끝에 의념을 집중했다. 그렇게. 그도 의식하지 못하는 사이에 몇 달의 시간이 훌쩍 흘렀다.

* * *

[시차 괴리]
[초감각]

한없이 느려진 세상 속에서.

연우는 얼마나 휘둘렀는지 기억도 잘 나지 않을 만큼 휘둘렀던 검을 다시 휘둘렀다. 외부 세계에 비해 수십 배나 빨라지는 의식 세계이기 때문에. 이제는 물릴 만큼 익숙한 동작이었다.

모든 의념이 검 끝으로 빨려 들어갔다.

오러가 화려하게 피어올랐다. 그러다 오러는 공간을 가르는 마찰열에 부딪쳐 더 크게 튀어 오르다가, 속박을 강요하는 의념에 묶여 단단히 압축되면서 검의 형태를 띠었다.

강기(罡氣).

보통 세간에 알려진 '오러'는 다양한 형태를 띠지만 뭉뚱그려서 오러 블레이드라고 표현한다.

사실 그것을 이뤄 낸 것만으로도 이미 달인의 경지에 오른 것이기에, 무술가들은 오러를 다듬는 데에만 집중하지, 그 이상을 넘볼 생각은 하지 않았다.

하지만 외뿔부족에서는 이것을 경지에 따라 크게 3가지로 분류했다.

검기, 강기, 무형강기. 무형강기는 보통 의념강기라고도 불리기 때문에 진인 급의 고수들만 닿을 수 있어 아직 연우가 노리기엔 요원했다.

하지만 강기는 달랐다.

연우는 철저한 노력 끝에 완숙한 달인의 경지에 다다랐고, 이제 검기를 다루는 데에도 큰 어려움을 겪지 않았다. 그래서 더 높은 단계로 넘어가기 위해 노력하는 중이었다.

마력을 고농도로 압축시키고, 의념으로 단단히 고정시켜 속성을 부여하는 힘, 강기.

연우는 이것을 이루고자 했고, 의식 세계에서 몇 번씩이나 리플레이를 하면서 누군가를 쫓고 또 쫓았다.

'팔괘와 무극.'

여름여왕을 상대하면서 무왕이 펼쳐내던 힘. 얼마나 많이 떠올렸던지, 이미 그 두 가지는 눈만 감아도 곧바로 선명하게 떠올릴 수 있을 정도로 뇌리에 강렬하게 새겨져 있었다.

무(武)의 왕(王). 그는 그런 광오한 이름에 절대 부족하지 않은 사람이었다. 그때의 힘에 손끝이라도 닿을 수 있다면, 지금 자신을 단단히 옭아매는 경지의 속박도 벗어날 수 있을 것 같았다.

하지만.

퍼어엉—

검 끝에 뭉쳤던 강기가 형체를 잃고 터지면서 느려졌던 시간도 같이 되돌아오고 말았다.

연우는 마치 다른 세상으로 튕겨 나가는 듯한 통증과 함께 검을 놓치며 한참이나 제자리에서 밀려나고 말았다.

"……역시 안 되나."

연우는 살갗이 찢어져 피투성이가 된 오른손을 보면서 혀를 찼다. 용의 피가 돌면서 상처가 빠른 속도로 아물었다. 재생 스킬이었다.

검을 휘두른 지난 몇 달의 시간은 연우에게 고역이나 마찬가지였다.

20층의 오행산에서도 피나는 노력을 했었다지만. 당시에는 고행이라는 굴레가 있어서 수련이 방향이 정해져 있었던 데에 반해, 이번에는 그렇질 못했다.

오히려 육체의 한계를 시험하고, 그것을 완전히 소화하는 데 집중해야 했기 때문에 지루함의 연속이라 할 수 있었다.

동작도 딱 하나. 검을 아래로 내리긋는 것뿐. 의념을 싣기는 한다지만, 그래도 그런 단순 동작이 수천수만 번 계속 되풀이되다 보면 신물이 날 수밖에 없었다.

물론, 연우가 검에만 맹목적으로 매달린 건 아니었다.

사실 그동안 연우가 터득한 건 아주 많았다.

용의 인자와 마의 인자가 섞인 마룡체. 코어에 박힌 현자의 돌. 21층에서 억지로 깨운 3차 각성까지.

이렇듯 육체는 연속된 기연으로 빠르게 발전했다지만, 의식 수준은 거기까지 미치지 못했다. 어디가 한계인지, 힘의 총량은 어디인지. 스스로도 잠재 능력을 제대로 파악하지 못하고 있었던 것이다.

심지어 드래곤 킬러를 사용하기 위해 육체를 수없이 부수고 재생시킨 뒤에도. 연우는 아직까지 '끝'을 보지 못한 것 같다는 느낌을 강하게 받아야 했다.

그래서 시차 괴리로 느려진 세상 속에서, 초감각으로 의념을 최대로 키운 채로, 나날이 육체를 극한까지 내던졌다.

처음에는 분명 효과도 있었다.

필요할 때는 권능도 일일이 깨우고, 간간이 층계를 올라 힘을 시험해 보면서 한계를 깨고 또 깼다. 재생의 회복 속도를 믿고 저지른 짓이었다.

특히 브라함이 충고해 줬던 혈계 마법에서 가장 큰 소득을 볼 수 있었다. 마법의 시초라 할 수 있는 용종과 악마의 인자를 보유하고 있다 보니 생각을 하는 것만으로도 즉각 발현이 되었던 것이다.

물론, 그런 건 대개 기초적인 마법이었고, 각인 마법과 합쳐져서 효과를 보이는 게 대부분이었다. 보다 심도 있는 마법은 부에게 전부 일임했기에 건드릴 생각도 하지 않았다.

하지만 그것만으로도 연우는 이전과 비교도 할 수 없을 만큼 괄목할 성장을 이뤘다. 그러다 언제부턴가 커다란 벽에 가로막히게 되었다.

마법도 성장을 멈추고, 육체도 큰 변화를 보이지 않았다. 남은 건 검밖에 없었다.

드디어 마지막 한계에 다다른 것이다.

문제는 바로 이때부터였다.

더 이상 성장이 이뤄지지 않았던 것이다.

조금의 진전이라도 있다면 좋을 텐데. 전혀 그런 게 없었다. 너무 높은 벽이었다. 지금처럼 몇 번씩 검을 휘둘러 봤지만, 번번이 실패만 했다. 모든 게 요원했다.

물론, 당장 연우가 팔괘와 무극을 노릴 수 있을 만큼 경지가 높은 건 아니었다. 하지만 시작점. 단초를 열 정도는 되었다. 외뿔부족에서 말하는 강기였다.

그러나 이마저도 실패했으니.

마력은 충분했다. 육체도 충분했다. 경지도 충분했다. 의념도 충분히 실었다.

하지만 한 가지가 모자랐다.

문제는 그 부족한 한 가지가 무엇인지 도무지 알 수가 없다는 것이었다.

따로 무왕을 찾아가 조언을 구하기도 해 봤지만, 애매모호한 대답만 돌아올 뿐이었다.

"네 길이 아니라서 그런다."

네 길이 아니라는 말.

연우는 그 말뜻을 이해할 수가 없었다.

"그게 무슨 뜻입니까?"

"알아서 잘 생각해 봐."

"……"

무왕은 자세한 대답을 해 주지 않고 씩 웃기만 했다.

연우는 땅이 꺼져라 한숨을 내쉬고 말았다. 최근 들어 무왕의 가르침은 이런 식으로 선문답 같다고 느껴질 때가 한두 번이 아니었다.

어떤 질문을 던지면 거기에 대한 두루뭉술한 대답만 던져 주고, 그 이유는 알아서 찾으라는 식이었다.

연우도 이제 자신의 길은 스스로 개척해야 한다는 것을 잘 알고 있었지만, 그래도 이따금 무왕이 조금 더 친절했으면 하는 바람이 있었다. 물론 절대 그러지 않겠지만.

사실, 그렇게 선문답 같은 대답의 의미를 알았을 때에 얻는 것이 훨씬 많았기 때문에 어떻게 불만을 가지기도 힘들었다. 돌이켜 보면 무왕의 대답은 언제나 모든 문제의 핵심을 관통하고 있었다.

'분명 스승님의 말은 검이 내게 어울리지 않는다거나 하는 뜻은 아닐 거야. 그렇다면 음검을 가르쳐 주려 하지도 않으셨을 테니까. 그럼 대체 뭐지? 강기가 내게 맞지 않다는 건가? 그것도 아닐 텐데. 팔괘? 무극이 내게 아니란 건

가? 아니면 시도하는 방식이 잘못되었다든가…….'

연우는 갑갑한 마음밖에 들지 않았다. 여태껏 갖가지 히든 피스를 사용해서 빠른 성장을 이뤘고, 부족한 면은 시차 괴리로 어떻게든 꾸역꾸역 채우면서 끊임없이 발전했다.

그렇게 어렵게 느껴지던 오러를 터득할 때에도 조금씩이지만 진척은 있었다.

지금처럼 성장이 중단된 적은 한 번도 없었던 것이다.

그렇다 보니 연우에게 '벽'이라는 것은 너무 무섭게만 다가왔다. 도대체 어디로 돌아가야 할지, 어떻게 넘어가야 할지 막막하기만 했다.

그렇다고 함부로 용의 인자나 마의 인자를 추가로 흡수할 수도 없었다.

현재 그의 육체는 3차 각성에 딱 알맞은 균형점을 유지하고 있었다. 여기서 조금이라도 흐트러졌다가는 육체가 붕괴될 위험이 있었다.

샤논과 한령에게 조언을 구하고도 싶었지만.

「…….」

「…….」

둘은 언제부턴가 아무리 불러도 대답을 하지 않았다. 연우가 훈련에 매달리는 동안에 그들도 그림자 깊숙한 곳에 잠겨 개인 수련을 시작한 것이다.

샤논은 데스 노블로서의 힘을 제대로 다루기 위해서, 한 령은 하루라도 빨리 원래의 검을 되찾기 위해서였다. 그들의 머릿속에도 연우처럼 무왕의 그림자가 짙게 남아 있었다.

결국 연우는 아무런 해답도 내리지 못한 채, 검을 내려놓고서 멍하니 앉아 생각을 정리할 때가 많아지고 말았다. 누가 본다면 실의에 잠긴 것으로 보일 정도였다.

연우는 몇 번씩이고 생각에 생각을 거듭했다.

* * *

그러다 우연히 연우는 꽉 찬 장바구니를 짊어지고 숲을 가로질러 브라함의 거처로 이동하는 갈리어드와 만날 수 있었다.

"여기서 뭘 하는 거냐? 어깨는 축 처져서."

"그러는 갈리어드는 뭐 하십니까? 손에 드신 건……."

연우는 말을 하다 말고 쓰게 웃고 말았다. 그러고 보니 마을로 돌아오고 나서 브라함이나 세샤와만 이야기를 나눴을 뿐.

최근에 갈리어드와는 이렇다 할 대화를 나눈 적이 없다 보니 그가 최근에 뭘 하고 있는지 전혀 모르고 있었던 것이다. 갈리어드도 그럴 것이고.

연우는 갈리어드가 서운하지 않도록 살짝 웃으면서 얼른 대답했다.

"수련에 너무 진척이 없어서. 궁리를 하던 중이었습니다. 그런데 갈리어드는……."

"아, 이거? 사실 최근에 세샤 녀석 편식이 너무 심해져서 말이다. 어떻게 하면 야채를 맛있게 먹일 수 있을까 싶어서 이것저것 연구를 하던 중이라."

갈리어드는 장바구니에 가득 담긴 야채와 과일을 보이면서 피식 웃었다.

아마 모르긴 몰라도, 갈리어드만큼 세샤에게 관심이 많은 사람도 없을 것이다. 브라함은 아난타의 치료에, 연우는 수련에 집중하다 보니 최근에 세샤와 놀아 주는 시간이 너무 적어지고 말았다.

반면에 갈리어드는 세샤의 식습관부터 영양 요소와 체중 관리까지 하나하나 전부 챙겨 주는 중이었다. 이 세상에 오기 전에 헤어졌던 딸이 딱 저 나이대였기 때문에, 세샤에 대한 갈리어드의 관심은 더 컸다.

그런 그의 최근 최대 관심사는 세샤의 편식이었다.

갈리어드는 원래 태생이 엘프이기 때문에 야채밖에 먹지 않았고, 브라함도 육류를 즐기는 편이 아니었다. 반면에 세샤는 용인 아니랄까 봐 고기반찬이라면 사족을 못 썼다. 당연히 어른들의 반찬이 입맛에 맞을 리 없었다.

"그런 거라며 고기 요리에 콩고기를 섞어서 줘 보십시오. 저번에 몰래 숨겨 뒀었는데, 잘 먹더군요."

"음? 콩고기? 그게 뭔가?"

"콩을 곱게 다져서 고기처럼 그럴싸하게 만든 겁니다. 식감도 제법 쫄깃쫄깃하고, 소스도 적당하게 버무리면 콩 냄새도 잘 나지 않아서 괜찮습니다."

"오! 그런 게 있단 말이지? 그럼 그 콩고기라는 거, 내게도 만드는 방법을 가르쳐 주지 않겠나?"

연우도 때마침 머릿속이 너무 복잡해서 숨을 돌릴 구석이 필요했기에 그러겠다고 고개를 끄덕였다.

어차피 만드는 것은 그리 어렵지도 않았다.

갈리어드를 따라 브라함의 거처를 찾아가니, 때마침 세샤가 인기척을 듣고 쪼르르 달려왔다.

"삼초오오온!"

"그래. 우리 귀여운 강아지. 책 잘 보고 있었니?"

연우는 세샤를 높이 안아 올려 주었다. 대롱대롱 매달린 세샤의 오른손에는 제 얼굴만큼이나 큰 책이 들려 있었다.

〈각인 마법의 효시에서 갈라지는 혈계의 특징〉이라는 이상한 제목을 달고 있는 서적이었다. 여름여왕에게서 빼앗은 마법 서고에 있던 책이었다.

"응응! 엄청 잘 보고 있었지! 세샤는 엄청 착한 아이인걸! 그런데 삼촌."

"왜?"

"헤헤. 오늘은 나랑 놀려고 온 거야?"

초롱초롱하게 눈을 빛내는 세샤를 보면서 연우는 쓰게 웃고 말았다. 그동안 너무 안일했던 것 같았다.

이렇게 찾아온 것만으로도 좋아 죽는 조카의 모습을 보니 답답했던 마음이 전부 사르르 녹으면서도, 안타까웠다. 그토록 보고 싶어 하던 아난타를 만나고도, 여전히 그녀와는 이렇다 할 말 몇 마디 나눌 수 없었으니까. 자신이라도 자주 얼굴을 비칠 것을.

"그래. 놀려고 왔어."

"밥도 먹고 갈 거야?"

"어."

"후우! 다행이다."

세샤는 조막만 한 손으로 가슴을 누르면서 안도의 한숨을 내쉬었다. 그 모습이 너무 귀여워서 연우는 자기도 모르게 웃음을 터뜨렸다.

"왜?"

"삼촌이 오면 삼촌이 밥해 주잖아! 갈리어드가 해 주는 밥은 맛없어!"

갈리어드는 상처 입은 얼굴이 되어서 심장을 부여잡았다. 하지만 세샤는 그러거나 말거나 희희낙락한 표정이었다.

연우는 세샤의 머리를 쓰다듬으면서 내려 줬다. 파닥파닥, 꼬리가 귀엽게 움직였다. 그 모습이 꼭 강아지처럼 사랑스러웠다.

* * *

"덕분에 좋은 걸 알았어. 하핫!"

식사를 마치고 난 뒤. 세샤는 배가 불러 나른했던지 금세 깊은 잠에 빠졌다.

갈리어드는 세샤의 머리를 쓰다듬어 주면서 가볍게 웃음을 터뜨렸다. 세샤는 여태 모르고 있었지만, 사실 오늘 맛있게 먹었던 제육볶음의 3분의 1은 콩고기였다.

"당장 콩고기의 비율이 너무 높으면 눈치챌 수 있으니, 앞으로 진짜 고기와의 비율을 천천히 조정하면서 높여 나가는 게 좋을 겁니다."

"명심하지. 소스도 잘 써야겠더군. 간만에 나도 맛나게 식사를 할 수 있었어. 식감도 쫄깃하니 괜찮았고."

연우는 고개를 끄덕이면서 검지로 세샤의 볼을 살짝 찔

렀다. 불그스름하고 빵빵한 뺨이 가라앉았다가 다시 부풀어 올랐다. 세샤는 잠결에 조막만 한 손으로 연우의 검지를 꼭 붙잡고 놓아 주질 않았다.

연우의 입가에 슬며시 미소가 번졌다. 세샤를 볼 때면 언제나 이렇게 웃음이 나왔다.

그는 다른 손가락으로 세샤의 반대쪽 뺨을 쿡 눌러 봤다. 으으음. 세샤가 신음 소리를 내면서 눈살을 살짝 찡그렸다. 연우가 손가락을 뗀 뒤에야 다시 편한 표정으로 돌아왔다. 정말이지 천사가 따로 없었다.

"참 볼 때마다 신기해."

"뭐가 말씀이십니까?"

연우는 자고 있는 세샤에게 더 장난을 치다가, 갈리어드가 툭 던진 말에 고개를 들었다.

"자네 말이야. 정말 감정이 다양해진 것 같아서. 예전에는 온통 차갑기만 했는데. 그렇게 다정한 모습을 보일 때도 있군."

연우는 쓰게 웃었다.

"세샤 때문이 아닐까 싶습니다."

"세샤 때문에?"

"예. 이 아이 앞에서 딱딱한 모습을 보여 줄 수는 없으니까요."

"하긴. 그도 그렇군. 우리 세샤가 많이 귀엽긴 하지. 마을 내에서도 남자아이들의 사랑을 독차지한다더군."

"그렇습니까?"

조카가 인기가 많다는데 기쁠 삼촌은 없었다. 아니다. 조금 불안한 마음이 들기는 했다. 어떤 보도 못 한 놈팡이가 우리 세샤의 관심을 독차지하면 어떡하지?

연우는 벌써부터 조카를 힘들게 할 녀석이 생기면 어쩌나 고민하며 인상을 찡그렸다.

그러다 가볍게 웃고 말았다. 갈리어드의 말마따나. 튜토리얼 때만 해도 자신이 이런 생각을 하게 될 줄은 생각도 못 했다. 지금 바람이 있다면 단 하나. 아난타가 빨리 눈을 떠서 세샤를 안아 주기를 바랄 뿐이었다.

세샤의 얼굴에 더 이상 그늘이 지지 않기만을 바랐다. 지금 갈리어드와 자신이 보내는 눈빛처럼. 이 나이대의 아이는 어른들의 사랑을 독차지하며 자라는 것만으로도 충분했으니까.

"그런데 그거 아십니까? 사실 갈리어드도 많이 바뀌셨습니다."

"내가?"

"예."

갈리어드는 쓰게 웃었다. 사실 그도 부정하지 못했다. 세샤의 모습에서 자신은 과거에 이루지 못했던 행복을 대신 찾고 있었으니까.

가족의 유품을 찾아 아카샤의 뱀을 쫓던 고독한 사냥꾼은 더 이상 없었다. 판트, 에도라, 브라함, 샤논, 한령, 레베카, 부 등 모두가 바쁜 와중에도 유일하게 그만 여유로웠다.

갈리어드는 '사실 이게 전부 너와 정우 덕분이다'라고 말하고 싶었지만, 조금 낯이 간지러워 말하지 못하고 대신에 화제를 돌렸다.

"한데, 숲에는 왜 그렇게 멍하니 앉아 있었어? 뭔가 고민이 가득한 모습이었는데."

"별것 아닙니다."

"별것 아닌 게 아닌 걸 아니까 하는 말이지. 사실 이런 걸 꼬치꼬치 캐묻는 성격은 아니지만. 그래도 고민거리가 있다면 말해 봐. 해결은 못 해 주어도, 듣는 것 정도는 해 줄 수 있지. 답답한 게 있으면 털어놔."

연우는 쓰게 웃었다. 그러다 머뭇거리길 여러 차례. 고민거리를 말하는 것이 부끄러운 게 아니라, 어떻게 말을 꺼내야 할지 좀처럼 정리가 되질 않았다.

이것저것 하고 싶은 이야기들이 입가에 맴돌았다. 그렇게 한참 뒤에야 연우는 겨우 말을 풀어낼 수 있었다.

벽에 가로막힌 성장. 형체를 띠다가 사라지는 오러. 의념의 계속된 불발. 모두 게 정체된 것만 같아 답답한 속내도 털어놓았다.

그렇게 이야기를 하고 나니 한결 속이 시원했다.

"음."

그런데 갈리어드는 아무 대답도 하지 않고 잠시 깊은 생각에 잠겼다. 이렇다 할 답변을 기대하지 않았던 연우가 조금 놀란 눈으로 보는데. 갑자기 갈리어드가 불쑥 자리에서 일어났다.

"세샤도 자고 있으니, 잠시 뒷마당으로 따라오겠나?"

연우는 갈리어드가 무슨 생각을 하는지 몰라 눈을 살짝 크게 뜨다가, 곧 고개를 끄덕이면서 갈리어드를 따라 모옥을 나섰다.

뒷마당에서 갈리어드가 높게 자란 감나무의 나뭇가지를 꺾었다. 사람 팔뚝만 한 길이의 얇은 가지. 툭 치면 부러질 것처럼 약했다.

저걸로 뭘 하려는 걸까? 갈리어드의 속을 알 수 없어 가만히 지켜보는데, 갈리어드는 나뭇가지를 가볍게 손질하고 허공에다 두어 번 휘둘러 보더니 만족한 듯이 고개를 크게 끄덕였다.

그러고는 연우를 보면서 나뭇가지로 까닥거렸다.

"덤비게."

연우는 살짝 눈살을 찌푸렸다.

"무슨 말씀을……."

"말 그대로야. 덤비게. 튜토리얼 때로 되돌아가 보자고. 달라진 게 있다면, 나도 이제 반격한다는 것 정도? 하지만 오러는 쓰지 않지. 물론, 자네는 오러를 써도 좋아. 단, 스킬은 기본으로만 써 주게."

"……."

대체 갈리어드는 뭘 하고 싶은 걸까. 연우는 도저히 그의 속내를 읽을 수가 없었다. 뭔가 가르쳐 주고 싶어 한다는 건 알겠는데, 나뭇가지로 자신을 상대하는 게 무슨 효과가 있을지 도무지 짐작이 가질 않았다.

애당초 이런 싸움 자체가 말이 안 되는 짓이었다.

연우는 이미 육체적 능력만으로도 하이 랭커를 제외하면 랭커 내 상위권에 해당했다. 여기에 권능을 중첩시킨다면 하이 랭커와도 일전을 겨룰 자신이 있었다.

반면에 갈리어드는 튜토리얼 때에 비해 크게 달라진 게 없었다. 악마의 숲에서 마군의 주교를 쓰러뜨린 적이 있다지만, 그건 어디까지나 기예에 의해서일 뿐. 자체적으로 지닌 실력은 랭커 급이었다.

상식적으로, 오러를 쓰지도 않고 자신을 상대한다는 건

도저히 있을 수 없었다.

하지만 갈리어드는 아무래도 상관없다는 듯이 나뭇가지를 까닥거리면서 연우를 도발했다.

연우의 눈이 깊게 가라앉았다. 필요 없는 말은 절대 하지 않는 갈리어드의 성격상 뭔가를 보여 주려는 것 같았다.

그래서 연우는 진지한 마음으로 마장대검을 뽑아 오른손에 쥐었다. 강하게 한 발을 앞으로 내디디면서 갈리어드의 왼쪽 허리춤을 찔러 나갔다.

쇄연. 어떤 방어 동작이 나오면 곧바로 방향을 꺾어 되치기를 할 수 있게 하는 팔극검의 비기였다.

그런데.

'……어?'

나뭇가지가 마장대검을 내려치는 것 같아, 그대로 카운터를 치려는데. 갑자기 나뭇가지가 고무줄처럼 마장대검을 칭칭 감아 온다 싶더니 앞으로 길게 쭉 늘어나면서 연우의 하체를 쓸어 나갔다.

빠악!

연우는 마치 단단한 몽둥이로 한 대 맞은 것처럼 끔찍한 고통과 함께 제자리에 널브러지고 말았다. 그는 어안이 벙벙했다.

너무 순식간에 벌어진 일이라, 어떻게 된 일인지 도무지 짐작 가는 바가 하나도 없었다. 갑자기 공간이 휘는 듯한 착각은 무엇이었고, 나뭇가지는 어떻게 늘어나서 하체를 때린 건지.

분명히 이렇다 하게 마력을 불어 넣지 않은 것 같았는데도, 오른쪽 정강이는 고통으로 얼얼했다.

무엇보다. 연우를 충격에 빠뜨린 것은.

'어떻게…… 이런 게 가능하지?'

분명 용마안과 초감각으로 흐름을 쫓았을 텐데도 불구하고. 나뭇가지에 담긴 힘이나 속도는 이해하기 어려웠다. 도저히 있을 수가 없는 일이었다.

'마치 나뭇가지가 나뭇가지가 아니게 된 것 같은…….'

여러 추측을 하던 중에.

"한 번 더 해 보겠나?"

갈리어드는 나뭇가지를 어깨에 얹으면서 희미하게 웃었다.

연우는 고개를 끄덕이면서 천천히 자리에서 일어났다. 그러고는 다시 자세를 고쳐 잡으면서 눈을 가늘게 떴다.

방금 전 공격은 대체 어떻게 된 건지. 도무지 짐작 가는 바가 없었다. 분명 자신이 본 것은 나뭇가지였다. 하지만 나뭇가지가 아니기도 했다. 형태만 그렇게 띠고 있을 뿐, 아주 잠깐 동안 성질이 확 변한 느낌이었다.

[용마안]

연우는 또다시 정체를 알 수 없는 방금 전의 공격이 날아올 거라는 생각에, 세로 동공을 활짝 열었다.

세상을 따라 결이 거미줄처럼 복잡하게 얽혔다가 풀리고 있었다. 최근에 용의 인자를 잔뜩 얻으면서 볼 수 있는 결의 개수도 대폭 늘어나 있었다.

휙!

그런 결 사이로 나뭇가지가 다시 날아들었다. 여전히 느릿하고 낭창낭창한 움직임. 평범한 나뭇가지 그대로였다.

연우는 나뭇가지에서 시선을 떼지 않고, 땅을 박차면서 빠르게 이동했다. 목표는 회피와 돌파. 나뭇가지를 피해서 정면에서 일대일로 상대하겠다는 생각이었다.

나뭇가지의 변화를 읽는 것. 그게 가장 중요한 목표였다.

그리고 아니나 다를까. 너무 느릿한 나뭇가지를 피해서 측면으로 파고들어 갈리어드를 노리려 할 때, 갑자기 나뭇가지가 뻣뻣해지면서 쏜살같이 옆구리를 때리려 했다.

방금 전과 똑같은 변화. 아니. 변화만 따지자면 전혀 달랐다. 방금 전에는 마치 몽둥이처럼 단단해졌다면, 지금은 벼락이 떨어지는 것처럼 아주 빨랐다.

연우는 달리던 도중에 몸을 비틀면서 공격을 피했다. 아니, 피했다고 생각했다. 그런데 이번엔 갑자기 나뭇가지의 끝이 시린 빛을 토해 내면서 그대로 앞으로 찔러 들어왔다.

펑!

너무 빠르게 일어난 변화. 분명 용마안으로 쫓고 있었어도 '뭔가 있었다'는 것만 알아챌 수 있었을 뿐.

연우는 마장대검을 아래로 내릴 겨를도 없이, 그대로 명치를 때리는 둔탁한 타격감과 함께 그대로 튕겨 나고 말았다.

연우는 저만치 붕 떠올랐다가 바닥을 데구르르 굴렀다. 컥, 컥! 사레가 들렸다. 그는 한참 동안 헛구역질을 했다.

"어떤가?"

"다시⋯⋯ 해 보겠습니다."

연우는 어기적대면서 일어났다. 똑같이 속절없이 당했지만. 그래도 처음에는 못 봤던 것이, 이번에는 보였다. 다음 차례에는 피할 수 있지 않을까. 대체 나뭇가지에 어떤 마술을 부렸는지도 알고 싶었다.

갈리어드는 희미하게 웃었다. 호승심에 찬 연우의 눈이 어느 때보다 불타오르고 있었다. 최근에 계속 벽을 마주 보면서 잠겼던 실의는 어느새 사라져 있었다.

"다를 건 없을 텐데?"

"다를 겁니다."

"납득할 때까지 하겠다면…… 굳이 말리지는 않지."

갈리어드는 다시 나뭇가지를 끄덕이며 연우를 도발했다. 연우는 이번에는 다른 작전을 가지고 다시 움직였고, 그 결과는.

빠악!

역시나 다르지 않았다.

'어…… 째서?'

연우는 그 뒤에도 계속 다른 방식으로 덤볐다. 팔극검의 8대 비기를 다른 방식으로 풀어내며 갈리어드를 압박했다. 하지만 그럴 때마다 연우는 '빡'이나 '퍽' 하는 소리와 함께 바닥에 뒹굴어야만 했다.

금세 온몸이 먼지투성이가 되고 말았다.

'대체 어떻게 된 거지?'

연우는 멍한 시선으로 갈리어드를 바라봤다.

그와 부딪치는 내내 연우는 2합을 넘겨 보지 못했다. 기술이나 기예적인 문제가 아니었다. 분명한 건, 연우 자신은 절대 갈리어드에 비해 하수가 아니라는 것. 하지만 합을 나누기도 전에 이상한 마술과 함께 넘어지기 일쑤였으니. 답답할 노릇이었다.

계속 보다 보니 뭔가 읽히긴 읽혔다. 하지만 거기서 끝이었다. 그 이상을 읽을 수가 없었다.

그렇다고 갈리어드가 마력을 쓰거나 다른 스킬을 쓰는 것 같지도 않았다. 용마안은 확실히 말했다. 갈리어드는 자신의 약속을 어기지 않았다.

결국.

"하."

연우는 땅이 꺼져라 한숨을 내쉬었다. 사실상 항복 표시였다. 샤논이나 한령이 있으면 조언이라도 구하겠건만. 역시나 둘은 대답이 없었다.

"대체 어떻게 된 겁니까?"

갈리어드는 연우와 반대로 먼지 하나 묻지 않은 모습으로 씩 웃었다.

"의념이다."

"의념?"

연우의 눈빛에 그게 무슨 생뚱맞은 말이냐는 의문이 떠올랐다. 의념은 자신도 잘 알고 있는 분야였다. 20층 고행의 산에서 반년 넘게 구르면서 터득하고, 초감각이라는 넘버링 스킬까지 얻었었으니까.

하지만 분명 갈리어드가 의념을 부리는 듯한 모습은 볼 수가 없었다.

"너, 여태까지 육체를 성장의 최고 한계까지 내모는 데 집중했다고 했었지?"

"예."

"확실히 그런 게 좋을지는 모른다. 용체라는 특성을 생각해 본다면, 그 끝은 아주 깊을 테니까. 거기까지 개척하는 것만 해도 사실상 절대 쉬운 일은 아닐 테지."

연우는 고개를 끄덕였다. 사실 이번에 부딪친 벽이 너무 커서 그렇지, 그전까지 했던 수련들이 절대 쉬웠던 건 아니었다.

육체를 극한까지 쥐어짠다는 것. 그것만으로도 육체적으로도 정신적으로도 걸레짝처럼 너덜너덜해질 수밖에 없었다.

"하지만 문제는 그 뒤야."

"그 뒤라시면……?"

"터득한 힘을 '어떻게' 활용하느냐가 관건이 되지."

연우는 인정 못 한다는 듯이 고개를 가로저었다.

"잘난 척인 것처럼 보일 수도 있겠지만, 전 제 기량이 달린다고 생각지는 않습니다."

성장한다는 것은 사실 기량의 발전도 따를 수밖에 없다. 연우는 이미 팔극검의 8대 비기를 전부 개척해서 완전히 자신의 것으로 삼았고, 마법도 가능한 한도까지는 단련 중이었다.

"뭔가 착각하고 있나 보군. 내가 말하는 건 기량과는 또 달라."

"……?"

"음. 어떻게 설명해야 하려나."

갈리어드는 턱을 짚으며 한참 동안 생각을 정리하더니 가볍게 손가락을 부딪치면서 말했다.

"상상력. 자네는 상상력이 부족한 거야."

"……?"

이건 또 무슨 뜬구름을 잡는 소리일까.

갈리어드는 자신이 말하고도 웃겼던지 가볍게 피식 웃으면서 다시 나뭇가지를 들었다.

"천천히 보여 줌세."

겉보기엔 그냥 가볍게 나뭇가지를 갖고 노는 것처럼 보였다. 그때, 갈리어드를 따라 주변 공간이 울렁거리기 시작했다.

연우의 눈이 살짝 커졌다. 너무 순간적으로 벌어진 변화라 갈리어드가 천천히 보여 주려고 마음먹지 않았다면 볼 수 없었을 것이다.

'의념을…… 전신으로 표출하고 있어.'

연우가 의념을 보지 못했던 이유. 그건 갈리어드가 의념을 방출하지 않고, 내부에서 순환시켰기 때문이었다.

보통 의념은 발출하는 것으로만 생각했다. 의념은 곧 자아 세계를 외부로 확장시키는 것.

멀리는 상대와 주변 환경의 변화를 파악하고, 좁게는 검에 실어서 보다 더 단단하고 날카롭게 만드는 용도로만 여기고 있었다. 전자가 초감각, 후자가 오러였다.

그런데 내면에 가둬서 순환시킨다는 발상은 해 본 적이 없었다. 밖으로 끄집어내지 않는다면 굳이 사용할 필요가 없었으니까. 어차피 자아 세계는 그냥 놔둬도 내면에 자리했다.

하지만 갈리어드는 이런 생각을 뒤집었다. 자아 세계를 확장시키되, 육체에 고정시키면서 정신과 육체의 동화(同化)를 이끌어 냈다. 의념을 육체의 세밀한 곳까지 밀어 넣은 것이다.

이렇게 해 두면 육체를 완전한 통제하에 두면서, 동시에 상상한 대로 다양한 변화를 끌어낼 수 있다.

쉬, 쉬시시식!

갈리어드는 천천히 앞으로 움직이면서 나뭇가지를 휘두르기 시작했다. 가속도가 조금씩 붙다가 어느새 나뭇가지는 공간을 마구잡이로 유린하고 있었다.

그럴 때마다 갈리어드의 육체도 조금씩 변화를 보였다.

많은 것들이 연우의 눈에 아로새겨졌다. 근육의 변화, 의념의 형상화, 공간의 굴절, 힘의 이동. 하나하나가 튀어 올랐다가 서로 유기체처럼 연결되며 꿈틀거렸다.

그리고 그 속에는 아주 많은 것들이 있었다.

짧은 순간마다 갈리어드는 여러 가지가 되었다. 폭풍이 되어 강렬해지기도 하고, 번개가 되어 빨라지기도 했다. 바위가 되어 단단해지고, 대나무가 되면서 부드럽게 휘어졌다.

필요한 순간순간마다 서로 다른 것들이 튀어나오면서 힘은 보다 더 큰 탄력을 받았다.

'변한 건 나뭇가지가 아니었어. 갈리어드, 그 자체였지.'

연우는 그제야 자신의 착각을 깨달았다. 여태 나뭇가지가 어떻게 변화하는지만 주시했었는데. 사실은 갈리어드의 변화를 읽었어야 했던 것이다. 나뭇가지는 그저 변하는 갈리어드를 따라온 것에 지나지 않았다.

의념과 의념의 변화. 여러 개의 의념이 톱니바퀴처럼 서로 맞물리면서 갈리어드가 되었다.

그가 말했던 상상력이 무엇인지 어렴풋이 알 것 같았다. 스스로 폭풍이 되고, 벼락이 되어라. 그런 뜻이 아니었을까. 그리고 그를 둘러싼 공간도 그때마다 의념에 영향을 받으며 이리저리 변했다.

탁!

갈리어드는 나뭇가지를 아래로 내리면서 깊게 한숨을 내쉬었다.

"후! 간만에 땀을 뺐더니 온몸이 다 쑤시는군."

으드득, 으득······.

갈리어드는 잔뜩 경직된 근육을 풀어 주면서 연우를 돌아봤다.

"뭔가 보이던가?"

"의념으로 육체를 움직인다는 발상은 해 본 적이 없습니다."

"보통은 발출하거나, 무기에 담거나 그러니까. 그렇지?"

"예."

"의념을 무기나 도구로 생각하는 것이지. 하지만 달라."

갈리어드는 힘을 주면서 말했다.

"의념은 윤활유야."

연우가 살짝 눈을 크게 떴다.

갈리어드의 설명이 계속 이어졌다.

"의념은 '나'라는 존재를 더 강하게 만들어 주는 보조제 역할이란 말이지. 감각을 외부로 확장시키는 보조제. 검을 더 단단하고 날카롭게 만들어 줄 보조제. 육체의 힘을 제대로 활용할 수 있게 할 보조제."

"아."

연우는 처음 갈리어드가 했던 말이 떠올랐다.

터득한 힘을 어떻게 활용할 것이냐.

연우는 이미 육체를 극한까지 단련하면서 터득한 힘이 많았다. 그리고 그것을 다룰 수 있는 스킬이나 기예도 있었다.

하지만 그것을 어떻게 활용할 것인가에는 크게 관심을 둬 본 적이 없었다.

같은 힘이라도 어떻게 사용하느냐에 따라 천지 차이이기 마련. 의념은 이런 힘을 더 잘 통제할 수 있게 하고, 원활하게 만들며, 효과를 증폭시킨다.

"육체를 제대로 다룬다는 것은 힘을 제대로 통제한다는 것과 같은 말이지. 하지만 보통 사람들은 착각을 해. 자신이 힘을 제대로 제어할 수 있다고 생각하지. 하지만 틀렸어."

갈리어드는 고개를 가로저었다.

"의념을 자유자재로 다룰 수 있어야 해. 육체를 검처럼 생각할 수 있어야 한단 뜻일세. 하지만 자네는 어떤가?"

연우는 잠시 입을 꾹 다물면서 생각했다. 여태껏 자신이 전투에 임할 때 어떤 자세였던가. 힘이었다. 오로지 더 강한 힘만을 바랐다. 육체를 쥐어짠 이유도 힘을 얻기 위해서였다.

힘.

그것은 곧 연우에게 파괴력이었다. 팔극검, 불의 파도, 드래곤 킬러. 전부 파괴력을 증대시키는 데에만 몰두했었다.

그런데 그게 아니었다.

갈리어드는 힘에만 집중하지 말라고 조언하고 있었다. 힘은 힘일 뿐이다. 그것에 휘둘리지 말고, 휘둘러야 한다. 통제를 할 수 있어야 한다. 그러기 위해 가장 중요한 게 의념이었다.

연우는 자신이 생각하고 정립하던 세계관이 부서지는 것을 느꼈다. 뭔가가 뻥 뚫리는 느낌이었다.

아주 조금이지만. 벽에 구멍이 났다. 아주 작아서 티도 나지 않았지만, 그 너머에 뭐가 있는지 어렴풋이 보일 정도는 되었다.

'내가 느끼고 있던 벽은. 사실 한계가 아니라 날 가두고 있던 세계관이었어. 여태 내가 얻었던 것들이 잘못 해석하거나 이해한 결과물일 수도 있다는 걸 왜 생각해 보지 않았던 건지.'

여태껏 답답했던 속이 조금 풀리는 것 같았다. 하지만. 한편으로는 쉽지 않겠다는 생각에 다시 막막함이 밀려왔다.

의념. 말이 쉬워서 의념을 활용하라는 것이지, 어떻게 육체에 적용시킬지는 또 한참 연구를 해 봐야 했다.

그래도 고마운 건 사실. 길을 알았으니 이제 찾기만 하면 된다. 벽에 난 구멍은 당장 작을지라도, 곧 전체를 삼킬 균열로 이어질 수 있었다.

연우는 갈리어드에게 고개를 숙였다.

"정우가 갈리어드에 대해 했던 말이 있습니다."

갈리어드는 묘한 눈빛을 떴다. 그리웠던 녀석이니만큼 자신을 어떻게 평가했는지 궁금했다.

"자신의 첫 번째 스승이셨다고 하더군요."

갈리어드는 겸연쩍은 얼굴이 되어 볼을 긁적였다. 콧잔등이 살짝 붉었다. 그런 말 좀 하지 말라고 그렇게 말했었는데. 그래도 끝까지 낯간지러운 말을 하고 다녔던 모양이었다.

"왜 그렇게 말했었는지 이제 알 것 같습니다."

"쓸데없는 말은 그만하고."

갈리어드는 못내 부끄러운지 손을 가볍게 휘저으면서 말했다.

"하여간 이제부터 의념 활성화가 중요하긴 한데. 당장 그냥 하라고 하면 뜬구름 잡는 소리로밖에 들리지 않겠지?"

"예."

"그럴 때는 의념보다는 육체를 통제한다는 생각에 집중해. 말했지만 의념은 운활유일 뿐이니, 방향만 잡히면 어떻게든 저절로 따라오게 되어 있어."

"육체를 통제한다……."

연우는 같은 말을 반복했다.

"그리고 육체를 통제하는 데 가장 좋은 방법은 보신경(步身輕)만 한 게 없을 거야."

연우의 눈이 크게 빛났다. 보신경. 보법, 신법, 경공의 준말. 보법은 발을 놀리는 법, 신법은 몸을 움직이는 법, 경공은 신체를 가볍게 만드는 법을 뜻했다.

 "몸을 놀리는 것. 이것이 결국 모든 무예의 기본이 아니겠나. 그런 뜻에서 몸을 놀리는 방법, 그 자체라 할 수 있는 보신경은 육체를 통제하는 데 가장 기본이라 할 수 있어. 그리고. 그런 보신경에 있어 중요한 것 중 하나가 바로……."

 "순보."

 연우의 혼잣말에 갈리어드가 고개를 끄덕였다.

 연우의 눈이 빛났다.

 올포원의 3대 스킬, 축지를 열 수 있는 단초라던 순보의 비밀을 일부 엿본 느낌이었다.

 드디어 길이 열렸다.

 갈리어드는 하늘을 슬쩍 올려다봤다. 어느덧 해가 지고, 달이 뜨고 있었다. 그의 두 눈동자 위로 언뜻 노란색 광망이 스쳤다가 사라졌다.

 밤은 다크 엘프에게 있어 고향과 같다. 남들은 시리게 느낄지 몰라도, 그들에게는 따뜻하고 포근한 어머니의 품 같았다. 갈리어드도 몸에 부쩍 힘이 실리는 것 같았다.

 게다가 오늘따라 유달리 달이 밝아서 뭔가를 보여 주기

에도 제격이었다.

사실 어두워도 그들쯤 되면 밤낮에 크게 구애를 받지 않을 테지만. 그래도 달님이 연우를 위해 힘을 내어 주는 것 같아 기분이 좋았다.

"정우가 나더러 첫 번째 스승이라 말했다고 했었지?"

"예."

"두 번째는 브라함일 테고. 세 번째는?"

연우는 말없이 희미하게 웃었다.

갈리어드가 바람 빠지는 소리를 냈다.

"누군지 알겠군. 하긴. 쉽게 입에 담을 수 있는 사람은 아니니."

갈리어드는 고개를 절레절레 흔들면서 연우를 돌아봤다.

"사실 말이야. 난 그 말이 참 어려웠어. 무겁기도 했고. 누군가의 스승이라니. 자네로 치면 무왕이 아닌가."

"정우에게 갈리어드가 그런 존재였던 겁니다."

"그러니까 그게 어려웠대도. 하지만. 그래도 날 그렇게 생각해 줬다니, 참."

갈리어드는 추억에 잠긴 얼굴이 되었다. 그 속에서 차정우가 웃고 있었다. 언제나 웃음기와 장난기가 많던 녀석. 그 얼굴이 연우와 겹쳐졌다. 표정도 인상도 다르지만. 뭔가 풍기는 기질은 비슷했다.

"이왕 이렇게 된 것. 그 스승 노릇 한번 동생에 이어서 형에게도 해 보세니. 괜찮겠지?"

"부탁드리겠습니다."

연우는 고개를 숙였다.

갈리어드는 고개를 끄덕이면서 뒷짐을 졌다. 마치 산보라도 나온 것 같이 여유에 찬 태도. 하지만 그를 따라 흐르는 기질은 이전과 비교도 할 수 없이 달라졌다.

화아악…….

순간, 연우는 여태 갈리어드에 대해 가졌던 생각을 바꿔야 했다. 튜토리얼 이후에 크게 달라진 것이 없다고 생각했지만. 아니었다. 그는 확실하게 달라져 있었다.

육체적 능력이 달라진 게 아니었다. 기도(氣度). 그를 따라 흐르는 마력의 농도가 달랐고, 느껴지는 위압감도 차원이 달랐다. 그동안 심적으로 큰 변화를 겪으면서 몇 단계 이상 경지를 뛰어넘었단 뜻이었다.

아마 가진 실력만 따진다면 하이 랭커와도 비교할 수 있을 것 같았다. 대체 무엇이 그를 이렇게 변화시킨 걸까.

갈리어드는 깊어진 눈으로 연우에게 말했다.

"자네도 순보를 어느 정도 익혔으니 기초는 알고 있겠지. 그래도 보통 순보에 대해서는 오해하고 있는 것이 많아. 순(瞬), 단순히 빠르다고만 생각하지. 하지만."

팟—

갈리어드는 얕은 잔상을 남기면서 빠르게 질주했다. 거센 바람이 연우의 주변을 한 바퀴 휘감다가 사라졌다. 풀잎이 흔들리고, 낙엽이 떠올랐다.

"빠르기만 한 건 아니야."

휘리릭!

갈리어드는 연우의 눈앞에 나타났다. 그러다 때마침 불어온 바람에 실려 두둥실 하늘로 날아올랐다. 그러다 깃털처럼 너무나 부드럽게 나뭇가지에 올라섰다.

"이처럼 가볍기도 하며."

갈리어드는 나뭇가지에서 폴짝 뛰어내려 바닥에 착지했다. 쿵! 그러자 거짓말처럼 지반이 깊게 내려앉으면서 크게 들썩였다. 누군가가 바위라도 던진 것 같았다.

"무겁기도 하고."

츠팟—

거기서 갈리어드가 한 발을 앞으로 내디뎠다. 그러자 주변으로 또 다른 갈리어드가 무수히 나타나기 시작했다. 아홉 개나 되는 환영이 연우의 주변을 맴돌았다.

"화려하기도 하고."

이번에는 환영이 하나둘씩 흩어져 사라졌다. 그러다 마지막 하나까지 사라졌을 때. 갈리어드의 기척은 어디에서도 느껴지지 않았다. 무(無). 존재감이 지워진 것이다. 연우는 용마안으로도 잡히지 않는 길티어느를 찾아 수변을 두리번거렸다.

"조용하기도 하지."

하늘을 따라 갈리어드의 목소리만 쩌렁쩌렁하게 울릴 뿐. 그러다 갑자기 수십 개의 천둥이 동시에 내리치는 것처럼 찢어지는 굉음이 연우의 머리 위로 떨어졌다. 연우는 흠칫 놀라 뒤로 크게 물러났다.

콰앙!

그 자리로 갈리어드가 무슨 일이 있었냐는 듯이 돌아와서 씩 웃었다.

"시끄럽기도 하고. 순보란, 참 다양한 얼굴을 가진 친구라네."

연우는 멍하니 고개를 끄덕였다. 그리고 여태 자신이 순보를 잘못 부리고 있었다는 것을 깨달을 수 있었다.

그동안 연우는 속도에만 치중했다. 파괴력과 가속도. 이 두 가지가 그에게 절대 명제였고, 그동안 그 이점을 톡톡하게 봤다.

하지만 더 위로 올라가기 위해 속도를 조절하기로 마음 먹은 지금. 여태껏 그게 얼마나 단편적인 사고였는지를 알 수 있었다.

갈리어드가 펼치는 순보는 그냥 갈리어드 그 자체였다.

빠르고, 가볍고, 무겁고, 화려하고, 조용하다, 시끄럽기도 한. 그런 갈리어드. 곳곳에 의념이 배어 나왔다.

"그리고 앞으로 자네는 그런 친구와 대면하게 될 거야. 변화무쌍한 친구이니 사귀는 데 조금 어려움을 겪더라도 이해하고 잘 보듬어 주게."

연우는 무겁게 고개를 끄덕였다.

"그럼 그 친구를 만나기 전에 준비부터 해야겠지. 우선. 시작하기에 앞서 묻지. 자넨 몸을 놀리는 것에 가장 중요한 부위가 어디라 생각하는가?"

"하체가 아닙니까?"

"맞아. 하체는 신체의 가장 중심이지."

갈리어드가 크게 고개를 끄덕였다. 하체가 튼튼해야 몸이 건강하다. 그리고 하체가 단단해야 힘을 낼 수 있는 법이었다. 하체는 무예와 무공, 가릴 것 없이 모든 무술에 있어 기본 중 기본이었다.

"그럼 일단 하체부터 제대로 다스려야겠지?"

갈리어드가 씩 웃었다. 그런데 연우는 왠지 모르게 그 웃음이 장난기가 가득하다는 느낌을 받았다.

"우선 오리걸음으로 마을 천 바퀴부터."

"……!"

* * *

 그날부터 연우의 무지막지한 수련이 시작되었다.
 그런데 수련 내용들이 하나같이 우스꽝스러운 것투성이였다.
 오리걸음, 뜀뛰기, 마보, 휴식 없는 달리기……
 하나같이 무슨 의미를 가지는지 알 수 없는 것들이었다. 단순히 하체를 단련하려는 건가 싶어도, 이런 운동은 유아기 때 졸업하는 외뿔부족으로서는 도저히 저 훈련의 목표가 무엇인지 짐작하기가 어려웠다.
 "카인이 또 다른 거 시작했다며?"
 "어. 무슨 이상한 점프라던데. 근데 꼭 개구리 같다더라. 키킥."
 "대체 뭘 하는 거지?"
 "글쎄. 뱀 사냥꾼이 시키는 거면 분명히 뭔가 이유가 있을 텐데. 뭘까?"
 "뭔지는 모르지만 죽어 나가겠던데?"
 부족원들은 연우가 하는 훈련들이 무엇을 위한 것인지 서로 추측하기 시작했다.
 깔보거나 무시하는 태도는 없었다. 아니, 오히려 두 눈에 불을 켜고 연우의 훈련을 지켜보는 이들이 더 많았다.

매번 오리걸음으로 지쳐서 나가떨어지는 연우가 웃겨서 낄낄거리기는 해도, 훈련이 무의미하다고 생각하는 사람은 아무도 없었던 것이다.

갈리어드는 부족에도 제법 이름이 알려진 튜토리얼의 명물이었고, 그의 실력 역시 모두가 인정하는 바였다. 아니, 오히려 관심이 많다는 표현이 옳았다.

다크 엘프는 탑에서도 보기 드문 종족이다. 하물며 '사냥꾼'의 호칭을 가진 자는 더 찾기 어려웠다. 외뿔부족으로 치면 전사 급에 해당하는 실력자였으니까.

당연히 그런 자의 가르침이라면 사냥꾼의 훈련 방식이 섞여 있을 터.

무술과 관련된 것이라면 사족을 못 쓰는 외뿔부족이 침을 질질 흘리고 노릴 만했다. 문제라면 무슨 의미가 있는지 전혀 이해를 할 수 없다는 점이었지만.

그리고 그건 판트와 에도라도 마찬가지였다.

"……저건 대체 뭘까?"

에도라는 멍한 표정으로 연우를 바라봤다. 간만에 집중해서 양도를 수련하고 있던 중에 연우가 어떻게 지내고 있나 싶어 궁금해서 찾아왔더니.

연우는 정말 부족원의 말대로 개구리처럼 여기저기를 폴짝폴짝 뛰어다니고 있었다.

정확하게는, 갈리어드가 아무렇게나 던진 돌멩이를 연우가 달려가서 집는 방식이었다.

 문제는 돌을 아무 방향으로 이리저리 던지다 보니 연우도 거기에 따라 정신없이 움직인다는 점이었다.

 하늘 위로 폴짝 뛰어올랐다 싶으면, 다음에는 땅에 곤두박질치기도 하고, 그러다 다시 근처 연못에 빠지기도 하는 등. 덕분에 몰골이 말이 아니었다.

 그러면서 돌을 잡고 나면 좋아하고, 실패한 뒤에는 살짝 어깨가 처져 시무룩해진 모습이.

 '……귀여워.'

 콩깍지가 잔뜩 낀 에도라의 눈에는 강아지처럼 보였다.

 반면에.

 판트는 살짝 굳은 표정으로 연우를 관찰했다. 두 눈이 깊게 가라앉고 있었다. 꽉 쥔 주먹 위로 핏줄이 잔뜩 섰다.

* * *

 '머리 위!'

 팟—

 연우는 손에 쥐고 있던 돌을 바닥에 던지고, 각력에 힘을 주며 하늘 위로 날아올랐다. 너무 거리가 먼 반대편이었지만, 최대한 몸을 가볍게 하면서 허공에서 방향을 꺾어 가까스로 날아오던 돌을 낚아챘다.

거의 곡예의 수준에 가까운 동작. 거기다 돌을 낚아챌 때에도 조심스러웠다. 겉보기엔 돌처럼 보였지만, 사실 그것은 진흙을 뭉쳐서 만든 진흙 덩어리였다.

원래대로라면 속도에 의한 반발력 때문에 진흙 덩어리가 뭉개졌을 테지만. 이곳으로 날아들 때만 해도 쏜살처럼 매서웠던 연우는 허공에서 몸을 트는 도중에 봄바람처럼 기질이 확 바뀌어 있었다.

의념이었다. 아직 많은 부분이 어설펐지만, 동작을 구현할 때마다 어렴풋이 의념이 배어 나왔다.

사실 의념을 부여하는 건 그렇게 어렵지 않았다. 의념에 있어 가장 중요한 건 집중. 하지만 이미 연우는 오러를 만들어 낼 만큼 집중력이 높았기에, 순보에 적용시키는 것도 어느 정도 감을 잡을 수 있었다.

물론, 그렇다고 해서 절대 쉬운 건 아니었다.

검에다 의념을 집중시키는 건 그래도 비교적 쉬운 편에 속했다. 검이란 물질은 단단하다. 단단한 형체가 있으면 의념을 고정할 수 있기에, 그것을 투영시키는 것도 비교적 수월했다. 아무리 매섭게 휘둘러도 검은 형체가 흐트러질 일이 없으니, 유지도 쉬웠다.

반면에 육체는 달랐다.

의념을 투영시킨다고 해도, 육체는 섬과 달리 수시로 변했다.

꿈틀대는 근육, 관절과 골격의 움직임, 혈관 내에 흐르는 피, 맥박 치는 세포, 저마다 움직이는 장기…… 인체는 너무 많은 요소들이 복합적으로 어우러져 있어서 절대 한 가지 형태로 딱 고정되어 있지가 않았다. 의념을 부여해도, 삽시간에 잘게 부스러지기 쉬웠던 것이다.

거기다 순보는 그런 변화를 더 많이 내포하고 있었으니. 발걸음 하나하나에, 근육의 동작 하나하나에, 주먹을 내지르는 동작 하나하나에 의념을 담기란 불가능했다.

대체 갈리어드는 어떤 방식을 썼는지 궁금해질 지경이었다.

그래서 그 방식에 대해서 물었지만, 갈리어드는 난감하게 웃으면서 이렇게 대답했다.

—의념을 넘어선 집념. 그거면 될 거다.

집념.

의념뿐 아니라, 모든 의식을 육체에다 집중하란 뜻인 것이다. 물론, 말이 그렇다뿐이지, 도저히 쉽게 해낼 수 있는 일이 아니었다.

그래서 갈리어드는 연우를 혹독하게 굴렸다. 이리저리 정신없이 움직이다 보면, 어긋났던 정신과 육체가 딱 일치하는 순간이 온다는 게 그의 설명이었다.

그렇게 갈리어드의 의도대로 계속 구르던 중, 연우는 아주 짧지만 의식 속으로 육체의 특정한 부위가 확 끌려온다는 느낌을 받을 수 있었다.

아니. 정확하게는 인식이 되었다. 육체의 변화가. 무의식 중에. 자기도 모르게. 관조(觀照)가 이뤄졌던 것이다.

그 순간, 연우는 자기도 모르게 기함을 터뜨렸다.

관조. 왜 이것을 진즉에 생각지 못했을까. 무공에 있어 관조는 기본 중의 기본이었다.

내적인 변화를 수시로 체크해서 변화를 확인하고, 내공의 운행을 보다 자유롭게 하기 위해서였다. 그리고 이것이 계속 이어지다 보면 자연스레 명상이나 참오로 넘어가 정신적 발전을 함께 이루는 것이다.

즉, 육체와 정신을 제대로 파악할 수 있는 방법이란 것인데. 중요한 것은 갈리어드가 가르쳐 준 '의념으로 육체를 통제한다'는 개념과 일맥상통하는 부분이 있다는 점이었다.

그리고. 연우에게는 이것이 다른 무엇보다 훨씬 쉬웠다.

[초감각]

 의념을 밖으로 투영시켜서 외부 세계의 변화를 읽어 내던 방식을, 방향을 바꿔 내부 세계로 돌리면 그게 곧 관조였다.

 연우는 이런 방식으로 20층에서 자아를 확립시킬 수 있었고, 나아가서는 무의식 세계에서 마성과도 조우할 수 있었다.

 초감각의 내재화(內在化).

 전체적인 틀에서 육체를 관찰하면서 필요에 따라 의념을 불어 넣는다. 감각을 더 세밀하게 파고 들어가 통제를 시도하기 시작했다.

 [의념의 새로운 사용법을 터득했습니다.]
 [의념은 영력이 흐르는 통로입니다. 더 많은 연습을 통해 다양한 응용 방법을 터득하세요. 의념이 강화될수록 영격(靈格)이 자유로워집니다.]

 ['초감각'의 스킬 숙련도가 대폭 상승했습니다. 40.5%]

[의념의 영향이 육체에 강한 영향을 미칩니다. 육체에 대한 이해도가 대폭 상승했습니다.]

[의념과 육체의 일체화에 대한 개념을 깨달았습니다.]

['순보'의 스킬 숙련도가 대폭 상승했습니다. 82.9%]

해결책을 마련한 뒤부터는 모든 수련이 일사천리로 이뤄졌다.

방법을 알았다고 해도 완전한 체득화에는 상당한 시간이 필요할 테지만.

연습은 오히려 연우에게 가장 쉬운 것 중 하나였다. 한계까지 혹독하게 자신을 몰아붙이는 것. 그것이야말로 아프리카 때부터 지금까지, 연우가 살아남을 수 있었던 비결이었으니까.

게다가.

[시차 괴리]

한없이 느려진 의식 세계 속에서.

연우는 일일이 육체와 초감각을 동일화시키면서 의념을 조금씩 부여해 빠른 습득을 이뤄 나가고 있었다. 이곳에서는 무한한 연습이 가능했다.

탁!

연우는 가볍게 지면에 착지했다. 손에는 살짝 뭉개졌지만, 형체는 그대로 남은 진흙 덩어리가 남아 있었다.

'아직 멀었어.'

연우는 손자국이 남은 진흙 덩어리를 보면서 작게 중얼거렸다. 이번에는 모양을 온전히 남기려 했었는데. 형태는 남았다지만, 그래도 아직 좀처럼 성에 차질 않았다.

의념을 더 잘 이용해서 힘을 통제할 수 있었다면. 관성도 더 부드럽게 다스릴 수 있었을 텐데.

'그래도…… 이제는 의념이 무의식적으로 따라오기 시작했어.'

연우는 아쉬워하면서도 내심 뿌듯한 마음에 자기도 모르게 가볍게 웃음을 실실 흘렸다.

여태껏 하체를 혹사시키기만 하다가 간만에 이리저리 움직이니, 육체가 확연하게 달라진 것을 느낄 수 있었던 것이다. 특히 땅에서 허공으로 몸을 띄워, 허공에서 뒤틀 때. 의념이 자연스럽게 따라붙으면서 순식간에 많은 변화를 일으켰었다.

육체가 탄력적으로 변했다는 증거였다.

그동안 연우는 꾸준한 단련만 고수해 왔기 때문에 근육이 바위처럼 딱딱했었다. 하지만 지금은 근육이 고무처럼 탄력적으로 변했다. 현자의 돌과 마력회로는 더 활력 찬 마력을 제공했다.

내재화시킨 초감각도 보다 선명해졌으니. 덕분에 연우는 손끝 하나하나, 근육 하나하나, 세포 하나하나가 꿈틀거리고, 맥박 치고, 서로 부딪쳐 작용하는 것을 확실하게 느낄 수 있었다.

하지만 연우는 수련을 더 해야 한다고 생각했다.

의념의 내재화는 이뤘어도, 아직까지 동일화 수준은 아니었으니까. 오러를 다루듯이, 육체도 완벽하게 의념으로 통제를 할 수 있어야만 했다.

"이제 슬슬 기본기는 다 익힌 것 같군."

그때, 연우 앞으로 갈리어드가 만족스러운 미소를 띠면서 착지했다.

연우는 자기도 모르게 헛웃음을 흘렸다. 기본기. 분명 시스템은 스킬 숙련도가 80퍼센트가 넘었다고 말해 줬는데. 갈리어드는 이제야 막 걸음마를 뗐다고 말하고 있었다. 아직도 배울 게 많다는 뜻이었다.

"걷는 법을 어느 정도 알았으면, 이제 뛰는 법을 배워 보지."

연우는 순간 엘로힘들이 23층을 공격했을 때, 갈리어드가 펼쳤던 기예들이 떠올랐다. 이형환위, 금신탄영, 금괴도천파, 어기충소, 일위도강. 순보의 응용기들.

그것들을 펼쳐 낼 때마다 적들은 도저히 정신을 차리지 못했다. 갈리어드는 표홀했고, 귀신같았다. 도저히 방향을 종잡을 수가 없어서 그를 도와주려 했던 연우도 깊게 관여하지 못할 정도였다.

아마 당시의 모습이 의념을 극대화했을 때일 것이다.

연우는 눈을 빛냈다. 의념의 활용법은 이제부터가 진짜 시작이었다.

그러면서도 한편으로는 그런 생각이 들었다. 만약 그런 것들이 '걷는 법'이라면. '나는 법'은 무엇일까?

"어떻게 하면 되겠습니까?"

그래서 기대를 품고 물었고.

"그야 간단하지. 응용기는 기본기를 얼마나 잘 다루느냐에 달린 것 아닌가?"

"……?"

갈리어드가 입꼬리를 씩 말아 올렸다.

"이럴 때는 실전이 제일이지."

그 말이 끝난 순간.

파앙!

갈리어드가 뒷짐을 풀면서 손에 쥐고 있던 나뭇가지를 깊게 찔렀다. 얼마나 많은 의념을 담았던 건지, 공기가 압축되었다가 터지는 소리가 날 정도였다.

연우는 본능적으로 상체를 뒤로 뺐다. 아슬아슬하게 나뭇가지가 관자놀이를 스쳐 지나가고, 연우는 몸을 뒤틀면서 허리춤에서 마장대검을 뽑아 그대로 대각선으로 그어 올렸다.

쾅!

나뭇가지와 마장대검이 부딪치면서 폭발 소리가 났다. 두 개의 그림자가 물러났다가 다시 허공에서 격돌했다.

쿵!

*   *   *

판트는 생각했다.

―너희들이 내 날개가 되어 줬으면 한다.

그 말을 들었을 때는 기뻤고.

―강해져라.

이 말을 들었을 때에는 가슴이 꾹 눌리는가 싶더니.

—강해져. 아무리 눌러도 눌리지 않고, 아무리 부딪쳐도 절대 깨지지 않을 정도로.

결국 마지막 말을 들었을 때는 욕지거리를 내뱉을 수밖에 없었다.
'……빌어먹을.'
연우에 대한 욕이 아니었다. 스스로에 대한 욕이었다.
강해지란 말을 들었을 때. 판트는 날개가 아닌 이빨이 되어 주겠다며, 마음에 들지 않으면 마구 물어뜯어 줄 테니 제대로 해야 할 거라면서 으름장을 놓았다.
하지만 그건 속내를 보여 주지 않으려고 내뱉은 말이었을 뿐. 사실 그동안 판트는 머릿속이 너무 복잡한 상태였다.
시간이 지날수록 연우와의 격차가 자꾸 벌어지는 것을 느끼고 있었기에, 완전히 뒤처지면 어쩌나 하는 조바심이 들었었다.
그래서 그 뒤로 계속 무공을 단련해 봤지만. 아직 이렇다 할 진척을 이뤄 내지 못하고 있었다. 자신이 너무 뒤처진다는 생각에서 쉽게 벗어날 수가 없었다. 자신은 약해도 너무 약했다.

그러면서 한편으로는 왜 이렇게 집중이 되질 않는지, 무엇이 자신을 이렇게 괴롭히는 건지, 끊임없이 의문이 들었다.

그러다 연우가 이리저리 구르는 것을 봤을 때. 판트는 입을 꾹 다물고 말았다. 여태 자신을 괴롭혀 온 감정이 무엇인지 단번에 깨닫고 만 것이다.

'열등감.'

판트에게 있어 연우는 동경의 대상이었다. 처음에는 라이벌로 여겼다가, 호기심에 그를 따라다니기 시작했고, 같이 지내면서 서서히 그의 인간적인 모습에 감화되어 '배우고 싶다'는 생각을 가지게 되었다.

그러면서도 자꾸 격차가 벌어진다는 사실에, 연우가 가진 재능을 질투하면서도, 자칫 나태해질 수 있는 자신을 채찍질하는 원동력으로 삼았다.

하지만 그때는 언젠가 따라잡을 수 있을 거라고만 여겼지, 다른 생각을 해 본 적이 없었다.

그러나. 이제는 알 것 같았다.

'왜 난 저 근처에도 가질 못하는 걸까.'

연우에게 동경심을 갖고 있으면서도, 한편으로는 열등감도 같이 품고 있었다. 저 사람은 되는데 왜 난 되지 않을까. 나도 그만큼 노력하는데. 왜. 어째서?

판트는 어린 시절부터 자신이 꼭 우두머리를 해야 직성이 풀리는 성격이었다. 또래 친구들과의 전쟁놀이에서도 대장을 맡아야 했고, 단체 훈련이 있으면 성적이 다른 사람들에 비해 압도적으로 좋아야만 했다.

누군가가 자신의 앞에 있는 것은 절대 있을 수 없는 일이었다.

왕좌. 어렸을 때부터 판트가 원하던 건 딱 하나밖에 없었기에, 왕이 되기 위해서 절대 뒤처져서는 안 된다는 강박관념에 갇혀 살았다.

타인이 자신을 우러러보는 것을 즐기기만 했지, 자신이 타인을 그런 시선으로 보는 것은 생각해 본 적도 없고, 생각해 볼 수도 없었다. 주변에서 오만하다고 해도 코웃음만 칠뿐이었다.

그러다 연우를 만났다.

그와의 조우에서. 판트는 여태껏 자신을 둘러싼 세계관이 모두 박살 나는 것을 느꼈다.

여태껏 자신이 세상의 중심이라고 생각했던 건 착각이었을 뿐이었다. 자신보다 앞서 있는 사람은 숱하게 많았다.

그래도 어떻게든 악착같이 따라잡으려 노력했고, 그러다 보니 어느새 연우를 우러러보게 되었다. 어렸을 때의 그라면 절대 생각도 할 수 없었을 포지션에 놓인 것이다.

하지만 연우는 잡히기는커녕 계속 멀어져만 갔다. 그리고 그럴수록, 판트는 언제부턴가 '납득'을 하기 시작했다. '에휴, 또 저러네.'라고 한숨을 내쉬면서, 언제부턴가 격차가 벌어지는 것을 내심 어쩔 수 없다고 생각하고 있었다.

어느덧 체념을 한 것이다.

분명히.

거기서부터 잘못된 것 같다.

여전히 연우는 동경의 대상이었다. 어려운 길을 묵묵히 걷는 그가 대단하고, 존경스럽다는 생각은 그대로였지만. 그렇다고 해서 뛰어넘지 못할 거라 지레 포기하고 체념해야 할 대상은 아니었다.

'이건 아냐.'

판트의 마음 한편에서 뭔가가 대가리를 치켜들었다. 그건 승부욕이었다. 경쟁심이었다. 언제부턴가 납득과 체념을 하면서 사라져 버렸던, 그런 감정들.

'따라잡는다고? 아니. 좇는 것으로는 안 돼.'

판트는 이를 악물었다. 열등감을 눌렀다. 대신에 승부욕을 활활 불태웠다.

연우를, 꺾고 싶었다.

"오빠. 난 층계를 오르겠어."

그때, 에도라가 묵묵히 연우를 지켜보고 있다가, 갑자기

입을 열었다.

판트는 상념에서 천천히 깨어나면서 여동생을 돌아봤다.

에도라는 연우를 보고 무슨 생각을 가진 걸까. 자신처럼, 그녀의 속마음에서도 어떤 변화가 있었던 게 분명했다. 혜안이 열린 두 눈동자가 너무 깊었다. 아주 잠깐이지만, 어머니 영매를 만난 게 아닐까 싶을 정도였다.

분명한 건. 자신과 비슷한 마음은 아니리라는 것.

판트가 연우에 대해 가진 마음이 열등감에서 비롯된 경쟁심과 승부욕이라면, 에도라는 연심에서 비롯되었을 테니까.

하지만 판트는 에도라의 생각을 묻지 않았다. 자신이 품은 마음은 자신만이 갖고 있듯이, 그녀가 품은 마음은 그녀만 간직하면 된다.

자신이 해 줄 일은 가족으로서 묵묵히 응원해 주는 것. 그래서 그는 별다른 말 없이 고개를 끄덕였고, 에도라는 '고맙다'고 말하면서 뒤로 돌아섰다.

우웅, 웅—

에도라의 품에 안겨 있던 신마도가 길게 울음을 토했다. 금방이라도 꿈틀거릴 것처럼. 뜨거운 열풍이 여기까지 전해지는 것 같았다.

그렇게 에도라가 훌쩍 떠나고 난 후.

판트는 몇 시간을 더 가만히 서서 연우와 갈리어드를 지켜보다가, 휙 하고 몸을 반대로 돌려 어디론가 움직였다.

　　　　＊　　　＊　　　＊

대장로는 안경을 고쳐 쓰면서 인상을 잔뜩 찌푸렸다.
"뭐?"
"혈뢰, 주십쇼."
마치 전당포에 맡겨 놓은 물건을 찾으러 온 것처럼 당당한 태도.

대장로는 판트를 빤히 쳐다보다가 보고 있던 책을 탁상 위에 덮어 놓았다. 간만에 무왕이 해괴한 짓을 저지르지 않아서 마음 편하게 쉴 수 있는가 싶었더니. 누가 그 핏줄 아니랄까 봐. 별 쓸데없는 소리를 해 댄다.

마음 같아서는 떠올리고 싶지 않은 낯짝을 쏙 빼닮은 저 굵은 머리통을 후려치고 싶지만. 그래도 충동을 꾹 누르면서 눈에 잔뜩 힘을 주고 물었다.

"너, 혈뢰가 뭔지는 알고나 하는 소리냐?"
"압니다."
판트는 고개를 끄덕였다. 혈뢰. 핏빛 현자의 상징. 청람가의 비기, 뇌정권에서 비롯된 무형강기. 연우에 대한 호승심에서 격발된 감정은 더 강한 힘에 대한 갈망으로 치달았나. 그리고 수많은 고민 끝에 판트가 내린 결론이 바로 이것이었다.

하지만 대장로는 가당치도 않다는 듯이 콧방귀를 뀌었다.

"아니. 모른다."

"아뇨. 압니다."

"아니. 모른다."

판트는 다시 무슨 말을 하려 했지만, 이내 입을 꾹 다물고 말았다. 대장로의 한쪽 입꼬리가 말려 올라가 있었다. 명백한 비웃음. 조롱에 가까운 미소였다.

"솔직히 말해 줄까?"

판트는 고개를 끄덕였다.

"넌 약하다."

"……!"

판트의 눈이 부릅떠졌다. 몸이 뻣뻣해졌다. 주먹에 힘이 바짝 들어갔다.

거기다 대고 대장로는 조롱을 던졌다.

"반발할 생각 마라. 솔직히 맞는 말이지 않느냐? 너희 형제들? 맞다. 대개 너보단 약하지. 하지만 너보다 강한 사람도 많지. 솔직히 말해, 네가 차기 왕 후보군에서 수위권인 것은 네 어머니와 동생의 위치가 크다는 것을 간과해서는 안 될 거다."

"……."

"청람가의 남매니 뭐니 하면서 띄워 줬어도. 세상에는 괴물들이 많아. 마을만 봐도 너보다 뛰어난 전사들은 숱하고, 탑에 나가면 모래알처럼 많지."

판트는 이를 악물었다. 하지만 대장로는 힐난을 그치지 않았다.

"그리고 하나 더. 넌 똑똑하지도 못해."

"……."

벌겋게 변했던 판트의 눈이 이번엔 파르르 떨렸다. 우직하고, 저돌적이다. 평소 그가 받던 평가였다. 하지만 그건 좋게 평가했을 때일 뿐. 나쁘게 말하면 이렇다. 생각이 짧고, 멍청하다.

"반면에 나는 어떤 것 같으냐?"

대장로는 자신을 가리켰다. 판트는 더 이상 아무 말도 할 수 없었다.

평소 묵묵히 집무실에서 일만 하기로 유명한 대장로이지만. 사실 그만큼 오만한 사람은 없었다. 무왕도 한 수 접어야 할 정도로. 그리고, 대장로는 그래도 되는 사람이었다.

"강하지. 똑똑하고. 지금은 비록 죽고 없지만, 그래도 한

때 탑을 위협했던 마군의 검은 새벽도 나에겐 별다른 소리를 하지 않을 정도였다. 지금의 무고서, 그걸 정리한 건 누굴까? 오늘날 일족을 부흥시킨다는 네 아버지를 키운 사람은 또 누굴까?"

분명히 아무런 기세도 흘리지 않고 있건만.

판트는 보이지 않는 공기가 양어깨를 짓누르고, 아니, 짓밟고 있다는 느낌을 강하게 받았다. 손으로 폐부를 쥐어짜는 느낌이었다. 숨을 쉬기가 버거웠다. 심장이 방망이질을 치면서 등골을 따라 오싹한 오한이 들고, 옷이 식은땀으로 흠뻑 젖었다.

핏빛 현자. 무왕에 가려졌어도, 그는 여전히 일족의 기둥이었다. 그리고 세간에도 여전히 건재하다는 것을 보여 주었다. 엘로힘의 세 집정관과 맞수를 이뤘던 왈츠마저도 그에게는 몇 수를 접어야 하지 않았던가.

판트는 이를 악물며, 씹어 삼키듯이 말했다.

"……대장로님이십니다."

"그렇다."

대장로는 오만하게 고개를 끄덕이면서 말을 이어 나갔다.

"그리고 혈뢰는 그런 나를 상징하는 것이다. 내가 평생을 두고 싸우고, 구르고, 생각하고, 터득하고, 때로는 굴욕적이게 머리를 조아리고, 패배를 겪으면서도 계속 덤비고,

도전하고, 참오하고, 또 참오하면서 겨우 얻어 낸 과실이다. 혈뢰가 곧 나다."

대장로가 인상을 찡그리기 시작했다. 잔뜩 일그러진 얼굴이 분노를 드러냈다.

"한데. 뭐?"

맹수의 분노는 공기마저 떨리게 만든다. 판트는 떨리는 것이 공기인지, 아니면 자신인지 알 수 없었다.

"너처럼 강하지도 똑똑하지도 못한 녀석이 내 것을 탐한다고? 돌아가라."

일갈만 내지르지 않았을 뿐. 명백한 축객령이었다. 너는 자격이 되질 않으니 보물을 탐할 수 없다는 면박이기도 했다.

판트의 어깨가 부르르 떨렸다. 그는 절벽에서 떨어져 한없이 아래로 추락하는 느낌을 받았다. 연우를 만났을 때처럼. 다시 한번 더 자신을 이루고 있던 모든 세계관과 가치관이 산산이 부서지고 있었다.

마지막 남아 있던 자긍심마저 부서졌다.

빨갛게 달아오른 눈으로 대장로를 노려봤다. 원래의 그였다면 집어치우라며 분탕이라도 치던가, 씩씩대면서 제 발로 박차고 나갔을 테지만.

"……기회를, 주십시오."

판트는 고개를 숙였다.

그런 모습을 보면서.

대장로는 이이라는 듯 살짝 눈을 크게 떴다. 언제나 자신밖에 모르고, 뻣뻣하기만 하던 왕자가 머리를 숙였다. 그게 무슨 의미인지 이 아이는 알고 있을까. 무엇이 그를 이렇게 절박하게 만든 것일까.

사실 대장로는 말과 다르게 평소 판트를 높게 평가하고 있었다.

판트더러 우둔하다고 했지만, 사실 그건 너무 솔직하고 직선적인 성격 때문에 그렇게 보일 뿐.

사실 그는 사리 분별이 탁월하고 판단 능력이 뛰어났다. 애초에 자격이 없었다면 수많은 형제들 중에서 왕 후보군으로 꼽히지도 않았을 것이다.

약하다고 한 것도 마찬가지. 사실 비교 대상인 무왕과 대장로가 일족 내에서도 천재라 불릴 만큼 뛰어났을 뿐. 판트도 사실 수재였다. 그 나이대에 그만한 무위를 가진 사람은 거의 없었다.

그런데도 이렇게 조롱하고 기를 누른 이유는 단 하나.

인내심을 확인하기 위해서였다.

무공에 있어 가장 중요한 것은 바로 인내심이었다. 성장이 가로막혔을 때, 벽에 부딪쳤을 때, 패배를 겪었을 때, 그것을 꾹 참아내면서 스스로를 돌아볼 수 있어야만 했다.

그러지 못하고 화풀이를 하고, 힘들다며 도망쳐 버린다면. 다시는 그 위로 올라갈 수 없었다.

특히 혈뢰 같은 고차원적인 절학은 더더욱 그랬다.

대장로가 만든 무공서이니만큼 쉽게 이해하기 어려운 관념들이 많이 나오고, 여기에 따라 깊은 참오를 필요로 했다.

그런데 인내심과 참을성이 없다면 물려줘 봤자 빛 좋은 개살구밖에 되지 않는다.

문제는 여태 대장로가 봤던 판트는 판단력은 좋아도, 너무 급한 성격 때문에 대개 일을 그르치는 경우가 많았다는 것이다. 차분한 성정을 가진 대장로로서는 절대 용납할 수 없는 부분이었다.

그런데.

'제법 많이 달라졌단 말이지.'

대장로는 눈을 빛내면서 판트를 가만히 관찰했다. 원래대로라면 집어치우라고 성을 내면서 박차고 나가거나, 자리에 드러누워 생떼를 부려 댈 녀석이건만. 여전히 고개를 숙인 자세를 풀지 않고 있었다.

대장로는 꽤 긴 시간 동안 아무 말도 않았다. 단순히 판트 녀석이 잔머리를 굴리는 건지, 아니면 진짜 변한 건지 확인을 해 볼 참이었다.

그리고.

판트는 긴 침묵 속에서도 일절 흐트러지지 않았다. 그는 그만큼 절실하게 혈뢰를 필요로 했다.

단순히 연우에 대한 열등감과 승부욕, 호승심 때문만이 아니었다. 그를 가슴 깊이 동경하고 있는 것도 그대로였고, 이빨이 되어 주겠다면서 큰소리쳤던 것도 진심이었다.

연우란 존재는. 이미 판트에게 있어 절대 떼려야 뗄 수 없는 지기였다.

그런 복합적인 감정들이 이리저리 뒤섞이면서 도출한 결론이 딱 한 가지일 뿐이었다.

'힘.'

판트는 이를 악물었다.

'힘을 얻어야 해.'

강해지라고 말했던 연우의 말처럼. 판트는 이대로는 아무것도 되지 않는다는 것을 알고 있었다. 에도라도 그와 같은 생각이었다.

다만, 에도라가 실전에서 힘을 쌓겠다는 판단으로 층계를 오르겠다고 한 것에 비해, 판트는 더 강렬하고 파괴적인 힘을 필요로 했다.

전장에서 대장로가 부리던 혈뢰를 절대 잊을 수가 없었다. 눈에 각인된 위엄은. 그가 그토록 바라던 모습이었다.

그래서 대장로가 자신을 내친다고 하더라도, 절대 자세를 풀지 않을 생각이었다. 자존심? 자부심? 그딴 게 무엇이 중요하단 말인가. 그런 것도 힘이 있는 자들만이 가질 수 있는 거였다.

그렇게 한참 시간이 흐르고.

"하."

대장로는 못 말리겠다는 듯 땅이 꺼져라 한숨을 내쉬었다. 그 순간, 판트는 자신이 기회를 붙잡았다는 사실을 깨달았다. 그러면서도 대장로 성격상 쉽지 않을 거란 예감도 들었다.

아니나 다를까.

"좋다. 이렇게까지 고집을 피운다면 어쩔 수 없지. 단, 증명해라."

판트는 고개를 들었다. 너무 오랫동안 숙이고 있어 허리가 저렸지만, 두 눈만큼은 총기로 반짝였다.

"무엇을 증명할까요?"

"자격."

안경 너머, 대장로의 두 눈이 깊게 가라앉았다.

"네가 나의 후계가 될 자격 말이다."

'자격…….'

판트는 대장로의 거처를 나오면서 생각했다.

후계가 될 자격을 증명하라. 그게 무슨 말뜻인지 좀처럼 쉽게 이해가 가질 않았다. 그를 떼어 내기 위해서 아무렇게나 던진 말은 분명 아닐 텐데. 아마 말 그대로 혈뢰를 줘야 하는 이유를 보이란 게 아닐까.

'후계가 될 이유.'

판트는 양손을 펼쳐서 자신의 손을 내려다봤다. 대장로는 일족의 최고 어른이기도 하지만, 사소하게는 그에게 있어 큰종조부가 되었다.

51개의 가문 중 가장 쇠락해 가던 청람가의 전성기를 열고, 무왕 나유가 번듯하게 자랄 수 있게 만든 어른.

혈뢰의 모티브인 뇌정권은 판트도 즐겨 사용하는 무공이었다. 그렇다면 최소한의 자격은 갖춘 셈이었다.

다른 무공을 익힌 상태로 혈뢰를 받아들이기보다, 이미 다 잡힌 기틀 위에 씌우는 게 더 나을 테니.

그렇다면……?

툭!

판트는 걷다 말고 잠시 걸음을 멈췄다.

'다 집힌 기틀. 그렇다면 뇌령(雷靈)부터 얻는 게 순서상 맞지 않을까?'

뇌령. 뇌성권을 대성했을 때에 나타난다는 현상. 뇌기와 신체가 하나가 되어, 비로소 강기를 열 수 있게 되는 경지를 뜻했다. 그리고 혈뢰는 강기무공. 당연히 뇌령은 기본적으로 따르는 조건이었다.

판트는 한순간 머릿속이 맑아지는 느낌을 받았다. 결국 돌고 돌아 해야 할 일은 똑같았다.

개인 수련. 원래 뇌령은 뇌정권의 전수자가 반드시 얻어야 할 최종 경지였다.

막막하던 이전과 다르게, 이번에는 확실한 목표점이 생겼다.

판트는 다시 걸음을 다른 곳으로 옮겼다. 한시가 급했다.

＊　　＊　　＊

"하아. 하아……. 판트가 폐관 수련에 들어갔단 말씀이십니까?"

연우는 거칠게 숨을 몰아쉬면서 갈리어드를 바라봤다. 일순간 폭발적인 속도를 내는 기술, 궁신탄영을 한창 연습하던 중에 들은 말은 그의 관심을 끌었다.

"그래. 듣자 하니 다짜고짜 무왕에게 찾아가서 면벽동의 열쇠를 내놓으라고 강짜를 부렸다는군. 하하."

"면벽동이라면. 확실히 판트가 제대로 작심을 한 모양입니다."

선우는 일찍 눈을 크게 떴다.

면벽동은 여러 폐관 수련장 중에서도 가장 깊숙한 곳에 위치했다.

수련자는 5평 남짓한 좁은 공간 속에 희망 기간 동안 먹을 식량만 가지고 갇혀 지내야만 했다. 문은 안에서 절대 열 수 없도록 설계되어 있어 웬만한 인내심이 아니면 도전할 엄두를 내지 못했다.

최소 몇 년 단위로 죽어라 수련할 목적이 있는 사람만이 들어가길 희망할 텐데. 판트가 들어가겠다고 한 걸 보면 절대 얕은 마음을 먹은 게 아니었다.

"거기다 왕족의 권한으로 금급 무서고도 열어 달라고 요청했었다더군. 그래서 장로회에서 긴 논의 끝에 5종의 비급을 갖고 들어갈 수 있게 의결했다 하니. 아마 당분간 얼굴 보기는 힘들 게다."

금급 무서고는 원래 일족의 왕이나 장로회에서 특별히 허락을 받은 사람만이 출입할 수 있는 곳.

다만, 왕족은 평생 1회에 한해 자유롭게 출입을 할 수가 있었다. 이 권한을 사용한 모양이었다.

갈리어드의 말마따나, 판트가 독하게 마음을 먹긴 먹은 모양이었다. 면벽동으로 가는 동안 어떤 표정을 지을까. 내심 궁금했지만, 굳이 찾아가지는 않을 생각이었다.

그러기엔 서로가 너무 낯간지러웠다. 그리고 굳이 그럴 필요도 없었다.

연우는 판트가 어떤 심정인지 알 것 같았다. 자신에게 했던 말과 다르게 뜻대로 풀리지 않는 현실이 녀석을 자극한 게 틀림없었다.

"비급을 다섯 개나 들고 들어갔다니……. 그 성질머리로 공부하려면 머리 잔뜩 싸매야겠군요."

"원래 공부도 하던 놈이나 하는 법이지."

갈리어드가 피식 웃으면서 맞장구를 쳤다.

"그리고 에도라는 본격적으로 층계를 오른다고 이야기를 했다더군. 영매에게 쪽지만 남겨 두고 말없이 훌쩍 떠났다고 하니 그쪽도 마음을 독하게 먹은 모양이야."

연우는 고개를 끄덕였다. 서로 다른 둘의 선택이 이해가 되었다.

에도라는 혜안과 양도를 가지고 있다. 밀실에 갇혀 참오를 하는 것보다는 실전을 통해 안력을 기르면서 양도의 숙련도를 높이는 게 가장 알맞은 선택이었다.

'에도라라면. 잘 해내겠지.'

조금 걱정이 되는 판트와 다르게, 에도라에 대한 신뢰는 아주 컸다.

여태 이렇다 할 실력을 크게 드러낸 적이 없던 그녀였지만. 그래도 숨겨 둔 게 많다는 건 잘 알고 있었다.

어쩌면. 신마도를 제대로 풀어낸다면 자신도 함부로 승부를 장담하기 어렵지 않을까.

연우는 옷에 묻은 먼지를 가볍게 털면서 다시 자세를 갖췄다. 두 남매가 독한 마음을 품고 움직인다면. 자신도 거기에 뒤처져서는 안 되었다.

'동생들에게 진다면, 맏형으로서 쪽팔리니까.'

연우는 그런 생각을 하면서 다시 땅을 박찼다.

쾅!

쐐애액—

그렇게 빠르게 달리는 연우만큼이나.

시간도 다시 빠르게 흘렀다.

* * *

[의념을 정제하는 법에 대해서 터득하였습니다.]

[궁신탄영을 습득하였습니다.]

['순보'의 스킬 숙련도가 대폭 올랐습니다. 89.1%]

그렇게.

[의념을 순환시키는 방법에 대해서 큰 단서를 얻었습니다.]
[일위도강을 습득하였습니다.]
['순보'의 스킬 숙련도가 상승하였습니다. 95.2%]

훈련은 계속 이어지고.

[의념을 무의식적으로 다루는 법을 터득했습니다.]
[금리도천파를 습득했습니다.]
[어기충소를 습득했습니다.]
['순보'의 스킬 숙련도가 상승하였습니다. 99.6%]

드디어 결실을 볼 때가 찾아왔다.

[의념을 신체에 완벽히 적용시켰습니다. 초감각과 신체가 완전한 동일화를 이뤘습니다.]

[이형환위를 습득했습니다.]

['순보'의 스킬 숙련도가 대폭 상승하였습니다. 121.6%]

[축하합니다! '순보'의 스킬 숙련도가 Max치를 넘어서는 데 성공했습니다.]

[보법의 묘리를 얻었습니다.]

[스킬과 관련된 모든 능력치가 향상됩니다.]

[추가 능력치가 배분됩니다.]

[힘이 15만큼 상승했습니다.]

[민첩이 19만큼 상승했습니다.]

……

[스킬과 관련된 새로운 깨달음을 얻었습니다. 상위 스킬을 오픈합니다.]

[스킬 '활신(滑身)'이 생성되었습니다.]

['활신'의 스킬 숙련도가 대폭 상승하여 빠르게 Max치를 달성하는 데 성공했습니다.]

[신법의 묘리를 얻었습니다.]

……

[플레이어의 능력치를 산정하여 새로운 스킬을 탐색합니다.]

[상위 스킬 '경종(輕踪)'을 오픈합니다.]
[경공의 묘리를 얻었습니다.]
……

['경종'의 스킬 숙련도가 대폭 상승하여……]
……

[특성 '마룡체'와 '수도자'의 영향을 받습니다.]
[상위 스킬을 오픈합니다.]

[바람길]
넘버링 80
숙련도: 0.0%
설명: 세상으로부터 배척받아 깊은 어둠 속에 숨어야만 했던 다크 엘프에 있어 유일한 친구는 바람밖에 없었다.

바람은 한곳에 머물지 않고 도도하게 흐르며 차별을 두지 않는다. 그것의 흐름은 언제나 막힘없이 자유로워 다크 엘프는 언제나 그런 바람을 닮고자 했다. 그러니 그들처럼 바람과 같이 노닐다 보면 여태보지 못했던 새로운 길을 볼 수 있을지도 모른다.

* 길찾기

스킬을 전개할 때마다 랜덤으로 여러 개의 길이 제시된다. 각 길의 끝에는 서로 다른 결과가 놓여 있으며, 최소 2개에서 최대 5개까지 제시된다. 숙련도가 높아질수록 제시되는 길의 수도 많아지게 된다.

현재 보유한 바람은 총 3개(미풍, 돌풍, 삭풍).

* 폭풍의 눈

주변에 흐르는 바람을 한껏 끌어모았다가 터뜨릴 수 있다. 이때, 폭풍이 전개되어 넓은 범위에 걸쳐 적아를 막론하고 강한 치명타를 입힐 수 있다.

**스킬 '용마안'과 연동되어 더 확실한 길찾기가 가능해집니다. 제시되는 길의 최대 개수가 늘어나며 위력이 증대됩니다.

**스킬 '심연의 정령술'과 연동되어 바람의 정령의 가호가 따르게 됩니다.

화아악!

변화는 아주 갑작스럽게 찾아왔다.

평소와 다름없이 의념을 통제하는 데 전념했고, 완성을 목전에 두고 있던 이형환위를 계속 연습하고 있던 중이었다.

갑자기 용마안이 활짝 열리더니 여태껏 보았던 결보다 몇 배는 더 많은 결이 시야에 담겼다.

그 순간, 연우는 아주 잠깐이지만 이대로 머리가 핑 도는 게 아닌가 싶을 정도로 강한 현기증을 느끼고 말았다.

시차 괴리로 한껏 느려진 세상 속에서. 겨우 정신을 수습하고, 시야를 똑바로 확보했을 때.

연우는 새로운 세상을 볼 수가 있었다.

수많은 결들이 도도한 강물처럼 흐르고 있었다. 결들은 아주 조금씩이지만 서로 다른 색으로 빛나고 있었다.

어떤 것은 짙고, 또 어떤 것은 옅었다. 크고 작은 것들도 있어 서로 뒤엉키면서 세상을 뒤덮었다.

여태껏 연우가 봤던 결은 단편적으로 끝나거나 실타래처럼 단단히 뭉쳐 있었을 뿐이었다. 지금처럼 이렇게 서로 연결되어 흐르는 것을 보는 건 처음이었다.

연우는 비로소 그것이 '바람' 이라는 것을 깨달았다.

지금까지는 감각으로만 느꼈던 바람의 움직임을 육안으로 볼 수 있게 된 것이다.

그뿐만이 아니었다.

연우는 바람을 보는 것과 마찬가지로 제3자의 시점에서 자신의 신체도 손쉽게 투영할 수 있었다.

감각이 완전히 달라져 있었다. 의념으로 연결된 육체적

감각은 훨씬 더 많은 외부의 정보를 조달하고, 그것을 능숙하게 조절했다. 묵직했던 몸이 깃털처럼 가벼웠다.

손끝으로 느껴지는 바람. 한 올 한 올, 어떤 것은 부드럽고, 어떤 것은 까끌까끌했다. 바람뿐만 아니라, 그 너머에 있는 것도 느껴졌다.

그리고. 연우는 그것을 전부 자연스럽게 통제할 수 있었다. 손을 활짝 펼쳤다.

바람이 자연스레 손바닥 안쪽으로 몰리면서 둥근 구체를 형성했다. 구체에다 의념을 불어 넣었다.

화르륵! 구체는 단번에 불꽃으로 변해 크게 타올랐다.

마력, 육체, 의념, 결. 모든 것들이 손쉽게 움직였다. 불과 몇 시간 전까지만 해도, 하나하나씩 집중해서 연결해야만 했었는데. 이제는 그럴 필요가 없었다.

"축하하네. 풍안(風眼)을 열었군."

그때, 머리 위에서 갈리어드가 훌쩍 뛰어내려 왔다. 그는 수고했다면서 연우의 어깨를 두들겨 주었다.

"우리 일족으로 치면…… 그래. 이제야 '사냥꾼'이 된 거지. 일족이 아닌 자네로서는 상당히 힘이 들었을 텐데. 용케 잘 따라와 주었어."

연우는 고개를 가로저었다.

"갈리어드가 아니었다면 시도조차 못 했을 겁니다."

그 말은 진심이었다. 갈리어드가 아니었다면 얼마나 오래 걸렸을지 상상도 가질 않았다.

동생의 첫 번째 스승. 그는 연우에게도 과분할 정도로 많은 것을 가르쳐 주었다. 절대 타 종족에게는 전수하지 않았을 다크 엘프의 비기를 아낌없이 전수하면서. 덕분에 연우는 막혔던 벽을 겨우 허물 수 있었다.

[칭호 '다크 엘프의 사냥꾼'을 획득했습니다.]

연우는 메시지를 보면서 뿌듯함에 잠겼다.

게다가 바람길은 용마안과 심연의 정령술 등, 다양한 스킬과의 연동이 너무 손쉬웠다. 때문에 증폭된 효과만 따진다면, 단순히 넘버링에 머물 스킬이 아니었다.

'이 정도면…… 거의 권능에 준할 수준이야.'

준권능이라고 봐도 되지 않을까. 연우는 이번에 터득한 바람길이 불의 파도에 못지않게 자신을 확실하게 탈바꿈시켰다는 것을 믿어 의심치 않았다.

"그보다 어디 실험해 보지 않겠나?"

연우는 고개를 끄덕이면서 손을 앞으로 펼쳤다. 마장대검이 착 감겼다. 풍안을 열기 전에는 절대 알 수 없었던 느낌이 손끝에서 느껴졌다.

말로 표현하기 힘들지만. 마장대검의 감정이 느껴지는 것 같았다. 용마아으로 바람을 부듯이, 갑자으로 마장대검을 느낄 수 있었다.

녀석은 울고 있었다. 자신을 깨워 달라면서. 긴 외로움에서 해방되길 바랐다.

그래서 연우는 녀석을 달랠 생각으로 의념을 불어 넣었다. 영력이 따르고, 마력이 흘렀다. 검신을 따라 붉은색 오러가 화려하게 피어오르면서 단번에 착 감겼다. 그것을 빌려, 마장대검은 드디어 사념을 해방할 수 있었다.

그 순간, 연우는 마장대검과 하나가 되는 듯한 느낌을 받았다. 자신이 마장대검이었고, 마장대검이 자신이었다. 의념이 완벽한 동일화를 이뤘다.

검신일체.

혹은 신검합일(身劍合一)이 이뤄지는 순간이었다.

쩌어어엉—

마장대검이 길게 울렸다. 오러가 단단한 형상을 갖췄다.

검강이었다.

연우는 그것을 그대로 우측으로 크게 틀었다. 이대로라면. 여전히 머릿속에 단단히 각인되어 있는 팔괘도 펼칠 수 있지 않을까.

무왕이 팔극권을 극한까지 쥐어짜 완성시켰던 힘, 팔괘.

그리고 그 너머에 있는 무극. 그때의 기질을 연상하면서 검강 속에 그대로 체현해 보고자 했다.

마장대검이 뿜어내는 사념 속에 의념을 한껏 담아서. 머릿속에 그려 두었던 공상을 그대로 옮겨 담았다.

그리고.

팟!

오러가 강렬하고 시린 빛을 토해 내는가 싶더니.

파스스—

화려했던 외관과 다르게 아무런 일도 벌어지지 않았다.

오히려 그 빛을 끝으로 오러가 잘게 부서지기 시작했다. 마치 파도에 허물어지는 모래성처럼. 고운 입자가 되어 흩어졌다.

연우는 언제 그랬냐는 듯이 조용해진 마장대검을 내려다보면서 작게 중얼거렸다.

"역시 안 되는구나."

무왕이 했던 말이 있었다.

—네 길이 아니라서 그런다.

그때는 그게 무슨 말인지 전혀 이해하지 못했다.

처음에는 단순히 방식이 잘못된 건가 싶어서 다른 방법

을 찾고자 했고, 갈리어드의 도움을 받아 순보를 단련해서 비림길을 열었다.

하지만 의념을 깊게 다룰수록. 육체를 완전하게 통제할 수 있게 되면서. 연우는 아주 조금씩 무왕이 했던 말이 무슨 의미인지를 깨달을 수 있었다.

'팔괘와 무극은 내 길이 아니었던 거야.'

팔괘와 무극은 의념을 기반으로 한 의념기(意念技)였다. 무왕의 생각, 사고, 심득이 어우러지면서 만들어진 그만의 기예. 무왕이 살아왔던 경험을 바탕으로, 팔극권을 해석하면서 끌어 올린 새로운 무공이란 뜻이었다.

그런데 무왕과는 전혀 다른 길을 걸었던 연우가 팔괘와 무극을 모방한다?

불가능할 수밖에 없었다.

판트가 대장로의 혈뢰를 좇는 것과는 달랐다. 두 사람이 익힌 무공은 대개 상이했고, 판트는 혈뢰를 배우기 위해서 자신이 단련한 모든 것을 버릴 각오까지 되어 있었다.

하지만 연우는 달랐다.

그는 그동안 쌓은 것들이 너무 많았다. 그것을 버리면서까지 팔괘와 무극을 좇을 생각은 추호도 없었다. 그리고 무왕도 절대 그것을 언급하지 않았다. 애당초 연우가 그렇게 마음을 먹었어도 거절했을 게 틀림없었다.

'검에 대한 나의 재능은 여기까지니까.'

그리고 육체를 완벽하게 파악하게 되면서. 연우는 자신이 지닌 재능의 깊이도 냉정하게 파악할 수 있었다.

연우가 늘 자각하고 있듯, 그의 재능은 절대 뛰어난 편이 아니었다.

그런데도 여기까지 빠른 성장이 가능했던 것은 각종 편법을 사용해 마룡체를 이루면서 육체의 잠재 능력을 한껏 끌어올렸고, 부족한 부분은 시차 괴리를 이용해서 한껏 느려진 의식 세계에서 수십 배로 더 많은 노력을 했기 때문이었다.

하지만 그마저도 이제 진짜 한계에 부딪쳤다.

3차 각성이 이룰 수 있는 최대의 한계를 달성했니 마니 하는 그런 한계가 아니었다. 정말 연우가 가진 정신적 재능으로 이룰 수 있는 선은 여기까지였다.

아마 이 이상 검을 부단히 휘둘러 대도 더 이상 아무 발전도 없을 것이다.

그를 마주한 건 벽이 아니었다. 길이 없는 낭떠러지였다.

네 길이 아니라는 말은. 검이 네 길이 아니라는 말이기도 했던 것이다.

하지만.

연우는 또한 그 말이 무왕의 힌트이기도 하다는 것을 알아챘다.

'굳이 검에만 몰두해서는 안 된다는 말뜻이셨어. 앞으로 성장하려면 지금처럼 중구난방으로 이것저것을 익히는 게 아니라, 내가 가진 모든 것들과 함께 엮어서 하나로 통합할 필요가 있어.'

눈앞에 낭떠러지가 있다면 날개를 달아야만 한다.

그렇다면 그 날개란 무엇일까.

이건 답하기 쉽다.

의념기.

무왕이 팔괘와 무극을 만들어 냈듯이. 연우도 그와 비슷한 자신만의 무도(武道)를 개척하면 된다.

'하지만…… 대체 또 어디서부터 손을 대야 할지 도무지 짐작이 가질 않는데.'

차라리 판트처럼 면벽동에 들어가서, 답을 볼 때까지 72선술과 미후왕의 유산, 음검과 태극혜 반고검을 탐구해 볼까 하는 마음도 들었다.

그런다면 정말 새로운 길이 보일지도 몰랐으니.

어쩌면 그 와중에 여태 이룬 마법 체계도 재정립할 수 있을지도 몰랐다.

그래서 짧게 고민해 봤지만.

'아니. 그건 천천히 해답을 강구해 보자.'

연우는 고개를 가로저었다. 면벽동에 들어가는 것은 정

말 최후의 수단이다. 아직 아무런 힌트도 얻지 못했는데 무작정 들어가서는 괜히 쓸데없이 시간만 허비할 뿐이었다.

그리고 검이 한계에 부딪쳤다고 해서, 육체가 더 이상 성장하지 못한다고 해서, 모든 방법이 사라진 건 아니었다.

당장은 막막해 보여도 어디에나 길이 있는 법이었으니까. 그리고 당장 해야 할 일이 없는 것도 아니었다.

'불의 파도. 일단 그것부터 완성해야겠어.'

의념을 다루는 법을 완벽히 터득했으니, 이제 불의 파도를 완성시키는 것도 어렵지는 않을 것이다. 여태껏 조절에 실패할 때마다 시전자도 곤혹스럽게 만들었던 스킬이니만큼 빨리 제대로 통제할 필요가 있었다.

그리고 연우가 바라는 불의 파도의 최종형도 있었다.

'그런 무지막지한 힘이 오러 속에 담긴다면. 꽤 볼만하겠지.'

단언컨대, 연우는 자신이 곧 지니게 될 오러를 상대할 수 있을 자가 그리 많지 않을 거라고 자부할 수 있었다.

여름여왕에게 선보이고 난 뒤. 무왕도 혀를 내두를 정도였으니까. 파괴력 하나만큼은 확실했다.

마음 같아서는 당장 시험해 보고 싶었지만.

오늘은 여기서 끝내고, 쉬어야 할 것 같았다. 너무 육체를 이리저리 굴린 데다 뇌도 혹사시켰다 보니 전신이 비명을 질러 댔다.

털썩—

결국 연우는 바닥에 주저앉아 한숨을 돌렸다.

갈리어드가 그것을 보면서 피식 웃었다.

"역시 좀처럼 쉽지는 않나 보군."

"예. 스승님의 길은 제 길이 아니란 뜻이겠죠. 흉내 내는 것만으로도 힘이 쭉 빨리는 것 같습니다."

"너무 조급하게 생각지는 말게. 지금까지도 사실 충분히 빠른 성장이야. 오히려 너무 빠르면 가다듬을 시간이 없어 어디서부턴가 무너지기 십상이지."

연우가 알겠다는 듯이 고개를 끄덕였다.

"그리고. 이제는 슬슬 손님도 맞아야 하지 않겠나? 무작정 계속 기다리라고 하는 것도 예의는 아니야."

갈리어드의 말에 연우는 고개를 끄덕였다.

사실 며칠 전부터 마을에 그를 찾아온 손님이 있다는 전갈을 받은 상태였다.

다만, 의념에 대해 뭔가 갈피가 잡힐 듯 말 듯해서 잠시 기다려 달라는 전언을 남겼었는데. 이제 갈피를 확실하게 잡았으니 만나러 가 봐야 할 것 같았다.

하지만 그 전에 우선 씻어야겠지. 연우는 며칠째 씻지 않아 몸에서 나는 퀴퀴한 악취를 맡고 한숨을 내쉬었다.

※　　※　　※

"오, 이건 좀 신기한데?"

"처음 보는 물건이군. 확실히 마법사 놈들, 참 머리통 하나는 비상하단 말이야. 이런 걸 어떻게 생각해 내는 거지?"

"골방 샌님들 머릿속을 어떻게 알아? 낄낄낄. 야, 이건 어떠냐? 나한테 어울리지?"

"돼지 목에 진주 목걸이구만."

"뭐, 이 새꺄?"

외뿔부족의 마을 공터는 오늘따라 유달리 떠들썩했다. 가판대를 둘러싸고 몰려든 이들 탓이었다.

간만에 마을을 찾은 외부 상인이 가져온 물건들 때문에 신이 난 것이다. 하나같이 눈을 반짝반짝 빛내면서 이것을 가지느니 저것을 가지느니 서로 입씨름을 하기도 했다.

보통 상인이라면 횡재했다면서 입이 쭉 찢어질 법도 하건만. 도리어 아트란은 속이 조마조마했다. 이대로는 노이로제에 걸릴 지경이었다.

"이야. 이 물건은 어떻게 작동시키는 거지? 너무 사용법이 복잡해. 이런 걸 어따 써?"

"냉정나! 누기 그린 걸 그렇게 쓰냐?"

"그럼?"

"대가리를 때려. 자고로 복잡한 기계는 때리면 알아서 말을 잘 듣는 법이라고."

"오. 그렇군!"

퍽, 퍽!

'이 뇌에 우동사리만 가득한 것들 같으니라고! 그걸 그렇게 건드리면 어떡해!'

아트란의 얼굴은 시시각각 다른 색으로 변했다. 외뿔부족의 전사들이 마법이 내장된 비싼 아티팩트를 만질 때마다 그는 미칠 지경이었다. 워낙에 함부로 다뤄 대니 저대로 부서지지 않을까 싶을 정도였다.

그렇다고 함부로 제지하기도 어려웠다.

아트란의 눈에는 레드 드래곤을 상대로 주눅 들기는커녕 압도하던 전사들의 모습이 아직도 선명했다.

아티팩트를 어떻게 다뤄야 할지 모르겠다며 멍청한 얼굴을 하고 있는 놈. 저놈은 81개의 눈의 머리통을 한 손에 하나씩 쥐고 터뜨려서 주변을 피바다로 만들던 놈이었다. 피를 흠뻑 뒤집어쓰고 하늘을 보며 웃어 대던 모습은 아직도 악몽을 꾸게 만들었다.

옆에서 대가리를 두들겨 보라는 놈은 칼 한 자루를 들고 이름도 기억나지 않는 어떤 용생구자의 한쪽 다리를 잘라 내고, 입에다 물면서 고기가 참 맛있다면서 질겅질겅 씹어 대던 미친놈이었고.

뒤에서 조용히 물건을 만지는 여자 전사는 겉보기엔 비교적 멀쩡해 보이지만, 사실 여기서 제일 미쳤었다.

수십 명도 넘는 레드 드래곤의 플레이어들의 시체를 산처럼 쌓아 두고, 그 위에 올라서서 '내가 제일 높이 탑을 쌓았다!'고 외쳐 대던. 그런 정신 나간 년이었다.

그때부터 외뿔부족의 전사들이 자극을 받아 너도나도 탑 쌓기 놀이(?)를 한답시고 시체들을 마구 양산해댔던 건, 딱히 비밀도 아니었다.

그 외에도 누가 더 많이 머리통을 부술지 내기를 하질 않나, 기술 한 방으로 가장 멀리 적을 날려 버리기 시합을 하질 않나, 하나같이 정상인의 사고로는 도저히 이해도 상상도 할 수 없는 짓들을 숱하게 벌이던 자들이었다.

특히. 산만큼 크던 여름여왕을 두들겨 패던 무왕이 저 안쪽에서 이를 씩 드러내면서 웃어 보일 때면.

아트란은 자기도 모르게 몸이 움찔움찔 떨릴 정도였다.

"어? 부서졌다?"

"야! 폭발하잖아!"

그때, 한쪽에서 결국 사달이 나고 말았다.

'아아악!'

다행히 폭발이 일어나기 전에 다른 전사가 나서서 제지해 다른 피해는 없었다. 그리고 보상을 해주겠다고 약속까지 받았지만, 아트란은 이제 정말 혼이 달아나는 것 같았다.

벌써 이렇게 묶여 있는 것도 나흘째다. 왜 이렇게 연우 녀석이 나타나지 않는지 욕지거리가 나왔다.

근육! 근육! 근육! 어딜 돌아봐도 나는 것은 땀 냄새요, 보이는 것은 우락부락한 근육뿐이니. 이대로 있다가는 근육 지옥에 갇혀서 압사당할 것 같았다. 아니면 그 전에 스트레스로 비명횡사하거나.

"좋은 물건들 가져와 줘서 고마워. 덕분에 간만에 분위기 환기시키는 데 좋았다고."

무왕은 그런 아트란의 속내를 아는지 모르는지, 껄껄 웃으면서 어깨를 두들겼다.

아트란은 순간 날갯죽지와 한쪽 팔이 뜯겨 나가던 여름 여왕의 모습이 머릿속에 스쳐 지나갔다. 여기서 무왕이 조금이라도 힘 조절을 잘못하면 자신은 어떻게 되려나. 이제는 오금이 저렸다.

"프레지아에게는 고맙게 잘 쓰겠다고 전해 줘."

"……!"

아트란은 그렇게 반쯤 혼이 나가 있다가, 갑자기 무왕이 던진 한마디에 퍼뜩 정신을 차렸다. 절대 여기서 나와서는 안 되는 이름이 나왔다. 프레지아. 그래서 자기도 모르게 고개를 돌렸지만.

무왕은 이상한 장갑 하나를 이리저리 돌려 대면서 자리를 빠져나가고 있었다.

저만한 사람이라면 당연히 알 수밖에 없는 것인가. 하지만 '그분'을 아는 사람들도 마스터라고 부르지, 절대 이름을 입에 담지 않았다.

아니, 아는 사람도 없었다. 아트란도 어린 시절 아주 우연한 기회에 알았을 뿐이니까. 그리고 주변인들로부터 머릿속에서 지우라는 경고까지 받았다.

그런데 무왕은 너무 편하게 이름을 불렀다. 마치 오래전의 친구에게 안부를 전해 달라는 것처럼.

둘은 어떤 사이인 걸까. 궁금증이 불쑥 솟아올랐지만 아트란은 차마 무왕을 붙잡아 묻지 못했다. 상인으로서의 직감이 그랬다. 괜한 것을 물었다가는 피곤해질 거라는. 그리고 감당 못 할 괜한 호기심은 명줄을 짧게 할 뿐이란 걸, 그는 너무 잘 알고 있었다.

그렇게 우두커니 서 있는데. 낯익은 얼굴이 시야에 잡혔다. 아니, 정확하게는 낯익은 가면이었다. 악마처럼 시커먼 가면. 아드린에게는 진짜 악마 같은 녀석이었다.

다시는 보고 싶지 않았지만. 그래도 어쩌겠나. 아트란은 돈을 위해서라면 불길 속인 줄 알면서도 섶을 지고 뛰어드는 속물이었다.

"부탁했던 건?"

연우는 별다른 인사도 없이 다짜고짜 용건부터 물었다. 아트란은 며칠 동안 자신을 묶어 둔 녀석에게 욕이라도 한 사발 퍼부으려다가 꾹 참으면서 고개를 끄덕였다.

"저쪽에서도 승낙했다."

연우도 고개를 끄덕였다.

"좋아. 일단 자리부터 옮기지."

* * *

"말해 두지만. 네가 원하던 건 접선을 주선해 달라는 것이었지, 다른 건 절대 없었어. 그러니 이 이상 대화가 잘 풀리지 않는다고 해서 나에게 따지거나 하지 마."

아트란은 자리를 옮기고 나서 가장 먼저 선을 그었다. 연우가 의뢰했던 바이 더 테이블과의 접선은 사실 그로서도 성공을 장담하기 어려운 난제였고, 대답을 듣는 데에도 아주 오랜 시간이 걸렸다.

그래서 실패했다고 반쯤 포기하고 있었는데. 갑자기 대화를 해 보겠다며 긍정적인 답변이 돌아온 것이었다.

아트란은 속으로 적잖게 놀랐다. 바이 더 테이블은 모든 세계와 차원의 비밀스러운 사교 모임이자, 거상과 대상인의 집단이었다. 랭커도 되지 못한 한낱 플레이어의 요청은 보통 거절되는 게 맞았다. 그런데 정말 그것이 이뤄졌으니.

아트란은 연우가 했던 말마따나 자신 역시도 기회를 잡았다는 사실을 알고 있었다.

일반 상인으로서, 바이 더 테이블과의 접촉은 아주 큰 영광이자 기회였다. 어떤 방식이 되어도 소문은 퍼지기 마련이었고, 당연히 이를 주선한 상인의 이름값도 저절로 상승하게 되어 있었다.

다만, 걱정되는 게 있다면, 일이 잘 풀리지 않았을 경우에 연우가 어떻게 나오냐는 것인데. 레드 드래곤이 어떻게 몰락을 겪는지 봤던 아트란으로서는 능구렁이 수십 마리를 품고 있을 연우가 두렵기만 했다.

하지만 연우는 아무래도 좋다는 듯, 어서 시작하라며 손사래만 쳤다.

아트란은 입술 사이로 삐져나오려는 한숨을 꾹 누르고, 아공간에서 수정 구슬을 꺼내 바닥에 놓았다.

화아악!

몇 걸음 뒤로 그8치 물러서자, 수정 구슬이 시린 빛을 토해 내면서 잘게 부서졌다. 단 한 번만 만나도 충분하다는 저쪽의 뜻이 담긴 아티팩트. 고운 입자들은 소용돌이를 그리면서 사방으로 확 하고 흩어졌다.

그러자 두 사람을 둘러싼 광경이 뒤바뀌었다. 녹음이 잔뜩 우거진 숲. 홀로그램처럼 현실 위에 덧칠된 환상은 정말 상쾌한 바람을 몰고 오는 것 같았다. 아트란은 멍하니 주변을 훑어봤다.

반면에 연우는 태연했다. 그에겐 제법 익숙했으니까.

'심상 세계.'

브라함이 악마의 숲에다 사용했던 심상 세계와 비슷한 원리였다. 그래도 수정 구슬 하나로 이렇게 결계를 구축하다니. 역시 바이 더 테이블답다고 해야 할까.

연우가 앉아 있는 바위 주변으로 갖가지 동물들이 모여들었다. 머리 위로 여러 종류의 새들이 날아다니고, 땅에는 사슴과 여우 등이 돌아다녔다.

결코 평범한 짐승들은 아니었다. 전부 하나같이 영험한 기운을 품고 있거나, 비대한 덩치를 지니고 있었다. 영수나 마수들. 11층의 스테이지에서도 보기 힘들 녀석들이 가득했다.

그러다 곧 지반이 울리는 요란한 소리와 함께 나무가 갈라지면서 거대한 그림자가 모습을 드러냈다.

척 보기에도 체고가 5미터는 넘을 것 같은 거대한 늑대가 나무 사이로 얼굴을 내밀며 연우를 내려다보고 있었다.

눈이 소복하게 쌓인 것 같은 하얀 털이 유독 인상적인 신수, 백랑(白狼). 그 머리 위에 한 여자가 가부좌를 튼 채로 앉아 있었다.

두근—

『우와. 예쁘게 생겼다.』

『백랑이라. 오랜만에 보는군.』

현자의 돌 속에 깊게 잠들어 있던 니케와 네메시스가 살짝 깨어나 중얼거렸다. 백랑은 4대 신수와도 견줄 수 있을 만한 개체. 환락가에서 만난 적이 있던 아나스타샤의 구미호와 비교해도 절대 뒤지지 않은 격을 품고 있는 것 같았다.

그리고. 백랑도 니케와 네메시스의 눈빛을 읽었는지 작게 울음소리를 냈다.

여인은 그런 백랑의 머리를 가만히 쓰다듬었다. 타오르는 듯한 적갈색의 단발머리. 하지만 얼굴에 나무를 깎아 만든 탈을 쓰고 있어 생김새를 짐작하기 힘들었다. 특히 깊은 두 눈이 인상적이었다.

뒤에서 그 광경을 지켜보고 있던 아트란은 자기도 모르게 헛바람을 들이켜고 말았다. 기껏해야 '잡초'나, 높게 잡아도 '들꽃'이 나타날 거라고 생각했었는데. 그것들과는 비교도 할 수 없을 정도로 높은 사람이 나타났다.

'프, 프레지아!'

바이 더 테이블의 총수, 마스터가 직접 모습을 드러낸 것이다.

순간, 프레지아가 이쪽으로 고개를 돌렸다.

나무탈로 가려져 있어도, 강렬한 눈빛이 아트란을 직시했다. 그녀는 아무 말도 하지 않았지만, 아트란은 그 속에 담긴 속내를 읽을 수 있었다.

아무 말도 하지 마라.

아트란은 입을 꾹 다물면서 고개를 끄덕였다. 두근거리는 마음을 꾹 눌렀다. 프레지아는 연우에게 자신의 정체를 밝히고 싶은 마음이 전혀 없는 게 틀림없었다.

그녀의 의도와는 별개로, 한편으로는 자꾸 의구심이 들었다. 마스터가 직접 모습을 드러낸 이유가 무엇일까? 그녀는 외부에 직접 나서는 것을 꺼려 했다. 그래서 바이 더 테이블보다도 더 비밀리에 가려져 있는 게 바로 그녀였다.

아트란은 일단 상황을 지켜볼 생각으로 가만히 두 사람을 바라봤다. 그래도 여전히 크게 뛰는 심장은 좀처럼 쉽게 가라앉질 않았다. 그래도 겨우겨우 다스리는가 싶었는데.

이번엔 연우가 다시 가슴을 철렁하게 만들었다.

"바이 더 테이블의 마스터가 직접 모습을 드러내실 줄은 몰랐습니다만."

순간, 아트란의 몸이 빳빳하게 굳었다. 연우가 프레지아의 정체를 눈치챌 거라고는 생각지 못했기 때문이었다.

프레지아도 아주 잠깐 말이 없었다. 눈을 가느다랗게 좁히면서 연우를 가만히 응시했다. 분명히 홀로그램으로 띄운 것인데도 불구하고. 연우는 프레지아가 자신을 낱낱이 파헤치고 있는 듯한 느낌을 받았다. 오래전, 무왕과 영매가 자신을 보던 때와 비슷한 시선. 적을 분해하는 시선이었다.

하지만 그것도 잠시.

프레지아는 백랑의 머리 위에서 훌쩍 뛰어내려 바닥에 착지했다. 푹신한 풀 덕분에 아무런 소리도 나지 않았다.

『잠시 물러나 있으렴.』

쿠우우—

백랑은 프레지아의 품에 머리를 비비적대며 잔뜩 애교를 부리다가, 천천히 뒷걸음질을 했다. 그리고 적당한 자리에 앉아 이쪽을 주시했다. 연우가 주인에게 해코지를 할까 싶어 잔뜩 경계 어린 표정을 한 채로.

『반가워요. 저희를 뵙고 싶었다고요?』

프레지아는 자세를 바로 갖추면서 입을 열었다. 연우가 자신을 어떻게 알고 있는지에 대해서 궁금할 법도 하건만. 그런 질문은 일절 입에 담지 않았다. 마치 자신은 여기에 온 용무만 해결하면 된다는 듯.

'이유 정도야 금방 밝혀낼 자신이 있다는 거겠지. 역시 마스터. 속을 알기가 어려워.'

연우와 똑같이 프레지아도 탈을 쓰고 있어서 표정을 짐작하기가 어려웠다.

바이 더 테이블에서 이뤄지는 거래는 대개 익명으로 진행될 때가 많았다. 직접적인 만남이 필요할 때에는 서로 가면을 쓰며 철저하게 신원을 숨겼다. 멤버들의 정체를 아는 건, 총수인 프레지아밖에 없었다.

그리고 당연한 말이지만. 프레지아에 대한 정체도 전부 비밀이었다. 알려진 건, 심상 세계에서 벗어나는 일이 크게 없으며, 영수와 마수를 아낀다는 것.

어쩌면 프레지아라는 이름도 가명일지 몰랐다. 그토록 사람들이 궁금해한다는 것을 알면서도 웬만해서는 모습을 내비치지 않는다는 바이 더 테이블의 총수.

나도 나중에야 그녀의 정체를 알게 되었지만. 처음 만났

을 때부터 참 친해지기가 어려운 사람이다 싶었다. 무슨 농담을 던져도 쌀쌀맞게 대꾸할 뿐이니, 원.

이 얼음공주 같은 아줌마를 녹이려면 어떻게 하는 게 좋을까?

동생이 바이 더 테이블과 처음 접촉하게 된 것은 한창 아르티야의 이름을 알리고, 슬슬 랭커가 되기 위해서 50층에 도전할 준비를 한창 하고 있던 중이었다.

바이 더 테이블은 아르티야를 후원하고 싶다는 의향을 내비쳤다.

동생은 이것을 흔쾌히 받아들였다. 신비 상인 조합 중에는 유명 클랜을 스폰해서 이름을 알리고, 공략 결과물의 일부를 떼어 가는 경우가 많았다.

아르티야도 당시에 몇 개의 조합으로부터 후원을 받고 있던 중이었기에, 바이 더 테이블도 그런 여러 일반 조합 중 하나라고 여겼었다.

하지만 후원 금액이 다른 조합들은 상상도 할 수 없는 막대한 액수가 되는 순간에서야, 그들은 바이 더 테이블은 절대 그저 그런 곳이 아니란 사실을 깨달을 수 있었다.

사실 아르티야가 본격적으로 날개를 펼칠 수 있었던 시기도 그때부터였다.

바이 더 테이블의 후원을 바탕으로, 그동안 가난해서 구하지 못했던 아디팩트를 대량으로 사들이고 전열을 재정비할 수 있었으니.

그리고 직접 후원을 제안하러 왔던 사람이 총수란 사실도 뒤늦게 알게 되었다.

이때, 멤버들은 궁금해했다. 왜 자신들을 왜 이렇게 지원해 주는 걸까? 조합들은 후원하는 만큼 클랜에 요구하는 것도 많아서 이따금 충돌이 벌어질 때가 많았다. 하지만 바이 더 테이블은 전혀 그런 것이 없었다. 오로지 층계 공략에만 집중하라는 듯, 별다른 요구 사항도 없었다.

'아르티야가 무너질 때까지.'

동생이 허울만 남은 아르티야에 남아 있을 때에도, 바이 더 테이블은 자리를 지키고 있었다. 그들이 후원을 멈춘 건, 동생이 마지막 일전을 벌이기 위해 깊게 고심을 하고 있을 무렵이었다.

어쩌면 가장 큰 도움이 필요했던 최후의 순간에 빠진 것이긴 하지만. 그래도 동생은 이들에게 아주 고마워했다. 연인도 동료도 모두 떠난 마당에, 그래도 마지막까지 곁을 지켜 준 곳이었으니까.

바이 더 테이블의 목적은 마지막까지도 알 수 없었다. 다

만, 프레지아가 이따금 나타나는 데에는 어떤 공통점이 있다는 사실 하나는 확실했다.

왕.

탑을 통치한다는 지배자나, 그에 도전할 만한 그릇이라 판단되는 자들이 그 대상이었다.

프레지아의 이름을 아는 사람은 아홉 왕과 그에 준하는 소수 몇 명뿐.

결국 이곳에 프레지아가 나타났다는 뜻은 단 하나.

'정우에게 그랬듯이, 나도 높게 평가한다는 뜻이겠지.'

연우는 자신이 이렇게 접근을 하지 않았어도, 언젠가 바이 더 테이블이 먼저 접촉했을 거라고 생각했다. 하지만 그때는 아르티야처럼 50층쯤에 다다를 무렵일 것이다.

그때까지 여전히 솔로 플레이를 추구한다면 모를까. 클랜을 창설하기로 마음을 먹은 이상, 그들의 손길이 절실히 필요했다.

한편으로는. 동생을 도와준 은인을 이렇게 직접 볼 수 있게 된 것이 고맙기도 했다.

여하튼.

결국 연우가 바이 더 테이블을 이곳으로 부른 이유는 간단했다.

후원.

"그렇습니다."

『용건을, 물어봐도 될까요?』

"이번에 클랜을 창설할 생각입니다. 들어 보니 바이 더 테이블에서 몇몇 클랜에 후원을 하신다는 소문을 들었습니다만."

『그 후원 대상에, 새롭게 만들어질 독식자의 클랜도 포함시켜 달라는 건가요?』

"가능하시다면."

『저희가 어떤 방식으로 후원 대상을 결정하는지는 알고 계시나요?』

"직접 물색한다고만 들었습니다."

『맞아요. 당신처럼 우연히 저희를 알고 접촉해 오는 경우도 있습니다만. 대부분……..』

"거절을 하겠죠."

프레지아는 고개를 끄덕였다.

『그렇다면 이번 제안에 대한 저희 대답도 잘 아시겠군요.』

"그렇습니까? 어쩔 수 없군요. 만나 주셔서 감사했습니다."

연우는 그럴 줄 알았다는 듯 담담하게 고개를 끄덕이고, 천천히 자리에서 일어났다. 갑작스러운 그의 행동에 프레지아의 눈매가 살짝 일그러졌다.

『이게 무슨 행동이죠?』

이번엔 오히려 연우가 영문을 모르겠다는 듯이 고개를 갸웃거렸다.

"제안을 드렸고, 거절하셨잖습니까? 그렇다면 이야기도 전부 끝난 것으로 생각했습니다만."

『……』

프레지아는 고요한 눈길로 연우를 응시했다. 그녀는 연우가 무슨 생각을 하는지 알 수가 없었다.

자신들에게 부탁을 하는 마당에 거절을 당했다면 설득을 하려 하거나, 제안서라도 검토해 달라고 말하는 것이 옳을 텐데. 이런 식으로 튕기는 척한다면 없던 관심이 새삼 생길지 모른다는 조악한 생각을 하는 걸까?

하지만 프레지아가 조사했던 연우란 사람은 절대 그런 단순한 사람이 아니었다.

세간에 알려진 독식자의 이미지는 포악하고 악랄해서, 모든 플레이어들을 짓누르며 자신의 이득을 취하는 데에만 혈안이 된 승냥이로 묘사된다.

하지만 프레지아는 그것을 전혀 다르게 받아들였다.

나쁘게 말하면 음흉했고, 좋게 말하면 때를 기다릴 줄 알았다. 적절한 타이밍이 찾아오면 눈 깜짝할 새에 먹어 치우는 결단력이 있었다. 치고 빠지는 시기를 정확하게 알며, 판단력이 깊었다.

또 그러면서도 무서운 성장세와 외뿔부족이라는 배경까지 가시고 있으니.

절대 이런 어린애 같은 발상을 지니지 않았을 거란 게, 그녀의 판단이었다. 그가 어떤 사람인지 확인하기 위해 직접 온 이유도 있기에, 결국 프레지아는 한발 물러서기로 마음먹었다.

『그래도 짧게 이야기는 나눌 수 있겠죠. 그렇지 않나요?』

프레지아가 질문을 던졌고, 연우는 돌아서는 척하다가 조용히 자리에 앉았다.

여전히 가면 너머의 눈빛은 그녀의 포커페이스만큼이나 짐작하기가 힘들었다.

하지만 속내는 간단했다.

되면 좋고, 안 되면 어쩔 수 없고. 연우가 바란 건, 바이 더 테이블과의 동등한 계약이었다. 아무리 후원을 바란다고 해도, 거기에 휘둘릴 생각은 추호도 없었다. 그도 받은 만큼 나중에 얼마든지 갚을 생각이었다.

그리고 바이 더 테이블의 총수라면. 자신이 여태 걸어온 길이나, 걸어갈 길에 대해서도 어느 정도 짐작하고 있을 거라고 생각했다.

왕을 찾는 사람이라면. 자신을 놓칠 이유가 없었다.

그리고. 예상은 들어맞았다.

'왕 급의 인사들에게서 뭔가를 찾는 것 같다고 했었지. 정우의 예상이 맞았었어.'

연우는 프레지아의 눈을 응시했다.

『몇 가지만 질문하죠.』

"그러십시오."

『여름여왕의 창고가 넘어갔다고 알고 있는데. 그 많은 돈들을 두고 왜 굳이 저희의 후원을 바라는 건가요?』

연우는 속으로 가볍게 혀를 찼다. 인트레니안을 보상으로 받았다는 사실은 판트 남매에게도 말하지 않았다. 괜히 새어 나가서 좋을 게 없다고 생각했기 때문이었다. 여름여왕의 유산. 보물을 사랑한다는 용종이 남긴 창고라면 분명히 천문학적인 액수의 돈이 있을 테니, 사람들의 이목도 끌기 쉬웠다.

하지만 프레지아는 그것을 아주 당연하다는 듯이 묻고 있었다. 그만큼 바이 더 테이블의 정보력이 대단하단 뜻이겠지.

연우도 굳이 숨길 생각이 없었기에 고개를 가로저었다.

"없습니다."

전혀 뜻밖의 말. 프레지아의 눈동자가 살짝 경직되었다.

『……무슨.』

"이미 전부 다 쓰고 없습니다."

『……!』

살짝 크게 떴던 눈이 이번에는 조금 더 커졌다. 프레지아가 처음으로 보인 감정 변화였다. 그만큼 연우가 던진 말은 충격적이었다. 여름여왕이 남긴 유산을 벌써 다 썼다고? 1년도 안 된 사이에?

"보물 외에도, 다른 인트레니안에 있던 장비들도 필요한 것만 제외하고서 전부 내다 팔았고, 그 돈까지 모두 썼습니다."

뒤에서 헛바람을 삼키는 소리가 들렸다. 프레지아가 그쪽으로 고개를 돌렸다. 아트란이 '미친놈!' 이라고 작게 중얼거리면서 몸을 파르르 떨고 있었다.

여태 장비들을 몰래 암시장에다 대신 팔아 줬던 게 그였기에, 연우가 얼마나 거액의 돈을 지니고 있었는지 누구보다 잘 알고 있었다.

모르긴 몰라도. 그 돈만 따져도 웬만한 거대 클랜의 몇 년 운영 예산을 훨씬 능가하는 수준이었을 것이다. 그런 것을 어디다 썼는지. 도무지 짐작도 가지 않았다.

하지만 남들에게는 많을 돈이, 연우에게는 턱없이 부족했다. 던전을 만들고, 외우주를 복구시키고, 대규모 실험실을 정비하고, 개인 공방을 차리려면. 아무리 돈을 쓰고 또 써도 계속 모자랐다.

『호호. 호!』

프레지아는 가볍게 웃음을 터뜨렸다. 아트란은 다시 한번 더 놀랐다. 총수가 웃는 모습은 그도 처음 보는 광경이었다.

그러다 웃음은 뚝 멈췄다. 눈빛이 뱀처럼 간교해졌다. 비틀린 입술이 벌어졌다.

『삼키는 욕심만큼이나, 삼키려는 욕심도 아주 크군요.』

프레지아는 바이 더 테이블로서도 쉽게 보기 힘든 금액을 아무렇게나 써 버린 연우를 보면서 어이가 없으면서도 감탄을 하지 않을 수가 없었다.

그리고 연우가 뭘 노리는지 보았다. 탑. 연우는 이 세계를 삼키려 하고 있었다. 욕심이 아주 많았다. 소모할 줄 모르는 욕심은 탐욕에서 그치지만, 소모를 할 줄 아는 욕심은 야망이 되는 법이었다. 그리고 프레지아는 그런 욕심이 너무 좋았다.

아직 한낱 애송이인 주제에. 불나방이 될지, 아니면 거미가 될지는 몰랐지만. 무엇이 되었든 간에 뭔가 하나는 확실하게 될 것 같았다.

『필요한 액수는?』

"많으면 많을수록 좋습니다. 어차피 곧 마를 테니."

『우물물 쓰듯이 하겠다는 거로군요.』

프레지아는 가볍게 코웃음을 쳤다. 비웃음으로도, 평범한 웃음으로도 보일 수 있는 애매한 웃음이었다.

『뭘 하려는 건지는 안 물어봐도 뻔하고. 클랜원은? 뽑았니요?』

"생각해 둔 사람이 몇 있습니다."

『얕은 자들은 아닐 테지요?』

"그런 이들을 뽑을 생각이었다면, 여름여왕의 유산으로도 충분했을 겁니다."

『좋아요. 그런 자세라면. 후원하죠.』

프레지아는 담담하게 고개를 끄덕였다.

『자세한 건 아트란과 상의토록 하시고요.』

갑작스레 지목된 아트란은 소스라치게 놀랐다. 프레지아가 눈을 가늘게 좁혔다.

『왜 그런가요? 부담스러우신가요? 그렇다면 딱히 말리지는 않겠지만요.』

아트란은 재빨리 바닥에 넙죽 엎드렸다.

"아, 아닙니다! 기회를 주셔서 감사합니다!"

프레지아는 당연하다는 듯 고개를 끄덕였다. 그녀에게 있어 안 되는 건 어디에도 없었다. 안 된다면 되게 만드는 게 그녀였다.

연우는 그런 그녀를 보면서 속으로 가볍게 혀를 찼다.

겉으로는 차분함을 가장하고 있지만. 프레지아는 상상 이상으로 통이 큰 장사꾼이었다. 화통함도 섞여 있었다.

자신이 뭘 필요로 하는지, 후원 규모는 어떻게 생각하는지, 아무것도 묻지 않았다. 그냥 아트란에게 모든 것을 일임해 버렸다. 어떤 규모가 되었건 간에 충분히 감당할 수 있다는 자신감이기도 했다.

저만한 위치에 오른 사람들은 누구나 다 저런 걸까. 그릇을 알 수 없는 사람이었다. 그리고 저런 사람을 두고 떠오르는 단어가 딱 하나 있었다.

왕.

프레지아는 왕과 왕자(王者)의 자질을 가진 자만 상대한다. 어쩌면 그것은 자신이 그런 존재이기에, 자신을 상대하려면 최소한 그만한 자격을 갖춰야 한다는 자신감의 발로일지도 몰랐다.

그리고 연우는 그녀로부터 인정받았다는 사실이 재미있었다. 최소한 동생에 밀리는 형은 아니게 된 셈이었으니.

쏴아아—

그때. 프레지아의 형상을 갖추고 있던 빛의 입자가 흩어지기 시작했다. 푸르렀던 녹음도 다시 엷어졌다.

『시간이 다 되었군요. 아, 떠나기 전에 한마디는 하고 가죠.』

프레지아는 이지적인 눈빛으로 담담하게 말했다.

『저는 전형적인 장사꾼이자 투자자예요. 절대 손해 보는 장사는 하지 않죠. 그리고 제 돈은 그만큼 비싸구요. 그러니 원금 상환은커녕 이자도 제때 지불할 수 없을 거라고 판단이 든다면. 그땐.』

프레지아는 굳이 뒷말을 덧붙이지 않았다. 말을 하지 않아도 잘 알아서 판단하란 뜻이었다. 그녀가 가진 재력과 인맥을 알기 때문에, 연우도 담담하게 고개를 끄덕였다.

백랑이 다시 일어섰다. 프레지아는 백랑의 등 위로 훌쩍 올라앉아 흔들리는 머리를 손으로 쓸었다. 그렇게 왔던 방향으로 백랑이 돌아서서 가려는데.

연우가 마지막 질문을 던졌다.

"율은, 잘 지내고 있습니까?"

『율?』

백랑의 걸음이 살짝 멈췄다. 프레지아는 녹음 속으로 사라지기 직전, 고개를 살짝 갸웃거리다가 눈을 살짝 빛냈다.

『아. 수인족, 그 꼬마아이가 그런 아명을 지니고 있다고 했었지. 잘 지내고 있다마다요. 그럼 그 아이를 화원으로 보낸 것이?』

프레지아는 연우를 묘한 눈빛으로 봤다. 그러다 피식 가볍게 웃음을 터뜨렸다. 고개를 절레절레 흔들었다.

『후원을 결정하기도 전에, 후원자로서 자격이 되는지를 시험당하는 건 이번이 처음이군요. 하지만 앞으로는 되도록 이런 짓을 하지 않으셨으면 해요. 괜히 오해를 쌓을 일이 없도록.』

프레지아는 그 말을 끝으로, 모든 통신을 끊었다.

아트란은 멍하게 서 있다가 황급히 연우를 돌아봤다. 가만히 있다가 바이 더 테이블의 '잡초'가 되고 말았다. 신비 상인으로서 감격할 일이었지만, 그는 아직도 어안이 벙벙했다. 궁금한 것도 산더미처럼 가득했다.

"율? 율은 또 누구야?"

녀석은 묻고 싶은 게 많은 눈치였지만.

연우는 고개를 절레절레 흔들면서 아무 대답도 하지 않았다. 대신에 가면 아래로 피식 웃음을 흘렸다.

튜토리얼 때 아무것도 하지 못하고 전전긍긍하기만 하던 꼬마아이. 잔뜩 겁먹은 주제에 가시만 잔뜩 세웠던 녀석. 그러면서도 마지막에는 고맙다고 형이라 부르던 모습이 아직도 선명했다.

어떻게 지내나 궁금했었는데. 이렇게라도 소식을 들을 수 있었다. 생각보다 잘 지내고 있는 것 같아 다행이었다.

* * *

98층.

여태껏 플레이어 중 아무도 접근하지 못한 신비의 대지. 하지만 그곳은 신과 악마들이 살아가는 터전이었다.

크게는 두 개의 진영으로 분리되어 있지만, 현미경으로 자세히 들여다보면 수많은 사회로 분리되어 있어 언제든 폭발할 수 있을 화약고와 같은 곳.

그중 제법 큰 규모를 자랑하는 올림포스에서.

헤르메스는 자신의 아름다운 배다른 누이, 아테나를 만나고 있었다. 하지만 서글서글한 표정을 한 그와 다르게 아테나는 살짝 경직된 표정으로 말했다.

"결국 우리의 못난 숙부가 결심을 내린 듯하다. 그 아이를 죽이기로."

짜증이 가득 섞인 목소리. 그 속에는 짙은 환멸감이 섞여 있었다. 숙부이자 백부인 존재, 포세이돈이 저지르려는 짓 때문이었다.

―신을 능멸한 그 플레이어에게, 신벌을 내릴 것이다.

오늘 아침, 갑자기 포세이돈이 휘하 신들에게 내렸다는 명령.

그 소식은 올림포스 곳곳에 눈과 귀를 붙여 뒀던 아테나에게도 고스란히 전해졌다.

포세이돈이 말한 신벌의 대상이 누군지는 불에 보듯 뻔했다. 차연우. 최근 아테나가 예의 주시하고 있는 존재였다. 그런 아이에게 해코지를 한다고 하니, 그녀가 잔뜩 심통이 난 얼굴로 헤르메스를 찾아오는 것도 당연했다.

피식.

헤르메스는 그런 누이를 보면서 자기도 모르게 가볍게 웃음을 터뜨렸다.

그런 모습에 심기가 거슬렸던 것일까. 아테나는 한쪽 눈썹 끝을 찡그리면서 헤르메스를 노려봤다.

"무엇이 웃긴 거지?"

"아니. 여태 살아오면서 누이가 그렇게 감정적으로 동요하는 건 오랜만에 보는 것 같아서."

아테나는 살짝 눈살을 찌푸렸다. 그녀는 입을 꾹 다물면서 아무 말도 하지 않았다.

헤르메스는 그런 모습이 너무 웃기기만 했다. 사실 연우와 접점이 많은 그와 다르게, 아테나는 공물로 바쳤던 아이기스를 제외하면 접점이 거의 없었다.

그런데도 아테나는 연우를 각별하게 아꼈다. 마치 자신이 낳은 아이처럼. 아니, 자신이 품은 사도처럼.

물론, 그러는 이유를 잘 알고 있어서 별다른 말은 하지 않았지만. 그래도 전장의 여신으로서 악마들을 공포에 떨게 만든다는 아테나가 이런 모습을 보이는 게 참 신기했다.

다른 형제들이 보면 어떤 표정을 지을까? 아니, 그렇게 멀리 갈 것도 없이 아버지가 이런 표정을 보시면? 물론, 아버지는 깊은 잠에 빠져 전혀 바깥 상황을 모르고 계시겠지만.

'그리고 덕분에 우리가 이렇게 활개를 칠 수도 있는 거고.'

헤르메스는 생각을 정리하면서 말했다.

"너무 조급하게 생각하지 마, 누이. 우린 누구보다 그 아이를 잘 알고 있잖아?"

헤르메스는 살짝 눈웃음을 떴다.

"아가레스를 걸레짝으로 만든 아이라고. 머릿속에 내가 키우는 보아뱀 같은 능구렁이를 몇 마리는 키우는 녀석이지. 우리는 그냥 가만히 앉아 팝콘이나 뜯으면서 숙부가 된통 당하는 것만 구경하면 되는 거야. 손길이 필요하다 싶으면 그때 도와줘도 되고."

"……넌 참 속 편해서 좋겠구나."

아테나는 코웃음을 치면서 몸을 돌려 헤르메스의 거처를 떠났다. 헤르메스는 쓰게 웃으면서 누이가 사라진 자리를 바라봤다.

"그래도 어쩔 수 없잖아, 누이. 우리가 여기서 할 수 있는 건 아무것도 없는데. 그건 사실 숙부도 크게 다르진 않을 테고."

빌어먹을 시스템. 그리고 죽여도 시원찮을 올포원.

헤르메스는 그렇게 중얼거리면서 땅이 꺼져라 한숨을 내쉬었다. 그러다 고개를 돌려 눈을 감았다. 그러자 의식이 화신체를 떠나 저 위로 연결된 본체의 거대 의식으로 잠기면서, 새로운 시선이 열렸다.

그 속에. 천천히 어디론가 이동하고 있는 연우가 보였다.

헤르메스는 지금 이 시각, 이렇게 자신처럼 '시선'을 이용해 연우를 관찰하고 있을 신과 악마가 몇이나 될까, 순간 궁금해졌다.

* * *

"이것이면 되려나."

대장로는 세필을 휘적거리다가 조용히 벼루에 내려놓았다. 너무 오랫동안 책자를 뚫어져라 봐서 그런지 눈가가 피로했다. 엄지와 검지로 눈두덩이를 문질렀지만 피로가 쉽게 사라지질 않았다.

사실 이 피로는 육체적 피로는 아니었다. 그쯤 되면 내공을 한 바퀴 돌리기만 해도 활력이 솟아나는 법이니까. 하지만 정신적 피로만큼은 내공으로도 어떻게 감당할 수가 없었다.

이게 다 생각에도 없던 무공서를 집필하느라 생긴 결과였다.

〈혈뢰무서〉. 대장로가 말년에 터득한 뇌정권의 비기, 혈뢰를 구결로 풀어낸 비급.

판트에게 그렇게 야멸찬 소리를 해 댔었지만. 결국 대장로는 녀석을 위해서 혈뢰를 비급으로 정리하기 시작했다.

다만, 정리가 그렇게 손쉬운 작업은 아니었다. 대장로도 어렴풋이 개념으로만 잡아 풀어내는 무형강기이기 때문에, 어디서부터 손을 대야 하는지 난감했던 것이다.

그렇기에 반대로 혹하는 작업이기도 했다.

대장로는 젊었을 땐 무공에 빠져서, 나이를 먹었을 땐 공부에 미쳐서 혼인을 할 시기를 놓치고 말았다. 제자도 귀찮다면서 두지 않아 이렇다 할 후인이 없었다.

하나 나이를 먹으면 누구나 죽기 전에 자신의 흔적을 세상에 남겨 두고 싶어 하는 법이라, 대장로도 슬슬 후인 양성을 생각하고 있던 차였다.

그런데 때마침 판트가 가르쳐 달라며 징징거렸다. 그래도 손쉽게 내어 줄 수는 없는 노릇이라 이래저래 자존심을 건드렸었는데. 녀석은 그것이 오히려 자극이 되었던지 폐관 수련에 들어가 여태 나오질 않고 있었다.

 자질에 끈기까지 더해졌단 뜻이었다. 정확한 건 면벽동에서 나와 봐야 알겠지만. 이만하면 합격점이었다.

 그래서 가벼운 마음으로 시작했는데.

 이게 구결로 풀어내려고 하니 생각보다 잘 풀리지 않았다. 머릿속에 어렴풋하게 잡혀 있는 개념을 구체적으로 서술하는 작업이 아주 어렵다는 것을 이제야 깨달았다.

 그래도 몇 번 생각을 정리하면서 풀어내다 보니 오히려 머릿속이 선명해지는 느낌이었고, 집필이 마무리될 즈음에는 혈뢰의 성취도도 훨씬 깊어져 있었다.

 이제는 이것을 어떻게 판트에게 건네줄 것이냐가 문젠데.

 '어떤 반응을 보일지 눈에 빤히 보여서 그 꼴이 참 보기 싫단 말이지.'

 일족이라면 누구나 인정하는 사실이지만, 무왕의 젊은 시절을 가장 빼다 박은 사람이 판트였다.

 아마 이것을 받으면 좋아서 이리저리 난리를 칠 테지. 대장로는 무왕 때문에 가장 많이 고생했던 사람이기도 했다.

 그래서 어떻게 조용히 넘겨줄 방법이 없는가 싶어 잠깐 고민에 잠기는데.

"판트가 보면 좋아하겠군요."

대깅코는 갑작스러운 목소리에 퍼뜩 정신을 차렸다. 어느새 눈앞에 연우가 서 있었다. 아무리 생각에 잠겨 있었다고 해도 누가 오는 걸 느끼지 못했다고? 대장로는 눈을 살짝 크게 뜨면서 말했다.

"음? 언제 왔나?"

"밖에서 몇 번 대장로님을 불렀습니다만. 기척은 있어도 아무런 답변도 없으셔서요. 혹시나 하는 생각에 들어왔습니다. 무례였다면 죄송합니다."

"아닐세. 다 같은 식구끼리 무슨. 그래도 참 지척에 있는데도 오랜만에 보는 것 같군."

대장로는 묘한 눈길로 연우를 위아래로 훑었다.

사실 연우는 갈리어드와의 수련이 끝난 뒤에, 거의 밖으로 나오질 않고 있었다.

하지만 무왕도, 대장로도, 다른 일족들도 그런 연우를 말린다거나, 굳이 찾아가 안부를 묻는다거나 하지 않았다.

뭔가에 매달려 몇 년이 지나도록 자신의 집에서 나오지 않는 경우가 허다한 이들이 외뿔부족이다 보니, 연우도 뭔가 얻은 게 있어 그것을 가다듬느라고 시간을 많이 잡아먹는구나 하고 생각할 뿐이었다.

오히려 이렇게 나온 것이 빠르다 싶을 정도였다.

그리고.

그동안 수련을 게을리하지 않았던지, 연우는 이전과 많은 점이 달라져 있었다.

탄탄하고, 묵직했다.

이전에는 금방이라도 폭발할 것처럼 사나운 기세가 잔뜩 풍겼다면. 지금은 딱 자리가 잡혀 있어 오히려 고요하다 싶을 정도였다.

심·기·체. 무공에 있어 가장 중요하다는 3박자가 딱 알맞은 균형점을 찾은 것이다.

'삼화취정. 성취도 참 빠르군. 이제 자신의 길을 확실하게 잡은 모양이야. 더 이상 다른 것을 추가해도 흐트러질 일은 없겠어.'

다만, 그런 생각도 들었다. 영육의 조화가 너무 잘 이뤄진 까닭에 이 이상 올라가려면 상당히 힘들겠다고. 그래도 강기를 쓸 수 있는 명인 급에 한 발을 들였다는 것이 기특했다.

"한데, 여긴 웬일로 온 건가? 족장을 찾으려는 거면 아마 집무실에 있을 텐데."

"스승님은 이미 뵙고 인사드렸습니다."

"그럼?"

"혹시 에도라가 어디 있는지 알 수 있겠습니까?"

폐관 수련에 매달리는 판트와 다르게 에도라는 한창 층계를 오르고 있는 중이었다. 몇 달 전에 30층을 넘었다는 이야기만 어렴풋이 들었을 뿐, 그 뒤는 어떻게 되었는지 모르고 있었다.

그동안 통신 아티팩트의 내구도가 다해 버린 탓이었다. 새롭게 마련하려고 해도 수련에 집중하느라 필요를 느끼지 못해서 미뤄 뒀다.

"며칠 전에 잠깐 들렀었는데. 아마 지금쯤 36층에 있을 걸세."

연우의 눈이 살짝 빛났다.

"꽤 많이 올라갔군요."

"실력도 꽤 많이 달라졌어. 양도가 자리를 잡고 있었지."

연우는 희미하게 웃었다. 양도의 다른 반쪽, 음검. 이것은 언제쯤 열 수 있을까.

"그런데 갑자기 에도라는 왜? 원한다면 연락을 넣을 수도 있긴 하네만."

연우는 고개를 가로저었다.

"아닙니다. 서두를 건 없고, 만나는 거야 올라가서 만나도 충분하니까요."

"오. 그럼 혹시, 자네……?"

대장로는 어렴풋이 연우가 뭘 하려는지 깨닫고 눈을 살짝 크게 떴다.

연우는 무겁게 고개를 끄덕였다.

"예. 이제 다시 본격적으로 달리려고 합니다."

*   *   *

연우는 대장로를 끝으로 외뿔부족과의 인사를 모두 끝냈다. 바이 더 테이블과의 후원 계약이 맺어진 뒤, 준비는 빠른 속도로 진행되어 클랜 창설을 위해 필요한 건 모두 끝난 상태였다.

이젠 마지막만 남아 있었다.

'여름여왕.'

연우는 대장로의 거처를 나와 부의 던전으로 향했다.

그동안 던전도 많은 점이 달라져, 입구부터 처음과는 확연하게 달랐다.

처척!

단단한 중갑옷으로 무장한 스켈레톤 워리어가 한쪽 무릎을 꿇으면서 고개를 숙였다. 주인의 주인. 지고한 존재에게 바치는 예의였다.

그 뒤로 통로를 따라 바쁘게 움직이던 여러 언데드들이

각자 하던 일을 멈추고, 벽으로 물러나서 고개를 숙였다. 마치 황을 영접하는 백성들과도 같은 모습이었다.

그리고.

따그닥, 따그닥—

곧 부가 이상한 유령마에 올라탄 스켈레톤 나이트를 잔뜩 대동한 채로 나타났다.

처음에 만들어졌을 때만 해도, 그저 그런 언데드만 가득했던 것을 떠올려 본다면 대단한 변화였다. 연우가 속으로 적잖게 놀랄 정도였다. 그동안 던전은 부에게만 일임하고, 여태 관심도 두지 않고 있었으니.

스켈레톤 나이트들이 착용하고 있는 무장도 하나같이 번쩍번쩍했다. 여름여왕에게서 빼앗은 무기 창고에서 꺼낸 것들이었다.

「오셨. 습니까?」

부가 멈춰 서서 연우 앞에 고개를 숙이자, 스켈레톤 나이트들도 일제히 유령마에서 내려서 한쪽 무릎을 꿇고 고개를 숙였다. 자세히 보니 스켈레톤 나이트 뒤에는 메이지나 샤먼, 랜서, 솔저 같은 다른 병사들도 길게 쭉 늘어서 있었다.

거기다 골렘이며 좀비, 구울, 밴시, 스펙터까지. 던전 곳곳에 흩어졌던 언데드들을 전부 끌고 나오기라도 한 모양이었다. 시야가 닿는 저 끝까지, 온통 언데드들로 꽉 차 장관을 이뤘다.

하지만 연우에게는 장관이 아니라 가관이었다.

"……이게 다 뭐지?"

「주인. 님께서. 오시는 길에. 당연. 한. 일입니. 다.」

"치워. 부담스러우니까. 평소대로 해."

「분부를. 받듭. 니다.」

부는 고개를 끄덕이면서 허공에다 가볍게 손을 흔들었다. 그러자 언데드들은 전부 고정된 자세를 풀고 각자의 위치로 흩어졌다.

연우는 가볍게 한숨을 내쉬었다. 부가 이성이 강해지면 강해질수록 할 수 있는 일의 범위도 넓어져서 여러모로 편리하긴 했지만. 반면에 충성심도 더 심해져서 보는 연우가 다 부끄러워질 정도로 오버액션을 취하는 경우도 많았다.

그렇다고 이것을 나쁘다고 할 수는 없었다. 게다가 알게 모르게 은근히 떠받쳐지는 재미도 있어서 뭐라고 말하기가 난감했다. 연우는 그저 적당한 선까지만 해 줬으면 하는 바람뿐이었다.

"작업은?"

"중간 단계에 다다랐습니다."

"가지."

작업. 본 드래곤을 만드는 일을 말하는 것이다.

언우는 부와 함께 넌선의 가장 깊은 내심부로 들어갔다.

인트레니안을 3개 직렬로 이어서 만들어진 던전은 입구에서부터 크게 외심부, 중심부, 내심부의 총 3개 구획으로 나뉘어 있었다.

깊게 들어갈수록 언데드의 계급도 같이 올라갔고, 간간이 소환수로 보이는 마수(魔獸)나 요수(妖獸)가 돌아다니는 것도 볼 수 있었다.

던전은 전체적으로 복잡한 미로의 형태를 띴다.

통로가 거미줄처럼 얽혀 있어서 자칫 길을 잘못 들면 한곳을 뱅글뱅글 돌 가능성이 컸고, 곳곳에 마법진이나 트랩이 설치되어 있어서 외부로부터의 방비에 특화가 되어 있었다.

얼마나 부가 던전을 만드는 데 심혈을 기울였는지를 알 수 있는 대목이었다.

그러다 내심부에 도착했을 때.

여태껏 지나온 좁고 긴 통로는 온데간데없이 사라지고, 거대한 공동이 모습을 드러냈다.

기존에 주어진 아공간 너비를 마법으로 더 넓히기라도 했는지, 천장은 수십 미터나 될 정도로 높고 벽은 끝을 종잡을 수 없을 만큼 넓었다.

그리고 그곳.

시린 빛을 토해 내는 거대 마법진 위에 여름여왕의 사체가 누워있었다. 다만, 사체는 처음과 다르게 색이 많이 탁하게 변해 있었다. 원래는 루비를 깎은 것처럼 붉었지만, 지금은 온통 칠흑색으로 빛났다.

그동안 사체를 숙성시키기 위해 마왕독을 비롯한 각종 강화 용액을 투여하면서 생긴 변화였다.

덜그럭, 덜그럭!

딱딱—

그 옆에는 여러 스켈레톤들이 턱을 부딪치면서 날이 잔뜩 굽어 예리한 칼을 든 채로 사체를 천천히 해체하고 있었다.

워낙에 비늘이 단단한 경도를 자랑하는 탓에, 가죽과 살점, 뼈를 가르는 작업은 아주 조심스럽게 이뤄졌다.

다행이라면 스켈레톤들은 따로 자아를 갖고 있지 않기 때문에 명령을 받은 대로만 행동해서 실수란 있을 수 없고, 이것을 위에서 진두지휘하는 사람이 따로 있다는 점이었다.

『발골(發骨)에 조심해. 조금이라도 생채기가 나면 안 되니까. 분리한 것들은 따로 분류시키고.』

레베카는 사체 여기저기를 뛰어다니면서 간만에 활기찬

모습을 보였다. 사냥꾼 출신답게, 이런 귀한 경험을 허투루 날리지 않기 위해서 최선을 다했다. 스켈레톤이 처리하지 못하는 부분에서는 샤논과 한령이 옆에서 나섰다.

한쪽에서는 연우의 부탁을 받아 던전을 자주 출입하던 헤노바가 스켈레톤 군단을 이끌고 뭔가를 작업하고 있었다.

해체 작업이 가시화되면서 그의 손길이 가장 필요했던 것이다. 그의 옆에는 브라함이 자리를 잡고 앉아 도와주고 있었다. 여전히 아난타의 병증이 완치되지는 않았지만, 그래도 조금씩 차도가 보여서 그도 조금씩 외부 일을 보고 있는 중이었다.

연우는 그들을 지나쳐 내심부에서도 가장 깊숙한 장소로 이동했다.

그곳에는 여름여왕이 멍하니 앉아 있었다. 그녀는 오랫동안 신진철에 단단히 묶여서 자신의 육체가 낱낱이 해체되는 광경을 멍하니 지켜봐야만 했다.

얼굴은 초췌해져 있었고, 영력도 많이 쇠해진 상태였다.

절망에 단단히 절여진 것이다.

언제나 높은 곳에서 꼿꼿한 태도를 고수하며 세상을 오시할 것 같던 그녀였지만.

오히려 그렇기에 그녀는 더 철저하게 망가져 있었다. 높은 곳에서 떨어진 만큼 추락하는 깊이도 깊었던 것이다.

"이스메니오스."

연우는 그런 여름여왕의 옆으로 다가갔다.

여름여왕은 멍하니 자신의 사체를 바라보다, 천천히 연우를 올려다봤다.

곧 흐리멍덩하던 눈동자에 이지가 돌아왔다. 아무리 망가졌어도, 여름여왕은 여름여왕. 완전히 자아를 잃을 정도는 아니었다.

「이제 때가 되기라도 했나 보지?」

여름여왕은 한쪽 입술을 말아 올렸다. 비웃음이라기보다는 처연함에 가까운 웃음이었다. 이제 자신의 마지막이 어떻게 될 건지 눈치챈 것 같았다.

연우는 천천히 가면을 벗었다. 두 눈이 깊게 가라앉아 있었다. 그는 딱히 부정하지 않았다.

"그래."

「만족스러웠나?」

"당연하지."

연우는 희미하게 웃었다. 가라앉은 눈빛이 싸늘하게 변했다. 세로 동공이 열리면서 먹이를 노리는 뱀처럼 요사하게 번들거렸다.

「하하! 하하하! 그래. 복수. 복수를 노린 것이라면. 정말 잘 해냈어. 해냈다마다. 나를 이런 꼴로 만든 자는…… 그래. 올포원. 그 녀석밖엔 없었으니까. 하지만 올포원은 원래 그런 놈이었고, 너는 한낱 미물 따위이니. 날 이렇게 만들었다는 점에선 외려 더 대단하지.」

여름여왕은 크게 웃음을 터뜨릴 수밖에 없었다. 지난 수천 년 동안. 그녀는 언제나 포식자였다. 그 위치가 바뀐 적은 한 번도 없었다. 하지만 지금. 연우 앞에서 그녀는 피식자가 되어 있었다.

그렇구나. 이런 기분이었구나. 여름여왕은 난생처음 맛보는 기분에 실실 웃음만 새어 나왔다. 등골이 찌릿했다. 가슴이 서늘했다. 낯선 기분이 영혼을 관통했다. 두렵다. 그녀는 처음으로 이런 감정을 느꼈다.

하지만 이것을 어떻게 표현해야 할지. 도저히 알 수가 없었다.

보통 자신 앞에 놓인 먹잇감들은 덜덜 떨거나, 얼어붙거나, 질질 짜거나. 그러던데. 나도 그래야 하나? 하지만 이상하게 아무런 표현도 되지 않았다. 세상의 진리를 추구하며 많은 것을 안다고 자부했는데.

마지막 순간에 모르는 것이 있다는 것을 깨닫고 말았다.

그만큼 두려움은 그녀에게 낯설었다.

올포원과 싸울 때에도 열등감만 느꼈을 뿐, 두려웠던 적은 없었다. 차정우가 계속 꿈에서 깨어나 방해를 해 댔어도 짜증만 났을 뿐이었다. 드래곤 하트가 망가지며 죽음이 눈앞에 닥쳤을 때에도 초조함만 들었다.

이처럼 낯선 감정 앞에서. 여름여왕은 실없는 웃음만 나왔다. 스스로에 대한 자조였고, 여기까지 닥친 냉소였다.

드는 생각은 단 하나였다.

아아, 정말 사라지는구나. 나라는 존재가. 여름여왕이. 이스메니오스가! 마지막 용이! 마지막의 마지막이라는 단어가. 그녀의 가슴에 강렬하게 와 닿았다.

여름여왕은 두 눈을 감았다. 이미 절망과 포기는 납득한 지 오래였다. 그렇다면 마지막이라도 의연한 모습을 보여 주고 싶었다. 두려움은. 보여 주고 싶지 않았다. 녀석이 그런 사념을 읽었든 읽지 않았든 간에.

그리고 그 순간.

'아.'

여름여왕은 차정우가 언제나 말하던 '망령'이 무엇인지 뒤늦게 깨닫고 말았다.

용종으로서 가져야 할 욕심. 언제나 최고가 되어야 한다는 부담감. 그래서 자신에게 호의를 보이면서도 자리를 위협하던 차성우를 쳤던 것인데…… 그것이 바로 망령이었다.

언제나 외로움에 몸부림쳐야 할 것이라던 저주는. 모든 압박에서 해방된 지금에야 겨우 풀리고 만 것이나.

―하지만. 언젠가 네가 그런 속박에서 벗어날 수 있다면. 그때가 된다면 여태 보지 못했던 새로운 것들을 볼 수 있을 거야. 그땐 내가 옆에서 도와줄 테니까. 언제든 말만 해, 이스메니오스.

어쩌면.
차정우가 말해 주려던 새로운 것들은. 이런 것이 아니었을까.
퍼석―
연우는 여름여왕의 머리 위에 손을 얹으면서 바토리의 흡혈검을 전개했다.
마치 파도에 모래성이 허물어지는 듯한 소리와 함께. 이제 약해질 대로 약해졌던 여름여왕의 영혼은 잘게 부서지면서 연우에게로 스며들기 시작했다.
화아악!
연우의 몸 위로 붉은빛이 떠오르기 시작했다.

Stage 37.
독식자

연우는 체내를 타고 흐르는 불의 기운을 느끼면서 묘한 기분에 잠겼다.

'그래. 이거야.'

삼화취정. 심·기·체가 한계점에 몰리면서 하나로 통일되는 경지. 대장로가 한눈에 알아봤듯이, 연우는 명인 급에 한 발자국을 들이고 나서부터 이렇다 할 진척을 보지 못하고 있었다.

육체적으로도, 영혼적으로도 성장의 한계에 부딪친 것이다. 아니, 정확하게는 모든 잠재력이 소모된 것이나 마찬가지였다. 이 이상의 발전을 노린다는 것은 거의 불가능에 가까웠다.

그래도 나름 시도를 더러 가지 해 보기도 했다.

마법을 단련한다든가, 의념을 형성한다든가. 혹은 원하던 대로 불의 파도를 오러 속에 담아 본다든가. 하는 방식으로.

하지만 이런 자잘한 시도들도 곧 명백한 한계를 겪어야만 했다.

정신과 육체가 한 치의 어그러짐도 없이 너무 완전하게 맞물린 까닭에, 더 크게 성장할 수 있는 여지가 사라진 것이다.

물론, 해결 방법이 아예 없는 건 아니었다.

'이것을 깨려면 4차 각성을 이루든가, 더 많은 용과 마의 인자를 흡수하면 되겠지만. 그래서는 균형점이 흐트러질 수 있으니까.'

이 이상 각성을 시도하는 건 불가능하다. 아직 기반이 마련되지 않았기 때문이었다. 추가적인 용과 마의 인자 보충도 마찬가지. 한계에 부딪친 육체가 버티지 못할 가능성이 더 컸다.

다른 방법으로는 깨달음을 통한 정신적 성장이 있을 수 있겠지만.

'그런 게 원한다고 해서 당장 이뤄질 수 있는 것도 아니고.'

만약 이대로 둔다면. 새로운 단초를 찾을 때까지 꽤 긴 정체기를 겪게 될지도 몰랐다.

하지만.

다행히 연우에게는 인위적으로 격을 성장시킬 수 있는 방법이 있었다. 남들은 절대 사용하지 못할 방법이.

'여름여왕.'

그동안 필요할 때를 위해 던전 안에 묶어서 가둬 두기만 했던 녀석을, 삼키기만 하면 되었다.

반편이에 불과한 용인이 위대한 용을 잡아먹는다면 어떻게 될까? 모르긴 몰라도, 잠재력이 대폭 확장되면서 폭발적인 성장을 이룰 수 있을 것이다.

그리고 흡수를 시도한 지금.

연우는 체내 저 깊숙한 곳에서부터 뭔가가 폭발하는 것을 느꼈다. 안팎으로 따스한 기운이 몰려오고 있었다.

여름여왕의 종(種)은 레드. 모든 용종이 다양한 원소를 잘 다루지만, 그래도 종들은 체질마다 각자 맡고 있는 분야가 달랐다.

레드 드래곤은 그중에서도 특히 불을 잘 다뤘다. 달리 불의 왕이라고도 불릴 정도였으니까. 그러니 당연히 여름여왕의 영혼을 이루고 있던 원소들도 불이었다.

마치 추운 방 안에서 두꺼운 이불로 몸을 돌돌 만 것 같은 따듯함. 마력회로와 현자의 돌이 감응하면서 천천히 기운을 인도해 체내로 끌어당겼다.

살갗에서 근육으로, 근육에서 핏줄로, 마력회로로, 코어로, 뼈마디로. 세포 속에 불의 기운이 자연스럽게 녹아내리고, 인자와 뒤섞였다. 특히 용의 인자는 반가운 친구를 만난 것처럼 환호를 하면서 더 깊숙하게 끌어당겼다.

불의 기운은 그렇게 육체 깊숙이 내려앉았다. 깊숙하게, 더 깊숙하게. 그러다 아주 깊숙한 곳, 의식 세계에도 천천히 문을 두들겼다.

아마 이대로 둔다면 불의 기운은 의식 세계를 지나, 영력을 타고, 무의식의 세계를 통과해서 영혼에까지 다다를 것이다.

다만, 연우는 호의적으로 반응하는 육체와 다르게, 조금 불안한 마음을 가졌다.

'이것은 어떻게든 통제하에 둬야만 해.'

여름여왕은 애초 태생이 용이었으니 본능적으로 힘을 다룰 수가 있었다. 하지만 연우는 달랐다. 인간인 그로서는 마룡체에 익숙해질 때 계속 상당한 수고를 들여야 했다. 그런데 진짜 용의 힘이라면. 더 많은 수고가 필요할 터였다.

그렇다면 완전히 몸에 자리를 잡기 전에 제어권을 확실히 잡아 놔야만 했다.

하지만.

'뭐지?'

여름여왕의 영혼을 흡수하면서 얻은 기운들은 연우의 통제를 따르지 않았다.

의념을 불어넣어 어떻게든 끌어 올리려 했지만, 불의 기운은 마치 완전히 별도로 분리된 기관처럼 움직였다. 현자의 돌까지 동원했지만, 따로 움직이는 건 여전했다.

불의 기운의 침잠은 계속 이어졌다. 여러 기관을 지나, 끝내 영력을 타고 흐르는 것이 느껴졌다.

원래대로라면 의념이 방출되어야 하는 통로이건만. 지금은 반대로 불의 기운이 이곳을 이용하면서 영혼에 다다랐다.

연우는 자기도 모르게 허리를 쭈뼛 세웠다. 순간, 불안한 마음이 들었다. 영혼은 아직 플레이어 중 어느 누구도 제대로 손을 대지 못한 미지의 영역이다. 동생도 이론만 세워뒀을 뿐, 이렇다 할 체계를 성립해두지 못했다.

그런 곳을 침범한다고? 어쩌면 불의 기운에 섞여 영혼이 흔들릴지도 모른다는 불안감이 생겼다. 그래서 어떻게든 떼어 놓으려 했지만.

『재미난 것을, 가져왔군.』

심연, 저 깊숙한 곳에서 언제나 연우를 지켜보고 있는 마성은 가볍게 웃음을 터뜨렸다. 이렇다 할 반응은 보이지 않았지만, 그것이 연우의 불안감을 더 크게 키웠다.

하지만 그러거나 말거나.

붉이 기운은 여전히 연우의 통제에서 벗어나 채로 영혼을 따라 뱅글뱅글 맴돌면서 영력에 섞이고, 영압에 동화되다가, 천천히 영혼으로 스며들었다.

그 과정에서 연우는 여태껏 어떻게 손을 쓸 생각도 하지 못했던 '영혼'이란 게 무엇인지를 어렴풋하게나마 느낄 수 있었다.

불의 기운이 이리저리 움직이면서 조금씩 인지가 되었던 것이다.

그것은 쉽게 말해, 거대한 에너지 덩어리였다.

하지만 답답하고, 음습하고, 무거운 철창에 갇혀 어떻게 옴짝달싹하지도 못하고 있었다. 마치 방금 전까지 여름여왕의 망령이 겪던 것처럼.

영혼은 외부로 어떻게든 에너지를 방출하고자 했고, 육체는 그것을 가두는 감옥 역할을 했다.

그런 곳에서. 연우의 영혼은 불의 기운을 한껏 머금으면서 폭발할 것처럼 크게 팽창했다.

격의 상승이었다.

[이스메니오스의 영혼을 찬탈하는 데 성공했습니다. 용의 인자가 용의 영혼을 받아들입니다.]

[영격(靈格)이 상승합니다.]
[영격이 상승합니다.]

[용종과 관련된 모든 특성, 스킬, 권능이 일제히 한 등급 이상 상승합니다.]
[적룡의 파편을 획득했습니다.]
[화 속성에 대한 절대적인 지배력을 행사할 수 있게 되었습니다.]

[칭호 '불의 지배자'를 획득했습니다.]

연우는 마치 몸이 붕 떠오르는 듯한 느낌을 받았다. 격이 급속도로 상승하면서 생긴 현상. 이대로 있다가는 하늘 위로 튕기는 게 아닐까 싶을 정도였다.

그러다.

연우는 뭔가 끊어지는 듯한 소리와 함께 정신을 차렸다.

화아아—

피부를 따라 흐르던 붉은 기운이 점차 가라앉으면서 사라졌다.

「축하. 드립니. 다.」

옆에 있던 부가 턱을 떨그럭거리면서 고개를 숙였다.

연우는 고개를 끄덕이면서 자신의 손을 내려다봤다. 살짝 미간이 좁혀졌다.

'크게 변한 건 없는 것 같은데.'

육체적인 변화는 느껴지지 않았다. 마력회로를 돌려 봤지만, 양이 늘어나거나 질이 달라진 건 없었다.

그래서 이게 뭔가 싶어 의식 세계로 접속해 보는데.

"……!"

연우는 자기도 모르게 헛바람을 들이켜고 말았다.

여태껏 답답하고 좁게만 느껴졌던 의식 세계가 끝도 없이 확장되어 있었다. 안개가 걷힌 것처럼 머릿속이 환했고, 사고의 범주나 습득하는 정보량도 이전과 비할 바가 아닐 정도로 대폭 향상되어 있었다.

자신을 둘러싼 세계의 법칙들이 저절로 '이해'가 되었다.

용마안을 전개하자 더 많은 결들이 어우러지는 게 보였고, 초감각을 형성하니 더 많은 것들이 감지되었다.

수많은 물리 법칙이 그를 거미줄처럼 단단히 얽어 절대 벗어나지 못하게 붙들고 있었다. 그에 못지않은 것들이 그를 구속했다. 이게 말로만 듣던 인과율일까.

그리고 그 너머에.

연우는 자신을 지켜보고 있는 수많은 시선들을 느낄 수 있었다. 하늘, 땅, 바위, 세상의 이면. 곳곳에 시선들이 있었다.

예전에도 어렴풋하게나마 감지는 할 수 있었지만. 그래도 이렇다 할 느낌은 없었는데.

하지만 지금은 선명하게 다가왔다. 어떤 시선은 따뜻했고, 어떤 시선은 냉랭했다. 호기심이 가득하거나, 장난기가 있거나, 혹은 분노로 가득 찬 것도 있었다.

'불쾌해.'

연우는 자신을 둘러보는 시선을 떼어 낼 방법이 없을까 하고 생각했지만. 지금은 별다른 방법이 없어 보였다. 당장 자신을 옭아매는 물리 법칙도 벗어나지 못하는데, 그 너머에 있을 신과 악마들의 시선을 어떻게 뿌리칠 수 있을까.

무왕을 비롯한 아홉 왕과 여러 하이 랭커들은 이런 감각을 늘 달고 사는 건지.

연우는 조금이라도 시선들로부터 무뎌지기 위해 감각을 다른 방향으로 돌렸다.

간간이 허공을 따라 떠다니는 자그마한 불씨들이 보였다. 손가락으로 가볍게 건드려 보자, 갑자기 확 튀어 오르면서 커다란 불꽃이 되었다가 사라졌다.

이렇게 보니, 너무 많은 것들이 달라져 좀처럼 종잡을 수가 없었다.

하지만 갈리어드는 말했다. 이럴 때일수록 육체를 더 잘 통제할 수 있어야 한다고.

'의념.'

의식 세계를 확장시키면서 육체를 하나하나 읽어 나가고, 조금씩 완전한 통제하에 두기 시작했다.

그러다 연우는 한 가지 사실을 깨달을 수 있었다.

여름여왕의 영혼을 흡수하면서 눈에 띌 만한 육체적인 성장은 이뤄지지 않았다. 격이 상승했어도 여전히 한계가 있어서, 손댈 수 있는 용의 권능이 적었다.

대신에 그는 아주 큰 다른 것을 얻었다.

잠력(潛力).

육체와 영혼에 내재된 한계점이 상상도 할 수 없을 정도로 깊어졌다. 그동안 번번이 그를 가로막히게 했던 재능이 확연하게 달라졌다.

어쩌면. 이제는 동생과 비교를 해도 뒤지지 않겠다 싶을 정도였다.

물론, 이 잠력을 모두 소화하려면 그만한 수고와 노력이 더 많이 필요할 테지만.

아무렴 어떨까.

드디어 그를 여태껏 답답하게 묶었던 제약을 벗어던지게 만든 것만으로도.

연우는 아주 큰 성과를 달성한 셈이었다.

* * *

"그럼 난 가마. 원하던 대로 빠른 시일 내에 좋은 물건들로 만들어 놓을 테니, 발푸르기스의 밤 때처럼 함부로 나대다가 다치지나 말고."

"신경 써 주셔서 감사합니다."

"신경 쓰긴 누가 써! 수고는 수고대로 하고, 돈 떼일까 봐 그런 거지! 네가 다치면 누구한테 그걸 받아?"

헤노바는 연우의 감사 인사가 낯간지러웠던지 얼굴을 붉히면서 투덜거렸다.

그의 뒤에는 짐이 꽤 많았다. 발골 작업으로 보기 좋게 낱낱이 해체된 여름여왕의 잔해들이었다.

앞으로 이 물건들은 연우의 의뢰에 따라 각종 무구로 변할 예정이었다. 연우가 사용할 물건들도 있었고, 앞으로 만들어질 클랜에 요긴하게 쓰일 물건들도 있었다.

브라함은 포탈을 따라 휙 하고 사라지는 헤노바를 보면서 엷은 미소를 띠었다.

"예전부터 느꼈던 거지만. 헤노바와 자네의 관계는 참 묘하군."

"일방적으로 제가 혼나는 관계니까요."

"하핫."

브라함은 가볍게 웃음을 터뜨렸다. 말은 저렇게 해도, 연우의 목소리에서 굳은 신뢰가 느껴지고 있었다. 헤노바도 마찬가지였다. 겉으로는 툴툴거려도, 연우를 대할 때의 눈빛은 언제나 따뜻했다. 마치 부모 자식 관계처럼.

브라함은 왜 굳이 헤노바에게는 정체를 따로 밝히지 않느냐고 묻지 않았다. 연우와 헤노바 간의 신뢰 관계에 굳이 자신이 낄 필요도 없을뿐더러, 연우도 어떤 생각이 있을 거란 짐작에서였다.

그리고 한편으로는 부럽기도 했다.

여전히 정신을 차리지 못하는 아난타를 떠올릴 때면, 가슴이 미어졌다. 대체 무엇이 딸을 그렇게나 괴롭히고 있는 걸까.

"그럼 남은 일들도 잘 부탁드리겠습니다."

"알았으니 여기는 걱정 말고 일단 공략에만 집중해. 괜찮은 물건이다 싶은 인간들 있으면 주워 오기도 하고."

"예. 그러겠습니다."

꼭 길거리에서 새끼 고양이라도 주워 오라는 말투.

연우는 피식 웃으면서 고개를 끄덕이고는 던전을 빠져나왔다.

클랜 창설에 필요한 나머지 뒷일은 브라함과 갈리어드에게 모두 일임한 상태였다.

아난타를 병간호하는 것으로도 정신이 없을 테지만. 그래도 브라함은 그동안 외우주를 복구하는 데 큰 도움을 주었다. 빨리 실험실을 완성시켜서, 옆에 아난타의 치료실도 만든다는 게 그의 계획이었다.

그리고 나머지는 수완이 좋은 갈리어드가 나서서 크게 걱정할 게 없었다.

이렇게.

다른 준비는 모두 끝났다.

이제 필요한 건 딱 하나, 인재였다.

연우는 한동안 공략에 다시 집중할 생각이었다. 달라진 실력도 확인할 겸, 그간 많이 미뤄 뒀던 층계 공략에 집중하면서 괜찮다 싶은 인물들을 포섭하는 것도 염두에 두고 있었다.

미리 점찍어 둔 인물들도 몇몇 있었다.

'칸과 도일. 그 친구들이 있으면 좋긴 할 텐데.'

하지만 아무리 수소문을 해 봐도 도저히 행방을 찾을 수가 없으니. 그게 답답할 노릇이었다.

물론, 그들 말고도 생각해 둔 인물들은 몇 명이 더 있었다. 일기장을 통해 동생이 겪은 군웅은 아주 많았다. 그리고 추가로 층계를 오르면서 유망주들을 발굴할 생각도 하고 있었다.

물론, 어중이떠중이를 데려올 수는 없는 노릇이니, 스카우드를 힐 때에는 민건을 기할 생가이었다. 마음은 열었다고 해도, 연우는 여전히 폐쇄적인 성향이었다.

[탑에 입장하시겠습니까?]

연우는 메시지를 보면서 탑으로 들어섰다.
그러다 환한 빛무리에 가려지는 탑을 보면서 문득 그런 생각이 들었다.
저 높은 탑의 꼭대기에서 보이는 하늘은.
대체 어떤 모습을 하고 있을까?

* * *

[이곳은 26층, '통곡의 벽'의 관입니다.]

연우는 환한 빛무리 속에서 천천히 눈을 떴다. 그리고 조금씩 빛무리가 가시는 순간, 갑자기 뼛속까지 에일 것 같은 추위가 확 하고 몰려왔다.
그리고 불어닥치는 눈보라.
연우는 마력회로를 돌려 추위를 쫓아냈다. 동시에 마장

을 로브로 변화시켜 후드를 머리에 푹 뒤집어썼다. 이렇게 하니 날카로운 바람이 덜 방해되었다.

주변 세상은 온통 새하얬다.

보이는 것이라고는 눈이 소복하게 쌓인 설원뿐이었고, 하늘에서는 사람 주먹만 한 크기의 눈송이가 쉴 새 없이 펑펑 쏟아졌다. 풍속도 얼마나 센지 웬만해선 서 있기가 어려울 정도였다. 시야 확보도 힘들었다.

하지만 자세히 살펴보면, 자신이 있는 곳이 거대한 성곽 위라는 사실을 금세 알 수 있었다.

곳곳에 높다란 깃발이 꽂혀 강풍에 나부끼고, 성벽 아래는 그 바닥을 제대로 확인할 수 없을 만큼 까마득했다.

그만큼 성벽이 아주 높게 서 있단 뜻이었고, 주변은 온통 크고 작은 설산으로 둘러싸여 있어 천혜의 요새를 이루고 있었다.

여기가 바로 26번째 스테이지였다.

'많이 귀찮겠어.'

물론, 층계 공략이 귀찮다는 뜻은 아니었다. 한 층 한 층을 오를 때마다 새로운 것을 얻어 가는 연우로서는 공략이 귀찮았던 적이 한 번도 없었다.

정작 그가 거슬리는 것은 주변에서 느껴지는 시선들이었다. 경계심을 넘어선 적개심이 느껴졌다.

"저 사람……?"

"아, 독식자야."

"여름여왕 시해 때 이후로 종적을 감췄다고 들었었는데. 다시 뛰기 시작하는 건가?"

"제길! 이래서야 이번 회차는 실패나 마찬가지잖아."

이미 저층 구간의 플레이어들 사이에는 '독식자가 지나간 자리에는 파리 하나 남아나지 않는다'는 소문이 파다하게 퍼져 있었다. 그러니 적개심을 띠는 것도 당연했다.

「흐흐. 우리 주인님, 인기가 많으신데요, 아주?」

「어중이떠중이들을 상대할 필요는 없으십니다.」

연우를 따라 폐관 수련에서 나온 샤논은 가볍게 웃음을 터뜨렸고, 한령은 고개를 가로저었다.

물론, 평상시라면 연우도 그냥 무시하고 넘겼을 것이다. 타인의 시선을 신경 쓰는 성격은 아니었으니까.

하지만 이번 스테이지는 타인의 경계가 있으면 피곤해진다는 특징이 있었다.

그때.

휘이이!

매서운 한파가 다시 휘몰아치면서 새로운 전체 메시지가 떠올랐다.

[26층의 시련을 시작합니다.]

[시련: 나하트마 설산에 세워진 '벽'은 아주 오랜 세월 동안 북쪽의 대지 끝에서부터 내려오는 서리 괴물들을 막아 내는 절대적인 상징으로 군림해 왔습니다. 하지만 그만큼 수많은 인명이 이 '벽' 앞에 스러졌기에, 통곡의 벽이라는 별칭을 얻어야만 했습니다.

그런데 최근 들어 잠잠했던 서리 괴물들의 대규모 공습이 시작될 거란 첩보가 입수되었습니다.

그 규모는 통곡의 벽이 세워진 이래 단 한 번도 관측할 수 없었을 정도로 방대한 규모이며, 괴물들을 지휘하는 지휘관도 영체 급 이상이라고 알려져 있습니다.

지금부터 한 달 동안, 서리 괴물들의 대규모 공습으로부터 통곡의 벽 안쪽에 있는 '라의 눈물'을 사수하세요.]

연우는 메시지 내용을 살피면서 미간을 살짝 좁혔다.

'라의 눈물을 지키려면 다른 플레이어들의 협조가 필요한데.'

통곡의 벽은 쉽게 말해서 디펜스 게임이라고 볼 수 있었다. 하루에 단 한 번, 달이 하늘 정중앙에 걸리는 자정이 되면 설산 너머에서는 괴물들이 대거 쏟아졌다.

평범한 몬스터는 절대 아니었다. 하나같이 냉기에 특화된 괴물들이었고, 육체가 떨어져도 고통을 느끼지 않는 녀석들이었다. 오히려 피 냄새를 맡으면 더 좋다고 달려드는 것들이니.

그런 괴물이 수만, 수십만…… 아니, 수백만씩이나 몰려온다면. 생각하는 것만으로도 끔찍한 일이었다.

이것들로부터 성벽을 보호하는 것이 관건이었다. 물론, 아무리 강한 사람이라고 해도 혼자서 열 손을 감당할 수 없으니, 다른 플레이어들과의 긴밀한 협조가 가장 중요했다.

첫 주나 둘째 주까지는 어떻게든 공급을 막아 낼 수 있다. 아무리 몬스터의 숫자가 많아도, 플레이어들의 숫자도 꽤 많은 데다가, 성벽 안에 장치된 수성용 병기들도 많았다.

문제는 셋째 주부터였다.

이때부터는 보관된 식량과 식수도 슬슬 바닥을 드러내고, 수성용 병기도 훼손되기 시작한다.

특히 이때부터 등장하는 10미터 크기의 서리 괴물들은 대단한 파괴력을 지니고 있어 단단한 성벽도 무너질 정도였다.

당연한 말이지만, 난이도가 대폭 상승하다 보니 플레이어들 사이에도 분란이 생길 수밖에 없었다.

한정된 자원을 나눈다는 건 절대 쉬운 일이 아니었다. 리더십이 있는 자가 나타나서 공평하게 일을 분배한다던가, 민주적인 절차와 합의에 의해서 의무를 분담하지 않으면 모든 게 엉망이 되기 십상이었다.

우리도 그 때문에 상당히 고생해야만 했다. 4주차에 들었을 때에는 외부의 적보다 내부의 적이 더 골칫거리였다.

한 달이라는 기간은 절대 짧지 않다. 하물며 적의 공세는 시간이 갈수록 줄어들기는커녕 오히려 더 불어나기만 한다.

피로면 피로, 빈약한 자원이면 자원. 모든 게 플레이어들을 궁지로 몰아넣기 쉬웠다.

그래서 연우는 스테이지를 시작할 때 사람들을 시켜 라의 눈물을 지키도록 하려 했지만.

'글렀군.'

저렇게 적개심 가득한 눈빛이라면 뒷일은 불에 보듯 뻔한 일이었다. 협조를 요청한다고 해도 제대로 이뤄지지 않을 가능성이 컸다.

물론, 힘을 사용해 강제로 굴복시킬 수도 있을 테지만.

'그럴 필요까지는 없지.'

조금 귀찮더라도, 처음부터 끝까지 자신이 알아서 처리하는 수밖에 없는 모양이었다.

한편으로는 어딜 가더라도 저런 시선에서 벗어나기 힘들 테니, 이참에 독식자라는 인상을 확실하게 박아 두는 것도 나쁘지 않겠다 싶었다.

'아, 그렇게 되면 인재를 찾기 힘들려나.'

연우는 문득 그런 생각이 들었지만, 어떻게든 되겠다 싶은 마음이었다. 어차피 눈에 띌 존재라면 어떻게 해서든지 띈다. 송곳은 주머니를 뚫는 법이니.

츠츠츠—

연우는 생각을 정리하고 칠흑왕의 절망을 통해 괴이들을 움직였다.

그림자가 길게 쭉 늘어나면서 성곽 안쪽 기지로 들어가는 철문에다가 가시덤불을 형성했다.

마침 성벽의 구조를 파악하기 위해 기지로 들어가려던 플레이어들이 흠칫 걸음을 멈췄다.

단순히 그림자만 일어난 것이라면 무시를 했을 테지만. 그림자 사이사이로 눈들이 촘촘하게 나타나 활짝 열렸. 수십 개의 눈동자와 그들의 시선이 마주쳤다.

순간, 등골을 따라 소름이 오소소 돋았다. 먹이를 갈구하는 들짐승과도 같은 것들이 그들을 집어삼키기 위해 눈을 빛내며 호시탐탐 기회를 노리고 있었다.

"이게 무슨 짓입니까, 독식자!"

플레이어들이 휙 하고 고개를 돌려 연우를 노려봤다. 그들은 그림자를 걷어 낼 엄두도 내지 못하고 있었다. 그림자 속에 있는 괴물들은 분명 그들쯤은 쉽게 찢어서 삼킬 수 있는 것들이었다.

하지만.

연우는 그들이 노려보거나 말거나 자기 할 말만 던졌다.

"다른 건 신경 쓰지 말고, 너희들은 수성에만 신경 써. 필요한 물자는 그때그때마다 꺼내 줄 테니. 라의 눈물은 이쪽이 보관하고 있지."

"무슨 말을……!"

연우는 플레이어들이 뭐라고 따지건 간에 전혀 신경 쓰지 않고, 성벽 위로 가볍게 올라섰다.

플레이어들의 표정이 딱딱하게 굳었다. '설마?' 하는 동요 어린 시선도 가득했다. 이곳의 성벽은 아주 높다. 거기다 한파도 매섭다. 아무리 마법을 부린다고 해도, 여기서 뛰어내렸다가는 강풍에 휩쓸려서 피떡이 되기 십상이었다.

게다가 어떻게 지상에 내려선다고 해도, 설산 주변에는 손통 시린 괴물들밖에 없었다.

이곳에 있는 플레이어들 상당수가 이 스테이지를 몇 번씩 재도전하는 중이었기에, 서리 괴물들이 얼마나 지독하고 악랄한지 누구보다 잘 알고 있었다.

특히 괴물 군단을 지휘하는 군단장 급 인사들은. 웬만한 플레이어쯤은 손쉽게 씹어 삼킬 정도였다. 괜히 '적을 궤멸시켜라'가 아닌, '성을 보호하라'가 미션인 게 아니었다.

하지만 연우는 그런 시선에도 아랑곳하지 않고, 불의 날개를 한껏 펼치면서 아래로 떨어졌다.

"어? 어어!"

"미쳤……!"

연우는 플레이어들이 놀라거나 말거나, 눈보라가 가득 섞인 바람을 타고 그대로 아래로 부드럽게 미끄러졌다. 눈송이가 시야를 가렸지만, 날카롭게 벼려진 초감각에는 아무런 방해가 되지 못했다.

무엇보다 강화된 의념과 세밀해진 영력 덕분에. 육체를 움직이는 게 훨씬 쉬웠다.

탁!

연우는 성벽에서 가장 가까운 설산 중턱에 내려앉았다.

무릎 높이 이상으로 발이 빠질 만큼 눈이 잔뜩 쌓여 있었지만. 열풍을 뿜어내니 삽시간에 주변의 눈들이 다 녹으면서 길을 열었다.

[바람길]

한 발을 앞으로 내딛자, 갑자기 매섭게 몰아치던 강풍이 연우를 중심으로 소용돌이를 그리기 시작했다. 그리고 활짝 열린 용마안을 따라, 잔뜩 뭉친 결들이 여러 갈래로 흐르는 것이 보였다.

옵션. 길찾기.

미풍, 삭풍, 돌풍 등으로 이어지는 여러 갈래의 길 중에서. 연우는 자신에게 특화된 길을 찾아 그대로 밟았다.

돌풍.

쾅!

쐐애액—

연우는 매서운 바람을 한껏 일으키면서 빠르게 달리기 시작했다. 그를 따라 부는 돌풍 속에는 매서운 열풍도 섞여 있었다. 새롭게 얻은 칭호인 불의 지배자가 가지고 있는 특징 때문이었다.

[불의 지배자]

밀형. 스킬과 권능에 불꽃의 성질이 강하게 묻어
난다. 또한, 화 속성에 지배력을 자랑한다.

전개하는 스킬과 권능은 물론, 동작 하나하나에도 화 속성이 묻어난다는 패시브 스킬. 원래는 여름여왕이 갖고 있던 것을, 흡수를 하면서 강탈한 것이었다. 마력 소모도 크지 않기 때문에, 연우에게 아주 유용했다.

연우는 돌풍이 만들어 내는 길을 따라 산자락을 크게 돌면서, 초감각의 영역을 인근 설산까지 최대한으로 확장시켰다.

곳곳에 감지되는 것들이 있었다. 설산 너머에, 족히 수십만은 될 것 같은 대군이 단단히 무장한 채로 언제든지 움직일 준비를 하고 있었다.

그쪽으로 달리면서 연우는 손을 활짝 펼쳤다. 그림자가 올라오면서 손바닥 사이로 둥근 구슬이 나타났다.

루비를 깎아 만든 것처럼 영롱하게 빛나는 구슬. 스테이지 미션으로 반드시 사수해야 한다고 밝혔던 라의 눈물이었다.

'일단 이 스테이지에서 얻어야 할 건 두 개. 라의 눈물과 아포피스의 독니.'

26층의 스테이지는 태양신 라와 밤의 마물 아포피스의 계속되는 전쟁이 모티브였다.

아포피스의 위장에서 태어난 서리 괴물들은 아포피스의 가호가 가장 강해지는 자정을 즈음해서 공략을 시도한다. 이때, 시련을 해결할 수 있는 방법은 두 가지였다.

설명대로 한 달을 버티든가.

아니면 서리 괴물들의 중심에 있는 '아포피스의 독니'를 강탈하든가.

그리고 당연한 말이지만. 이 두 가지를 동시에 가질 수 있다면 꽤 좋은 물건을 얻을 수가 있었다. 단번에 성장할 수 있는 아주 좋은 물건이.

삼화취정으로 성장이 그친 연우였다면 탐낼 필요가 없을 테지만. 잠력이 깊어진 지금, 갖가지 기연은 연우에게 아주 절실했다. 이미 새롭게 짠 계획들도 이런 기연들을 독식하는 데 중점을 뒀다.

물론, 아포피스의 독니를 강탈하는 것은 라의 눈물을 사수하는 것과는 비교도 할 수 없을 정도로 어려웠다.

수백만은 넘는 서리 괴물들부터. 중심부로 갈수록 랭커들도 쉽게 상대하지 못할 괴물들이 득실대는 곳에 혈혈단신으로 뛰어든다는 건, 도무지 말도 안 되는 일이었지만.

'샤논. 한령.'

연우에게는 충실한 수족들이 있었다. 그림자가 쑥 늘어나면서 옆으로 데스 로드와 데스 나이트가 나타났다. 푹 뒤집어쓴 투구 아래로 인페르노 사이트가 이글거렸다.

샤논과 한령은 여태껏 꽁꽁 눌러두고 있던 마기를 한꺼번에 발산시켰다.

……!

소리 없는 기백이 산자락을 크게 뒤흔들었다. 우르르. 저 높은 산꼭대기에서부터 눈사태가 거칠게 일어났다. 새하얀 분진을 휘날리면서 설산 곳곳이 요란한 소동에 잠겼다. 연우와 마찬가지로 수련에 수련을 거듭했던 샤논과 한령은 더 이상 힘을 숨기지 않았다.

그리고. 연우도 힘을 한껏 개방했다. 열기가 돌풍에 섞여 눈보라를 지우고, 곳곳에 사막화 현상을 만들어 냈다. 증기가 잔뜩 뭉치면서 안개가 되어 설산 일대를 가득 메웠다.

바로 그때.

연우는 괴물의 군단과 맞닥뜨릴 수 있었다.

족히 수만 마리는 될 것 같은 괴물들이 마치 인간의 군대처럼 오와 열을 맞춘 채로 사열해 있었다. 다만, 생김새는 저마다 달랐다.

새의 날개를 달고 있는 사자나, 코끼리의 얼굴에 인간의 몸을 한 키메라부터. 코뿔소를 닮은 짐승 위에 올라탄 삐쩍 마른 좀비들까지.

공통점이 있다면. 하나같이 무시무시한 냉기를 뿜어내고 있다는 점이었다.

마주치는 것만으로도 살갗이 얼어붙을 것 같은 냉기. 그들 주위에 부는 살얼음 섞인 칼바람도 너무 날카로웠다.

밤의 마물. 아포피스가 쏟아 낸다는 괴물들.

녀석들은 자신들과 전혀 다른 속성을 자랑하는 연우 등을 발견하고 뭐라고 소리를 질러 댔지만. 곳곳에서 일어나는 눈사태에 묻혀 알아들을 수도 없었다.

물론. 연우는 들을 생각이 전혀 없었다.

그의 목적은 녀석들을 쓸어 내는 것밖에는 없었으니까. 소수가 이 많은 녀석들을 어떻게 상대할 수 있을까 싶을지도 몰랐지만. 때마침 연우에게는 괜찮은 광역기가 하나 있었다.

'불의 파도.'

연우는 아공간에서 비그리드를 꺼내 거칠게 휘둘렀다.

눈사태가 만들어 내는 굉음과는 비교도 할 수 없을 정도로 커다란 굉음이. 눈을 멀게 만드는 빛과 열이 설산을 뒤덮었다.

비그리드는 다른 어느 때보다도 화려한 빛을 토해 내고

있었다. 칼날의 끝부분에서부터 손잡이까지. 주변의 설원
보다도 더 은백색으로 빛났다.

 그래서 멀리서 보면 마치 길쭉한 막대기를 들고 있는 게
아닌가 싶을 정도였다.

 우웅, 웅—

　[비그리드— ???]
　분류: 한 손 장검
　등급: ???
　설명: 지금은 잊힌 머나먼 은의 시대, 위대했던 영
　웅이라면 누구나 탐내던 성검이 있었다. 하지만 성
　검은 여러 영웅들의 손을 전전한 나머지 피를 너무
　많이 머금게 되었고, 끝내 주인을 해친다는 악명과
　함께 마검으로 변질되고 말았다.
　　하지만 오랜 세월이 흐른 뒤, 어느 이름 모를 주인
　은 신력(神力)과 용혈(龍血)로 저주의 근원을 씻어
　내는 데 성공했다.
　　이제 성검이 여태 숨겨 뒀던 빛을 드러내면서 잃
　어버렸던 이름을 되찾는 순간, 위대한 영웅들은 찬
　탄과 질투를 할 것이며, 악랄한 적들은 공포와 경악
　에 잠기게 될 것이다.

* 검의 승화

비그리드에는 뭇 영웅들이 흘린 피와 땀과 눈물과 추억이 단단히 새겨져 있다. 이러한 사념들은 전장에서 가장 크게 빛을 드러내어 새로운 후임자에게 강한 의지를 실어 줄 것이다.

마주한 적이 많으면 많을수록 그들의 살의를 일부 흡수하여 시전자의 능력을 강화시킨다. 반대로 적이 강하면 강할수록 투기(鬪氣)가 비례해서 증폭한다.

* 축복 전도

적에게 마지막 타격을 입힐 시, 가까운 주변에 있는 모든 적에게 동시에 저주를 내린다. 저주를 받은 대상자들은 '감염' 상태가 되어 방어력과 이동 속도가 대폭 하락하고, 그에 비례해 시전자에게 강한 축복을 내린다.

* 영웅—불굴(不屈)

시전자의 투지와 증오가 일정 수치를 넘었을 시, 상당한 양의 마력을 대가로 성검에 잠들어 있던 영웅들의 사념을 깨울 수 있다. 이때, 공격 속도는 최대 50%, 공격력은 2,000%까지 증가하며, 극대화 피해도 40~50%만큼 증폭한다. 대신에 방어력과 속성력이 최대 70%만큼 저하된다.

* 악역 — 구축(驅逐)

비그리드에는 성흥의 사념만큼이나 오늘이 쓰러뜨린 마물들의 원한도 단단히 응어리져 있었다. 원래는 이런 원한이 성검을 마검으로 타락시킨 주요 원인이었지만, 근원이 씻긴 지금은 마를 마로써 응징하는 파사현정(破邪顯正)과 축귀구마(逐鬼驅魔)의 중심이 되었다.

스킬 발동 시, 적수로 지정된 자에 대한 타격 실패율이 현저히 낮아지며, 일정 확률로 극대화 성공률이 대폭 증가하게 된다.

**이 아티팩트는 '유니크'입니다. 탑에서도 오로지 단 한 개밖에 존재하지 않으며, 주인에게 완전히 귀속됩니다. 타인으로의 거래나 양도가 불가능합니다.

**현재 99%까지 저주를 해제하였습니다. 모든 기능을 오픈하는 데 성공했지만, 아직 '진짜 이름'을 찾지 못했습니다. 숨겨진 진짜 이름을 찾아야만 마지막 모습을 되찾을 수 있습니다.

연우는 여름여왕을 잡고 난 뒤에 용의 피를 따로 빼어다

비그리드에 먹이면 어떻게 될까 고민을 했었다.

용의 피는 현세에 존재하는 모든 영약 중에서 최상위에 해당하는 보물이었으니. 그 속에 섞인 수많은 인자들은 특성마저 개화시키기 때문에, 연우는 용체를 각성할 수 있었고, 여름여왕은 휘하에 용생구자와 81개의 눈을 만들 수 있었다.

그러니 은의 시대에 영웅들이 사용했다는 성검이 용의 피를 머금게 된다면. 과연 어떤 변화를 일으킬지 궁금했던 것이다.

신화에서 용은 보통 영웅들이 쓰러뜨리는 악역을 맡는 경우가 대부분이었으니.

자칫 겨우 씻어 낸 저주를 다시 키울 위험도 있었지만. 이미 비그리드는 성검으로서의 기능을 되찾아 스스로 신력도 풀어내고 있어서, 자체적인 정화가 가능할 것이라는 믿음도 있었다.

그래서 연우는 여름여왕의 사체에서 뽑아낸 혈청에다가 비그리드를 담가 놓았다. 이외에 별다른 조처는 하지 않았다. 다만, 부를 통해 매일 정해진 시간마다 변화를 체크했다.

그리고.

이런 연우의 시도는 크게 성공했다.

비그리드에는 영웅들의 사념만이 어려 있는 것이 아니었다. 이여들의 인한도 묻혀 있었다. 영웅의 사념은 신력에 반응하면서 성검의 특성을 부각시키지만, 악역의 원한은 용혈에 반응하면서 마검의 특징을 드러냈다. 여태 씻길 기미를 보이지 않던 저주의 근원이 용혈에 반응했다.

결국 저주의 근원은 천천히 성질을 변화시키면서 신력과 섞였다.

성검과 마검의 특징을 겸비하게 된 것이다. 그리고 이런 변화는 여태 잠겨 있던 마지막 옵션을 해제시키는 데 성공했다.

그게 바로 지금의 비그리드였다.

다만, 아직까지도 마지막 남은 1%의 조건을 달성하지 못해 완전한 모습을 갖추지 못했지만.

비그리드는 온통 새하얀 광채로 뒤덮인 독특한 형태가 되어 연우의 손에 착 감겼다. 불길과 한데 어우러지면서 빛나는 모습은 더할 나위 없이 아름답게 여겨질 정도였다.

연우는 신력과 용혈을 머금고, 영웅과 악역의 사념이 잔뜩 어린 성검을 거세게 휘둘렀다. 빛은 불꽃을 토해 냈고, 불꽃은 파도가 되어 설산을 가로질렀다.

정말 '번쩍'하는 것이 전부였다. 그런데도 불길은 귀가 이대로 머는 게 아닐까 싶을 정도로 엄청난 굉음과 열기를 동반하면서. 한곳에 사열해 있던 서리 괴물들 상당수를 깡

그리 밀어 버렸다. 녀석들이 내지르는 비명이나 경악 따위는 들리지도 않았다.

콰콰콰—

한번 밀려난 자리로 튀어 오른 불씨들은 다시금 더 멀리 퍼져 나가면서 연쇄 폭발을 차례로 일으키고, 밖으로 거세게 밀려난 후폭풍은 곳곳에서 소용돌이를 그리면서 열풍을 연거푸 토해 냈다.

설원을 이룰 정도로 수북하게 쌓였던 눈은 단번에 증발하면서 하늘을 가득 물들일 정도로 뿌연 안개를 이루고, 언제나 축축하게 젖어 있던 땅은 금세 사막화가 이뤄져서 갈라진 바닥을 훤히 드러내고 말았다.

휘이이!

그러다 밀려났던 바람이 안쪽으로 몰려오면서 사방으로 퍼졌던 불길을 안쪽으로 잡아당기니. 지옥이 이곳이 아닐까 싶을 정도로 끔찍한 광경이 훤히 드러났다.

그리고 그 중심에서. 연우는 눈을 반짝였다.

'비그리드로 펼쳐 내니 위력은 확실해. 그럼 여기서 강도를 좀 더 높여서.'

폭발로 한창 흐트러졌던 전장이 드러났다. 서리 괴물들은 부서진 몸을 부여잡으면서 악다구니를 써 대다가, 원흉인 연우를 발견하자마자 와락 달려들었다.

좀 전까지 잘 잡혀 있던 질서는 더 이상 보이지 않았다. 이런 침범을 만들어 내고, 자신들을 얕본 인간에 대한 분노만 가득했다. 이런 미친 짓거리를 저질렀으니, 이만한 힘이 더 이상은 없을 거란 계산도 깔려 있었다.

하지만.

연우는 비그리드를 이번에는 반대쪽으로 돌렸다. 쩌어엉. 마력을 한계까지 밀어 넣자, 비그리드가 기분 좋은 소리를 냈다.

예전 같았으면 고통스럽다면서 비명을 질러 댔겠지만. 성검으로 완전한 각성을 이룬 비그리드는 아주 손쉽게 마력을 수용했다.

그리고 다시 터지는 불의 파도는 이전보다 더 큰 범위로 확산되었다. 고열과 열풍이 몇 번씩이나 대기를 찢고 또 찢었다. 이제는 이명만 난무했다.

불길이 잔뜩 이글거리는 곳에다 다시 한번 더 커다란 폭탄을 던졌으니. 폭발은 배로 커질 수밖에 없었다.

그런데도 연우는 거기서 그치지 않고 비그리드를 연거푸 휘둘러 댔다.

세 번, 네 번, 다섯 번. 그러다 열 번째쯤에 다다랐을 때, 흉한 몰골이 되었던 설산은 허리가 완전히 날아가고 말았다. 배로 누적되던 폭발은 이제 어떻게 손을 쓸 수도 없을 지경이었다.

그 속에서도.

연우는 불어오는 열풍에 머리카락과 옷자락이 나부끼기만 할 뿐, 그 어떤 피해도 입지 않았다. 오히려 간만에 마력을 잔뜩 풀어내서 속이 시원해 보이는 눈빛이었다.

처음 불의 파도를 만들어 냈을 당시, 적아를 가리지 않고 불사르는 무지막지한 파괴력 때문에 제대로 전개하지 못했던 것을 감안한다면 말도 안 되는 현상이었다.

불의 파도의 모티브가 되었던 빛의 파도를 정우가 풀어낼 때, 감당하지 못할 만큼 곳곳으로 퍼지는 힘을 도저히 감당할 수가 없어서 드높은 상공으로 떠오르지 않았던가. 연우도 똑같이 겪은 불편이었다.

하지만.

연우는 의념을 수련하면서 해결책을 떠올릴 수 있었다.

동생은 21층 이후에 마나 제어를 통해 자신에게 피해가 퍼지지 않는 범위 내에서 빛의 파도를 조절했다.

당연한 말이지만, 이것은 위력을 어느 정도 한정해야 한다는 단점이 있었다.

연우도 여름여왕의 영혼을 흡수하면서 이제는 그 정도의 위력 조절이 가능했다. 하지만 그렇게 하기는 싫었다.

그는 불의 파도를 온전히 전개할 수 있는 새로운 해결책을 찾고자 했다. 아니, 불의 파도가 가진 최고 위력을 드러내 보고 싶었다.

그래서 찾은 해결책은. 생각보다 훨씬 간단했다.

속성 동화.

의념으로 신체를 통제하면서, 자체 속성을 화 속성으로 변화시킨 것이다. 또한, 불의 파도에도 의념을 일부 섞으면서 같은 속성으로 일체화시켰다.

불과 열이 그의 몸을 장애물로 생각하지 않고 고스란히 통과할 수 있도록. 그대로 스칠 수 있도록 만들었다. 불길 속에서, 연우는 불이었고, 불도 연우였다. 연우는 아주 자유로웠다.

이렇게 되니, 여태껏 불의 파도를 전개할 때에 자기도 모르게 방어 기제로 위력을 제어하느라 두었던 한계선까지 사라지면서.

더 이상 아무것도 신경 쓸 필요 없이 불의 파도를 마구 펼쳐 낼 수 있었다.

속이 시원했다.

답답했던 모든 것들을 한 번에 털어 내는 느낌.

'이만하면 아주 쓸 만해.'

사실 쓸 만한 정도가 아니었다. 아주 만족스러웠다. 여태껏 공상 속에서만 풀어냈었던 불의 파도는 그가 예측했던 것보다 훨씬 위력이 대단했다. 그리고 진짜 파괴력은 중첩되었을 때 더 크게 빚어진다는 것도 확인할 수 있었다.

대기는 뜨겁고, 대지는 끓었다.

그쯤 되자, 연우는 열한 번째 칼질부터는 밖으로 확산시키는 데 몰두했던 불의 파도를, 조금씩 안쪽으로 잡아당기기 시작했다.

연우가 바라는 것은 단순히 온전한 파괴력만 보는 게 아니었다. 최종적으로 불의 파도를 완전한 통제하에 두는 것.

그래서 불의 파도를 의념으로 제어하고자 했고, 조금씩 한 점으로 압축시키면서 오러 속에 가둬 보고자 했다.

오러로 결집된 불의 파도. 상상만 해도 엄청났다. 이것만 온전히 성공해도, 무왕의 팔괘에 못지않은 무기가 될 것이라고 믿어 의심치 않았다. 연우만의 의념기가 탄생하게 되는 것이다.

그리고 칼질이 이어질수록, 불의 파도는 비그리드를 중심으로 계속 안쪽으로 결집되었다. 뜨거운 불길을 압축시키는 만큼 온도는 더 높아졌고, 이제는 주변 일대의 대기가 휘는 게 아닐까 싶을 정도로 열풍을 뿜어냈다.

서른한 번, 서른두 번, 서른세 번······.

마흔여덟 번, 마흔아홉 번.

쉰 번째가 넘었을 때, 비그리드는 어느 때보다도 거친 빛을 뿜어냈고.

일흔 번째가 넘었을 때, 막대한 양의 마력을 아주 손쉽게 수용하던 비그리드도 점차 부담이 됐는지 검신이 덜덜 떨리기 시작했다.

여든을 넘어 아흔 번째가 되었을 때.

연우의 주변으로는 무시무시한 열풍만 불어닥칠 뿐, 불길은 더 이상 나타나지 않았다. 순백색에서 적갈색으로 변한 검신 위로 자잘한 불똥이 튀기는 게 전부였다. 물론, 그런 불똥마저도 땅에 떨어지면 엄청난 폭발을 일으킬 것들이었다.

아흔다섯 번째에는 연우를 따라 감돌던 열풍마저도 잠잠하게 가라앉았다. 빛과 열, 바람까지 스킬 전부가 의념에 갇힌 것이다.

그렇게 아흔일곱, 아흔여덟 번째가 되었을 때에는 금방이라도 폭발할 것처럼 위태롭게 흔들리던 오러가 단단해지고.

아흔아홉 번째에는 적갈색의 오러가 칠흑처럼 어두운 검은색으로 변했다.

검은색으로 이뤄진 강기. 흑염강(黑炎罡)이 탄생했다.

그리고 마지막 백 번째에. 연우는 흑염강을 수직으로 내리쳤다.

콰직!

수만 마리의 괴물들이 몰살된 자리에, 마지막까지 남아 겨우겨우 연우의 공세를 버텨 내던 군단장의 정수리에서부터 사타구니까지 일직선으로 짙은 혈선이 그어졌다.

"괴, 물……!"

녀석은 스스로가 이미 괴물인 주제에, 괴물을 보는 듯한 끔찍한 얼굴을 하다가, 곰팡이처럼 몸을 타고 번지는 불길에 그대로 휘말려 재가 되어 사라졌다.

[13군단과 군단장 훼이를 쓰러뜨리는 데 성공했습니다.]

[누구도 쉽게 이루지 못할 업적을 이뤄 냈습니다. 추가 공적치가 제공됩니다.]

[공적치를 10,000만큼 획득했습니다.]

[추가 공적치를 15,000만큼 획득했습니다.]

[의념의 새로운 사용법을 터득했습니다.]

[강기를 형성하는 데 성공했습니다.]

[불을 오러 속에 가두는 방법을 터득했습니다. 화 속성에 대한 지배력과 속성력이 대폭 증가합니다.]

[스킬 '불의 파도'를 완성했습니다.]

[불의 파도]

넘버링 002

숙련도: 8.1%

설명: 플레이어 ###가 넘버링 스킬 '불벼락'을 중심으로 갖가지 기운을 복잡하게 뒤섞어 극한대로 압축시킨 형태. 압축과 해방을 통해 다양한 용도로 활용이 가능하기 때문에 파괴력과 폭발력이 대단하다.

* 화뢰(火雷)

소비된 마력에 비례해서 강렬한 폭발을 일으킨다. 때에 따라서는 높은 확률로 방어 결계도 부수며, 사방을 망가뜨려 상대를 혼란으로 몰아넣는다.

* 지글거리는 불씨

압축된 힘 속에 전격을 가득 실어, 폭발과 함께 사방으로 벼락을 퍼뜨린다. 그렇게 퍼져 나간 벼락은 화력을 더 먼 장소로 이동시키고, 연쇄 폭발을 일으켜 일대를 쑥대밭으로 만든다. 이후에도 쉽게 꺼지지 않는 불씨를 남겨 계속된 피해를 입힌다.

* 흑염강(黑炎罡)

극한으로 압축시켜 오러의 형태를 띠게 한다. 오러가 스쳐 지나간 자리에는 고열로 인한 화상이 크게 남는다. 오러를 형성하는 것만으로도 막대한 양의 마력과 심력을 필요로 하며, 제어가 실패할 시에 큰 피해를 입을 수 있다.

**이 스킬은 '유니크'입니다. 탑에서도 오로지 단 한 개밖에 존재하지 않습니다. 만약 타인에게 전수하는 데 성공할 시에 유니크 항목은 사라지고, 대신에 창조자에게 주어진 부가 혜택 옵션이 제공됩니다.

넘버링 002!
원래 빛의 파도가 앉아 있던 자리를 밀어내면서. 불의 파도가 온전한 모습으로 완성되는 순간이었다.

콰앙!
쿠쿠쿠—
폭설이 휘몰아치는 하늘 위로. 검은 불길이 기둥처럼 높게 솟구쳤다가 사라지는 것이 보였다.
산자락이 우르르 떨리는가 싶더니 한쪽 면을 따라 눈사태가 일어났다.

얼마나 충격이 대단한지. 잔떨림이 성벽까지 느껴질 정도였다.

성곽에서 각자 정비를 하고 있던 플레이어들은 하나같이 딱딱한 표정이 되고 말았다. 휴식을 취하고 싶어도 긴장감 때문에 그럴 수도 없었다.

"……젠장. 도대체 무슨 일이 벌어지는 거야?"

자정부터 시작된 서리 괴물들의 대대적인 공습은 플레이어들을 지치게 만들었다.

죽여도 죽여도 끊임없이 쏟아지던 괴물들. 녀석들은 고통을 느끼지도 않는지 달려드는 것밖에 생각하지 않았다. 아무리 수성을 하는 유리한 입장이라고 해도 그런 미친 괴물들이 계속 쏟아지면 피곤해질 수밖에 없었다.

게다가 녀석들은 동료의 시체를 짓밟거나, 도구로 사용하는 것도 전혀 개의치 않았다. 성벽 아래에는 겹겹이 쌓인 괴물들의 시체가 있었다. 전부 높은 성벽을 넘기 위해서 녀석들이 발판으로 삼은 것들이었다.

간혹 투석기를 사용해서 성벽 위로 괴물의 사체를 쏘아대기도 했다. 충돌하면 얼음 조각처럼 잘게 부서지는 특성을 이용해서 플레이어의 숫자를 하나라도 줄이기 위해 녀석들이 마련한 고육지책이었다.

이렇다 보니 해가 뜨는 6시가 되기까지. 플레이어들은

단 한 차례도 쉬지 못하고 계속 싸워야만 했다.

마법사들이 화염 계통의 마법을 아무리 뿌려 대도. 전사들이 바쁘게 뛰어다니면서 성벽을 넘으려는 괴물들을 밀어내고, 신관들이 뒤에서 기도문을 읊으며 축복을 내려도.

계속되는 소모전은 그들을 지치게 만들었다.

다행히 지금은 밤의 가호가 사라지는 동이 틀 무렵이라, 괴물들이 빠져나가긴 했지만.

그래도 혹시 다른 공습이 있을지 모른다는 긴장감이, 전투로 인해 뜨겁게 달아오른 흥분감이, 쉽게 잠을 이루지 못하게 만들었다.

그런데 여기에 새로운 긴장감이 더해지고 말았다.

저 머나먼 설산 쪽에서.

몇 분마다 주기적으로 거친 폭발이 일었다가 사그라지기를 반복했다.

그럴 때마다 잘게 떨리는 여진은 마치 서리 괴물 군단이 나타났을 때를 떠올리게 만들었으니. 저러다가 잠들어 있는 다른 괴물들까지 깨우는 게 아닌가 하는 우려까지 생길 정도였다.

누가 저런 일을 저지르는지는 잘 알고 있었다. 독식자. 미친놈처럼 성벽 아래로 뛰어든 이후로 줄곧 저런 상태였다.

돌아올 생각이 전혀 없는지, 시간이 지날수록 폭발 지점은 성벽에서 자꾸 멀어졌다. 그러면서도 여기서 감지되는 여진은 얼추 비슷했으니. 폭발력이 계속 강해진다는 뜻이었다.

실제로 그렇게 많은 괴물 군단이 쏟아지던 중에도, 독식자가 움직였던 곳에서는 괴물이 한 마리도 나타나지 않았다.

때문에.

플레이어들은 마른침을 삼키면서 그곳을 예의 주시했다. 독식자는 대체 뭘 하려는 걸까? 서리 괴물보다도 더 괴물 같은 저 녀석은 대체 언제까지 저 짓을 하려는 걸까?

그때. 플레이어들 사이에서 몇몇이 서로 시선을 주고받더니, 아무도 모르게 조용히 자리에서 일어나 그늘진 곳으로 움직였다.

* * *

"죽어라, 인간!"

연우는 고개를 우측으로 크게 젖히면서 이마를 노리는 칼날을 피해 낸 다음, 비그리드를 우측으로 크게 휘둘렀다.

검은색 오러가 공간을 사선으로 그었다. 궤적이 놓인 자리로 불길이 연거푸 솟구치면서 공격하던 괴물의 오른팔을 잘라 내는 것으로도 모자라, 후방에 있던 다섯 마리의 괴물들을 송두리째 태워 버렸다.

 하지만 팔이 잘린 녀석은 그런 것쯤은 아무렇지도 않다는 듯. 몸을 좌측으로 크게 돌리면서 손에 쥐고 있던 메이스를 아래로 세게 내리쳤다.

 3미터는 되는 몸집을 자랑하는 데다가, 걸을 때마다 빙판이 깔리는 냉기를 뿜어 대고 있어서 매우 위협적이었다.

 연우는 불의 날개를 한껏 펼치면서 몸을 뒤로 물려 아슬아슬하게 메이스를 피한 다음, 허공에서 몸을 크게 비틀면서 비그리드를 아래에서 위로 쳐올렸다.

 팟!

 공간을 따라 다시 한번 더 검은 궤적이 그려지고.

 콰앙—

 서리 괴물의 머리통 절반이 날아가고 말았다.

 "크아앙!"

 그런데도 녀석은 숨통이 끊어지지 않았다. 쿵. 쿵. 쿵. 충격에 떠밀려 세 발자국만 물러났을 뿐, 다시 자세를 되찾으면서 연우를 짓밟을 준비를 했다. 그 와중에 다른 괴물들이 뭉개졌지만, 전혀 아랑곳하지 않았다.

하지만 연우는 녀석이 자세를 바로잡기 전에 블링크를 가동, 곧비로 일곱 잎에 나타나 팔극검을 차례대로 풀어냈다.

쉬쉬쉭—

비그리드가 휘둘러질 때마다 서리 괴물의 몸뚱이에는 검은 상처들이 아로새겨졌다. 상처를 따라 번지는 얼룩은 점차 붉은빛을 띠면서 냉기를 녹이고, 육체를 태울 시기만을 엿보고 있었다.

처음에는 검은 오러를 줄곧 잘 버텨 내던 메이스도 점차 이가 상하다가, 결국 연격(連擊)을 감당하지 못하고 그대로 부러지고 말았다.

챙강!

잘린 메이스의 끝부분이 허공으로 튀어 오르고.

퍽—

비그리드는 그대로 서리 괴물의 목젖을 깊숙하게 관통했다.

"꾸륵······."

녀석은 원통하다는 얼굴로 연우를 잔뜩 노려보다가, 게거품을 쏟아 내면서 그대로 불길에 휩싸여 사라졌다.

[3군단장 코듐을 쓰러뜨리는 데 성공했습니다.]

[3군단이 지휘관을 잃은 것에 큰 충격에 빠집니다. 공포와 공황 상태에 잠깁니다.]

연우는 숨이 턱밑까지 차올랐지만, 그래도 마무리는 잊지 않았다.

[제3천의 영]

권능을 발휘한 순간, 컬렉션에 있던 망령들이 일제히 소용돌이를 그리면서 나타나 사방으로 흩어졌다.

망령들에게 있어 정신 무장이 약해진 괴물들만큼이나 사냥하기 좋은 먹잇감은 없었다. 하물며 사방에 먹잇감이 즐비한 이런 곳은 그들에겐 만찬장이나 다름없었다.

망령들은 괴물들에게 일제히 빙의하면서 공황 상태를 더 크게 키우고, 뇌를 자극해 환각이 보이게 만들었다. 이윽고 괴물들은 자신들끼리 싸워 대기 시작했다.

샤논과 한령은 그런 괴물들 사이를 마구잡이로 헤집고 다니면서 괴물들의 명줄을 일일이 끊었고, 성벽에 두지 않은 괴이들도 그림자에서 일어나 마음껏 날뛰었다. 영혼을 흡수할 때마다 포악성은 커지고, 풍기는 힘도 짙어졌다.

보이는 것이라고는 온통 검은 매연과 탄내, 그리고 비명을 지르면서 죽어가는 괴물들뿐이었다.

['말라흐'의 신, 아즈라엘이 당신이 일으킨 소동을 아주 기꺼워합니다!]
[아즈라엘이 웃습니다. 죽음을 인도하는 당신에게 찬탄합니다.]
[아가레스가 아즈라엘에게 뭐라고 소리를 지릅니다. 아즈라엘이 코웃음을 치면서 무시합니다.]
[아즈라엘이 자신의 권한으로 당신에게 건넨 권능, '제3천의 영'에 축복을 내렸습니다. 앞으로 더 많은 이적을 행사할 수 있습니다.]

[죽음과 관련된 여러 신들이 당신을 주시하기 시작했습니다.]
[죽음과 밀접한 여러 악마들이 당신에 대한 탐욕을 드러냅니다.]

오늘 하루 동안, 대체 얼마나 많은 괴물들을 잡았던 걸까.
헤아려 보지는 않았지만, 무너뜨린 군단만 따진다면 얼추 6개는 되는 것 같았다.

연우는 쉬지 않고 계속 설산 깊숙한 곳으로 들어갔고, 북쪽으로 이동할수록 더 강하고 많은 괴물들과 맞닥뜨려야만 했다.

그럴 때마다 연우는 오러를 쉴 새 없이 휘둘러 대면서 괴물들을 베고 또 벴다. 물론, 폭발을 같이 사용한다고 해도, 괴물들이 워낙에 많은 수를 자랑하다 보니 치우고 또 치워도 티도 크게 나지 않았다.

게다가 간간이 마주치는 군단장 급의 괴물들은 강했다. 최소 랭커 급 이상. 원래대로라면 26층의 플레이어들 여럿이 뭉쳐야만 물리칠 수 있는 난이도를 가진 녀석들이었다.

물론, 랭커 급이라고 해도 3차 각성까지 이룬 연우를 당해 내기란 어려울 테지만. 그래도 마력을 쉴 새 없이 소비하면서 건너와 지칠 대로 지친 연우에게는 위협적이기도 했다.

특히 방금 전에 쓰러뜨린 3군단장은 여태 상대했던 군단장들과는 격이 달랐다.

검은 오러, 흑염강을 휘둘러 대면 뭉텅뭉텅 썰려 나가던 다른 괴물들과 다르게.

3군단장은 그래도 줄곧 잘 버텨 냈다. 오히려 무지막지한 완력으로 연우를 밀어내면서 반격을 가하기까지 했으니. 만약 초감각을 곤두세워 두지 않았다면, 팔 하나쯤은 으스러졌을지도 모르는 일이었다.

"하아, 하아."

현우는 기민히 시시 호흡을 골랐다. 입가를 따라 쏟아진 뜨거운 단내는 바깥 공기와 부딪치자마자 싸늘하게 식으면서 새하얀 입김으로 변했다.

현자의 돌이 바쁘게 회전했다. 메마른 마력이 빠르게 보충되고, 재생 스킬이 작동하면서 체력이 조금씩 되돌아왔다.

이렇게라도 조금씩 휴식을 취하지 않았다면 진즉에 쓰러졌을지도 몰랐다.

수만, 수십만 마리에 달하는 괴물들을 뚫고 나온다는 건 절대 쉬운 일이 아니었다.

그때, 마지막까지 버티던 괴물이 쓰러지는 소리가 들렸다. 주변에 온통 괴물 사체밖에 없어서 소리도 크지 않았다.

　[제3군단이 전멸했습니다.]
　[누구도 쉽게 이루지 못할 업적을 이뤄 냈습니다. 추가 공적치가 제공됩니다.]
　[공적치를 10,000만큼 획득했습니다.]
　[추가 공적치를 15,000만큼 획득했습니다.]

[아즈라엘이 흐뭇하게 웃으면서 고개를 끄덕입니다. 다시 한번 더 당신에게 사도가 될 것을 권합니다.]

　　[아가레스가 아즈라엘에게 이를 바득바득 갈아 댑니다.]

연우는 메시지를 확인하고, 다시 이동을 시작했다. 이제 험준한 설산도 얼마 남지 않았다. 저 멀리 넓은 평야가 보였다.

툰드라. 북쪽 대지 끝에 존재한다는 아포피스의 허물이 둥지를 튼 곳. 서리 괴물들이 만들어지는 산지이기도 했다.

사박.

사박—

다시 걸음을 옮기기 시작하니, 어느덧 일을 마저 끝낸 샤논과 한령이 조용히 옆으로 다가왔다. 괴이들은 다시 그림자 속으로 스며들었고, 망령들은 잿빛 안개를 형성하면서 꼬리처럼 길게 늘어져 따라왔다.

「간만에 날뛰니까 즐거운가 봐, 주인. 눈이 아예 좋아 죽어, 아주. 우리는 이렇게 개고생 중이구만.」

샤논의 툴툴대는 소리에, 연우는 자기도 모르게 걸음을 멈추고 녀석을 바라봤다. 투구 아래 인페르노 사이트가 활활 타올랐다.

「왜?」

"아니다. 이쿠깃토."

연우는 고개를 가로저으면서 다시 걸음을 옮겼다.

샤논은 별 싱거운 태도를 다 보겠다는 듯 연우의 뒷모습을 보다가, 곧 천천히 연우의 뒤를 따랐다.

하지만 연우는 가면 아래로 턱을 쓰다듬고 있었다.

'내가…… 웃어?'

* * *

"네가, 그 인간이냐. 인간."

둥지는 생각보다 훨씬 찾기 쉬웠다. 주변이 온통 설원으로만 가득해서 길을 찾기 어렵지 않을까 싶었지만, 강한 기운의 파장을 따라 길을 찾으니 금세 찾을 수 있었다.

녀석은 천여 마리의 괴물들 틈에 섞여 있었다. 저대로 있다가는 하늘에 닿는 게 아닐까 싶을 정도로 수십 미터에 달하는 거대한 몸을 길게 뺀 채, 자신의 힘을 전혀 갈무리하는 것 없이 모두 개방하면서 엄청난 위압감을 선사했다.

아포피스의 허물.

마물이자 악마인 진짜 아포피스가 스테이지에 머물 수는 없으니, 시련을 위해 만들어진 개체였다.

하지만 가짜라고 해도, 녀석이 뿜어내는 기세는 절대 만만치 않았다.

웅장한 몸집으로부터 불어닥치는 살벌한 기세는 한파에 뒤섞여 더 따갑고, 공포스럽게 다가왔다.

"겁을 먹은 게로구나, 인간. 그래. 여기까지 온 것만으로도, 인간으로서 능히 칭찬을 받을 만하지. 하지만 분에 넘치는 만용은 죽음을 부를 뿐이로다."

아포피스의 허물은 우두커니 서 있는 연우를 보면서 가볍게 실소했다. 기나긴 세월을 살면서, 간혹 괴물의 숲을 뚫고 여기까지 오는 플레이어들이 있었다. 녀석들은 언제나 자신만만하게 덤볐지만, 결국 자신 앞에 놓였을 때에는 반응이 똑같았다.

겁을 먹었다. 어깨가 잔뜩 움츠러들었다.

살벌한 기세에 눌리는 것도 있겠지만, 격의 차이가 상당하기 때문이었다.

신이 남긴 껍데기인 그는 존재하는 것만으로도 스테이지를 운영하는 중심이라 할 수 있기에, 일반 플레이어와는 비교도 할 수 없었다.

아무리 대범하고 기가 센 플레이어라고 해도, 그와 마주치면 눌리는 게 당연했다.

아포피스의 허물은 연우도 그런 케이스라고 생각했다.

그래도 혼자서 군단장 여섯을 베고, 툰드라까지 왔다기에 잔뜩 기대를 했건만. 결국 거기까지였던 모양이었다.

아니, 오히려 기운이 너무 미미하게 느껴졌다.

어떻게 저런 녀석이 여기까지 왔나 싶을 정도로. 너무 왜소하고, 볼품없었다.

허물은 코웃음을 치면서 새끼들에게 녀석을 잡아먹으라고 명령했다.

그는 언제나 새끼들을 잉태하였고, 그럴 때면 신체를 지켜 줄 보호막이 필요했다. 이들은 군단장에 못지않은 녀석들이니, 저깟 놈은 얼마든지 쉽게 물어뜯을 수 있을 터였다.

그리고.

연우는 짙은 그림자를 덮어 오는 서리 괴물들을 보면서 생각했다. 사실 그는 샤논이 아무렇지 않게 '즐거워 보인다'고 말했을 때부터 머리 한쪽이 복잡했다. 지금도 마찬가지였다.

'겁을 먹었다고? 아냐, 이건.'

하지만 아포피스의 허물을 보고 나니, 자신이 느끼고 있는 감정이 무엇인지 정확하게 알 것 같았다.

실망.

'그렇군.'

연우는 자기도 모르게 헛웃음을 흘리고 말았다.

아무래도 자기도 모르는 사이에 너무 크게 기대를 하고 있었던 모양이었다.

의념을 형성하고, 오러를 만들고, 불의 파도를 완성했어도. 아무리 많은 괴물들을 닥치는 대로 도륙했어도, 연우는 아직 전력을 다한 적이 없었다.

여기까지 오면서 체력과 마력이 바닥났었다지만. 그건 어디까지나 난이도를 높이기 위해 그런 것일 뿐. 체력이야 조금만 호흡을 고르면 돌아왔고, 마력은 언제나 넘쳐흘렀다. 무엇보다, 한계까지 육체를 몰아붙이는 건, 그의 특기였다.

그래서 이번에도 그럴 생각이었는데. 불의 파도를 오러로 만들고 난 뒤부터 그런 재미가 반감했다.

그래도 아포피스의 허물은 뭔가 다르지 않을까 기대를 했었는데. 막상 보고 나니 실망밖에 들지 않았다.

물론, 아포피스의 허물은 강했다. 위압감이나, 공포심이나. 그런 것들은 대단했다.

하지만 그걸로 끝이었다.

여태껏 연우가 마주쳤던 허물보다도 못한 것 같았다. 미후왕의 허물이 그렇고, 대지모신의 허물이었던 비에라 듄도 그랬다. 녀석들은 강해도 너무 강했다. 하지만 아포피스의 허물은 그렇지 못했다. 같은 허물이어도 차이가 있는 셈이었다.

격의 차이?

이깟도 우스운 노릇이었다. 여름여왕의 영혼을 흡수해 이미 격이 오를 대로 오른 연우에게, 영혼의 크기로 압도하고자 해 봤자 코웃음만 나올 뿐이었다.

그래서. 연우는 실망감을 꾹 누르면서, 이왕 이렇게 된 것 빨리 스테이지를 통과하자는 생각에 여태껏 일부러 개방하지 않았던 권능들을 일제히 활짝 열었다.

"영역 선포."

[용체 각성(3단계)]
[여신의 성흔]
[흉신악살]

콰드드득—

피부 위로 비늘이 잔뜩 돋았다. 불의 날개가 용의 날개와 뒤섞이고, 그 위로 아테나의 가호가 떨어졌다.

폭발하듯이 분출되는 기백이 흉신악살의 마성과 뒤섞이면서 툰드라 일대를 뒤덮고 있던 아포피스 허물의 기세를 모두 깡그리 밀었다.

"안……!"

아포피스의 허물은 그제야 뭔가 잘못되었다는 것을 눈치

채고 소리를 지르려 했지만.

콰콰쾅!

비그리드의 검은 오러는 이미 괴물들은 물론, 허물까지 밀어 버리면서 툰드라를 이루던 빙판과 빙산을 깔끔하게 지워 버렸다.

* * *

[명예의 전당에 이름을 올리시겠습니까?]

[등록을 거부하셨습니다.]
[하지만 공개되지 않아도 당신의 업적은 탑에 깊게 새겨져 원할 시에 언제든 등록 여부를 전환하실 수 있습니다.]
……

스테이지가 클리어되었다는 말과 함께 갑자기 샤논이 소리를 질렀다.

「야! 주인! 히든 피스라던 독니는?」

"……아."

* * *

[이곳은 27층, '망자의 강'의 관입니다.]
[대기실에 도착했습니다.]

연우는 푸른색 포탈과 함께 모습을 드러냈다. 다음 스테이지에 무사히 도착했다는 메시지와 함께 샤논의 잔소리가 머릿속으로 쏟아졌다.

「이 망할 주인 같으니! 깜빡할 게 따로 있지!」

연우는 샤논과의 연결 고리를 잠시 해제하고 싶었지만, 그랬다가는 나중에 더 큰 잔소리로 돌아올 것 같아 꾹 참았다.

「그리고 그렇다고 그런 불구덩이 속에다 날 던져 넣어? 젠장!」

"안 다쳤으면 되었지."

「그걸 지금 말이라고……!」

연우는 길길이 날뛰는 샤논을 뒤로 하고, 손을 활짝 펼쳤다. 그러자 둥근 막에 감싸인 아포피스의 독니가 나타났다.

실망감과 함께 전력을 다해 불의 파도를 터뜨렸을 때. 연우는 뒤늦게 자신의 실수를 깨닫고 말았다. 그냥 빨리 치우고 올라가자는 생각에 무심코 검을 휘둘렀다가, 아포피스의 독니를 깜빡했다는 사실을 떠올린 것이다.

자칫 히든 피스를 날릴 수 있어, 연우는 어쩔 수 없이 폭발 속에 샤논을 강제로 떠밀어 넣었다. 아니, 정확하게는 발로 걷어차서 넣었다.

다행히 아포피스의 허물은 생명력이 끈질긴 편이었고, 연쇄 폭발 속에서 한참 사경을 헤매고 있던 중에 샤논이 명줄을 마저 끊고 독니를 수거해 올 수 있었다.

독니를 건진 것은 다행이지만, 멀뚱히 서 있다가 강제로 떠밀렸던 샤논으로서는 뿔따구가 날 수밖에 없었다.

주종 관계 시스템상, 연우가 일으킨 폭발에 큰 피해는 입지 않을 테지만. 그래도 전혀 없는 건 아니었다. 때문에 샤논이 따지는 것도 당연했다.

하지만 연우는 다치지 않았으면 되었다는 말로 샤논의 항의를 무시하고, 아포피스의 독니를 확인했다.

[아포피스의 독니]
분류: 잡화
등급: ???
설명: 26층의 히든 보스, 아포피스의 허물에서 채취한 이빨. 이빨 안쪽에 독샘이 숨겨져 있어, 이것으로 아티팩트를 제작할 경우 독 속성을 부여할 수 있다.

**다른 별도의 기능이 숨겨져 있지만, 확인할 수가 없는 상태입니다. 조건을 충족하십시오.
　　**외부의 충격에 의해 크게 훼손된 상태입니다. 재료군에 속하므로 복구를 위해서는 뛰어난 대장장이의 솜씨를 필요로 합니다.

이번에는 왼손을 펼쳐 이미 수거해 놨던 다른 히든 피스를 꺼냈다.

붉은색으로 된 작은 구슬.

　[라의 눈물]
　분류: 잡화
　등급: ???
　설명: 26층의 성벽 중심부에 보관된 보물. 태양신 라가 아포피스의 서리 괴물들로부터 성을 지키기 위해 특별히 내린 신물이다. 현재는 너무 잦은 사용으로 신물로서의 기능을 거의 잃은 상태이다.

연우는 두 히든 피스에다 마력을 한껏 불어 넣었다. 쩌어엉. 맑은 소리를 내면서 환하게 빛을 내다가, 허용치를 벗어나자 금방이라도 부서질 것처럼 위태롭게 흔들렸다. 그래도 연우는 마력 부여를 멈추지 않았다.

 그러다 어느 시점에 이르자, 두 히든 피스의 표면을 따라 균열이 조금씩 번지기 시작했다. 그러다 잘게 부서지는 소리와 함께 안쪽에 숨겨져 있던 본체가 드러났다.

 새끼손톱만 한 크기의 작은 구슬. 라의 눈물이 사라진 자리에는 붉은 구슬이, 아포피스의 독니가 없어진 자리에는 푸른 구슬이 남았다.

 ['라의 눈물샘'을 획득했습니다.]
 ['아포피스의 독샘'을 획득했습니다.]

 태양신 라는 마차를 몰면서 마물 아포피스의 꼬리를 쫓고, 아포피스는 라를 삼키기 위해 마차를 잡고자 한다. 때문에 낮과 밤이 차례로 생긴다는 신화는 히든 피스에도 그대로 묻어났다.

 라의 눈물샘과 아포피스의 독샘은 서로 맞물리는 형태를 하고 있었다. 이것이 합쳐지면 신력을 품은 영약이 탄생했다.

 찰칵—
 일기장에 나와 있던 대로, 두 구슬에 작게 나 있는 홈을 따라 끼우자 무한대(∞) 모양의 구슬이 되었다.

[라의 눈물샘과 아포피스의 독샘이 합쳐져 '신과 악마의 샘'이 완성되었습니다.]
[신력과 마기, 두 속성 중 하나를 선택할 수 있습니다.]
[어느 것을 선택하시겠습니까?]

속성은 한 가지만 취사선택이 가능했다. 신력을 선택하면 라가 아포피스를 사냥했다는 뜻이었고, 마기를 선택하면 반대로 아포피스가 라를 삼켰다는 상징성이 있었다.

신력 혹은 마기를 생성하는 마력 기관. 비록 한계치는 있지만, 그래도 신관이나 계약자, 사도들로서는 구미가 당길 수밖에 없는 것이었다.

하지만 용의 인자만 보유 중이었던 나로서는 선택하는 데 상당한 애로가 있었다.

동생과 아르티야는 26층을 열심히 수비하던 중에 우연히 어떤 히든 퀘스트를 받게 되었다. 이대로는 수성에 성공할 가망이 없으니, 원정대를 꾸려 서리 괴물의 원인을 레이드하자는 퀘스트.

이 와중에 라의 눈물샘과 아포피스의 독샘에 대해서 알게 되었고, 신과 악마의 샘을 완성하는 데 성공했다.

하지만 그때 동생은 섣불리 선택을 하지 못했다.

신력을 선택하자니 용의 인자만 보유하고 있는 그로서는 별다른 도움이 되지 못했고, 그렇다고 마기를 선택하려니 칼라투스가 으름장을 놓아서 도저히 그러질 못했던 것이다.

결국 동생은 당시에 가장 힘을 절실히 필요로 하던 아이테르에게 소유권을 넘겨 주고 말았다. 아이테르는 신력을 선택하고 섭취했으니. 이때부터 아이테르는 조금씩 아르티야의 틀에서 벗어날 조짐을 보이기 시작했다. 그토록 갈망하던 신력을 얻었기 때문이었다.

'그게 네 실수였다.'

연우는 사람 좋기만 한 동생을 떠올리면서 가볍게 한숨을 내쉬다가, 신과 악마의 샘을 꽉 쥐었다.

어차피 그는 미리 정해 둔 것이 있었다.

"신력."

[신력을 선택하였습니다.]
['신과 악마의 샘'이 '신의 샘'으로 고정되었습니다.]

[아가레스가 당신의 선택에 불만을 품습니다.]
[헤르메스가 만족해하며 고개를 끄덕입니다.]
[아테나가 당신에게 따스한 시선을 보냅니다.]
[아즈라엘이 턱을 쓰다듬으면서 묘한 눈빛을 띱니다.]

이미 여러 신과 악마들의 반응에는 익숙해질 대로 익숙해져서 별다른 감흥도 없었다.

연우는 신의 샘을 입안에 털어 넣었다. 혀에 닿자마자 신의 샘이 사르르 녹으면서 목젖을 타고 넘어갔다.

그리고 동시에 몸 안쪽에서부터 따뜻한 무언가가 일어났다. 피부 위로 새하얀 광채가 살짝 떠올랐다.

[잠들어 있던 신의 인자가 깨어났습니다.]
[인자 보유량이 턱없이 부족합니다. 더 많은 인자를 확보하여, 잠재된 신력을 깨워야 합니다.]

오래전, 브라함을 흡수하면서 일부 체내에 남았던 신의 인자가 처음으로 깨어나서 신력을 기분 좋게 받아들였다.

하지만 이미 마룡체를 구성하고 있는 용의 인자나 마의 인자에 비하면 턱없이 부족한 양이라, 신의 인자는 별다른 특징을 드러내지 못하고 금세 가라앉고 말았다.

하지만 연우에게는 보유했다는 사실이 가장 중요하기 때문에 전혀 개의치 않았다. 균형치를 맞출 수 있을 때까지 앞으로 층계를 오르면서 꾸준히 신의 인자가 담긴 히든 피스를 삼키면 되는 것이니.

'자, 그럼 이건 이만하면 되었고.'

연우는 몸을 가볍게 풀면서 주변을 둘러봤다. 26층에서 쌓였던 피로는 다 풀린 상태였다.

그가 있는 곳은 10평 남짓한 크기의 작은 방이었다.

침대와 작은 탁상, 의자, 그리고 벽에 단순한 액자가 하나 걸린 게 전부인 조촐한 방.

보통 스테이지에 처음 입장하면 스타트 존이 등장하는 것과 다르게, 이번에는 대기실에 도착했다는 메시지가 따로 떴다.

이곳이 바로 그 대기실이었다.

27층만 유독 다른 층계들과 시작이 다른 이유.

그건 지금부터 시작될 시련이 이전과는 전혀 다른 방식으로 진행되기 때문이었다.

보통 한 개의 시련, 한 개의 세상으로 구성된 저층 구간의 층계들과 다르게.

중층 구간부터는 커다란 하나의 시련과 세상을 두고, 작은 여러 시련을 띠러 구획을 나누는 곳들이 있었다. 이런 작은 구획은 하나하나씩 층계를 이루면서 커다란 시련을 떠받치는 서브 퀘스트 역할을 맡았다.

27층부터 30층까지 이어지는 4개의 층계가 바로 그런 연계 시련의 첫 시작점이었다……

……10층을 기준으로 플레이어의 기량을 시험하는 탑의 정책에 따라, 30층에서는 27층부터 29층까지 플레이어들이 쌓은 업적을 최종 시험한다.

그러니 27층부터 29층까지 3개의 시련에선 한 치의 실수라도 있어서는 안 되었다.

아래 층계에서 단추를 잘못 끼웠다가는 다음 층계에 막대한 영향을 끼치고, 최종적으로 30층에서 말도 안 되는 난이도를 받을 수도 있기 때문이었다.

서로가 서로에게 영향을 끼치는 시련들. 이전처럼 완수만 하면 그걸로 끝나는 게 아니었으니, 우리로서는 정말 죽을 맛이었다.

보통 플레이어들은 하나의 층계에서 하나의 시련을 완수하는 데에만 몰두한다.

하지만 지금부터는 다음 층계의 시련과 30층까지 이어지는 대시련까지 염두에 둬야 하니, 신경이 이만저만 쓰이는 게 아니었다.

한 달 동안 죽어라고 고생하면서 26층을 겨우겨우 통과한 플레이어들로서는 죽을 맛인 장소.

하지만 연우는 생각을 다르게 가졌다.

층계가 구분된다고 말하지만, 사실 따지고 보면 이런 곳이 전혀 없었던 것은 아니었다.

'튜토리얼.'

A구획부터 G구획까지 차례로 이어지던 7개의 스테이지. 이번에는 판이 조금 더 커졌을 뿐이고, 해야 할 일은 어차피 똑같았다.

더 높은 성적으로, 더 많은 것을 쟁취하면 된다.

연우는 그렇게 생각을 정리하면서 대기실의 문을 열고, 밖으로 나섰다.

* * *

대기실 바깥은 거대한 섬이었다.

드넓은 바다를 배경으로 삼고 있는 섬. 지구의 열대 섬처럼 고운 해변과 큰 야자수가 놓여 있었다.

하지만 지구에서처럼 산뜻하다는 생각은 전혀 들지 않았다. 덥고 습한 건 똑같지만, 바람은 숨이 막힐 것처럼 텁텁하고 바다는 푸른색이 아닌 잿빛이었다.

[27층의 시련을 시작합니다.]
[시련: 모든 생명은 수명이 다하면 죽어 저승으로 건너가기 마련입니다. 하지만 죽은 망자들이 그들의 안식처인 저승으로 가는 것은 절대 쉬운 일이 아닙니다.

이승과 저승을 가로지르는 거대한 강을 홀로 건너야 하기 때문입니다. 각 신화에서 삼도천, 스틱스, 에레버스, 공허 등, 다양한 이름으로 불리는 망자의 강은 언제나 풍랑이 거칠게 일고, 뜨겁게 끓고 있어 절대 단순한 방법으로는 건널 수가 없습니다.

지금 당신은 망자의 몸이 되었습니다. 49일 안에 망자의 강을 무사히 건너세요. 제한 시간 안에 종착 지점에 도착하지 못할 시, 환생자의 자격을 박탈당해 평생 구천을 떠도는 유령 신세가 되어야 합니다.

우선 여러 위협으로부터 무사히 섬을 빠져나오십시오.]

제한 시간 49일.

마지막 종착 지점은 30층을 의미했다. 즉, 두 달이 안 되는 짧은 시간 동안 최소 3개 이상의 시련을 극복해야 한다는 것이다.

보통 스테이지를 클리어하기 위해 몇 년씩 소비하는 플레이어들도 있다는 것을 감안한다면, 말도 안 되는 짓거리였다.

문제는 제한 시일이 넘어가면, 자격을 박탈당한다는 것.

즉, 더 이상 스테이지의 도전이 불가능하다는 뜻이기도 했다. 20층과 마찬가지로, 30층에서 플레이어들이 대거 떨어져 나가는 이유이기도 했다.

그리고 이런 사실을 대변하듯, 플레이어들은 망자의 강을 건너기 위한 방법을 모색하기 위해 바쁘게 뛰어다니고 있었다.

어림잡아 이 섬에 있는 플레이어들은 대략 500여 명. 아마 여기 외에도 드넓은 바다, 아니, 바다 같은 강을 따라 여러 섬에서도 이와 비슷한 광경이 펼쳐지고 있을 터였다.

"아무래도 안내가 필요한 것 같은 얼굴이로구만."

그때, 뒤쪽에서 들리는 목소리에 연우는 몸을 돌렸다.

그곳엔 얼굴에 주름이 잔뜩 진 늙은 오우거 한 마리가 서 있었다. 하지만 단순한 몬스터는 아니었다.

관리자를 상징하는 턱시도를 말끔하게 차려입고 있었다. 다민, 등에 길게 내놓고 있는 거대 망치가 너무 이질적으로 느껴졌다.

"나는 관리자이자 뱃사공인 카론. 혹 나의 도움이 필요하지는 않은가, 과객이여? 삯을 조금만 지불할 수 있다면, 아주 편하게 강을 건널 방법을 가르쳐 줄 수도 있네만."

카론은 나름대로 사람 좋은 미소를 지었다. 하지만 귓가까지 찢어진 입으로 웃어 봤자 송곳니만 훤히 드러나 무섭기만 할 뿐. 게다가 5미터는 될 것 같은 덩치가 성큼 다가오니 등에 매단 거대 망치가 더 위압적으로 다가왔다.

축(丑)의 카론. 20층대를 관리하는 최고 관리자. 관리자들 중에서도 유달리 돈을 밝히는 수전노라고 알려져 있었다.

연우는 싱글벙글 웃는 그를 보면서 말했다.

"아니. 필요 없는데."

카론은 적잖게 당황하는 눈치였다. 관리자가 도와준다고 나설 때, 그것을 거부하는 사람은 거의 없었다.

하지만 연우는 녀석이 어떤 녀석인지 잘 알기 때문에 가볍게 코웃음만 쳤다.

'카론의 꼬임에 넘어갔다가는 딱 패가망신당하기 십상이지.'

수전노 카론은 분명 큰 도움이 된다. 49일 안에 어떻게든 망자의 강을 건너 육지에 도착해야 할 때, 카론이 던져 주는 힌트는 시간을 단축시킬 수가 있었다.

 '하지만 하나같이 두루뭉술하거나, 귀한 정보는 아주 비싸지.'

 괜히 수전노라고 불리는 것이 아니었다.

 제 딴에는 중립을 지켜야 하는 관리자가 플레이어에게 정보를 내어 주려면 그만한 대가를 받아야 한다는 명분이긴 했지만.

 '터무니없는 소리.'

 어차피 공략집이나 다름없는 일기장을 갖고 있는 연우로서는 크게 카론에 구애를 받을 필요가 없는 것이다.

 카론은 연우를 설득하려 했지만, 눈빛이 냉랭한 것을 보고 별 돈이 안 되겠다 싶었는지 '쩝' 하고 입맛을 다시면서 몸을 돌렸다.

 "이봐."

 연우는 그런 카론을 불러 세웠다. 카론이 다시 눈을 반짝이면서 연우를 돌아봤다. 흥정이라면 받아 줄 생각도 있었다.

 "정보는 줬으면 하는데."

 "흠흠! 하긴. 촉박한 제한 시간 안에 망자의 강을 건너는 것이 절대 쉽지 않은 일이지. 하면 삯을 주게. 화폐도 좋고, 물건도 좋아. 그 값어치만큼 좋은 힌트를 내어 줄……."

"무슨 소리를 하는 거지? 관리자라면 스테이지 공략에 필요한 정보를 주는 게 당연할 텐데."

카론은 마음에 들지 않는다는 듯 눈살을 찌푸렸다. 제법 위압적으로 다가왔다.

"그건 규율상 안 된다네. 삯 없이 주는 건 형평성에 어긋나."

"그래? 그럼 어쩔 수 없지."

연우는 가만히 고개를 끄덕였다. 그러고는 허공에다 손을 짚으면서 시스템 창을 부르고, 묵묵히 뭔가를 조작하기 시작했다.

카론은 뭔가 불길한 느낌에 조심스럽게 물었다.

"한데, 뭘 하는 건가?"

"관리국에 신고."

"으, 응?"

"플레이어가 스테이지에 도전할 때, 관리자의 역할은 층계를 보호하고 플레이어가 공략에 올인할 수 있도록 보조하는 걸로 알고 있어서. 조언도 거기에 해당되는 걸로 알고 있는데, 정보료를 요구하니 물어보려는 거지."

"자, 잠까안!"

카론은 헐레벌떡 손을 뻗어 시스템을 만지던 그의 손을 꽉 쥐었다.

연우가 눈을 가늘게 좁히면서 녀석을 바라봤다. 카론은 오우거답지 않게 식은땀을 삐질삐질 흘려 대고 있었다.

"왜?"

"우, 원하는 게 뭔가!"

연우는 카론에게서 시선을 떼고 빈 왼손으로 시스템을 조작했다.

"그냥 확인만 하려고."

"피, 필요한 것만 있으면 말하게! 도와줄 테니!"

연우는 가볍게 피식 웃으면서 시스템에서 손을 거뒀다.

사실 관리자가 플레이어에게 뒷돈을 받고, 거기에 맞는 정보를 준다는 건 절대 있을 수 없는 일이었다. 관리자는 어디까지나 엄연히 시스템에 종속된 존재였으니까. 공평한 관리를 벗어나는 행위는 엄중한 처벌이 뒤따랐다.

하지만 이걸 역으로 이용하면, '돈을 받더라도 똑같은 정보만 주면 된다'는 말도 일리는 있었다. 구리 동전을 받든, 금괴를 받든 간에, 공평하게 플레이어들을 대한다면 시스템의 저촉을 받을 이유도 없었다.

'결국 사기란 거지.'

카론은 몇 푼을 쥐여 주나 어차피 똑같은 힌트만 줄 뿐이었다. 다만, 두루뭉술하게 말을 뻥 둘러서 플레이어들이 가격에 맞는 정보를 잃있다는 생각만 늘게 만들 뿐.

사실 아르티야도 카론의 화술에 당해서 된통 바가지를 쓸 뻔했었다.

'다행히 정우가 용마안을 갖고 있어서 당하지는 않았었지만.'

어차피 상대가 뭐라고 떠들어도, 별로 귀담아듣지 않는 성격인 연우로서는 초장부터 기선을 확 잡았을 뿐이었다.

카론은 그런 연우를 한 번 노려보다가, 땅이 꺼져라 한숨을 내쉬었다.

"독식자, 독식자, 말만 들었었지만. 관리자를 이렇게 협박할 줄은 꿈에도 몰랐구만. 그래도 나, 명색이 최고 관리자라네."

"최고 관리자나 되는 사람이 시스템의 허점을 이용했다면, 그건 더 큰 문제일 텐데. 뭐, 징계가 떨어진다면 그만큼 더 크겠지만."

"……한마디를 지지 않는구만. 그래도 그건 좀 봐주게. 요즘 라플라스 이후로 다들 몸 사리고 있다고."

연우는 카론이 흘리듯이 하는 말을 놓치지 않았다. 묘의 라플라스. 뭔가 관리자의 직분을 벗어난 행동을 했다가 자격이 박탈당했다고 했었지. 해의 루피가 찾아와 어떤 이야기를 나눴는지 그에게 묻기도 했었다.

이후로 라플라스가 어떻게 되었는지 궁금하긴 했지만. 연우는 굳이 깊게 캐묻지 않았다.

"흠, 흠! 그래도 혹 이 일은……."

"다른 플레이어들에게 말하지는 않지. 그럴 이유도 없고."

"오. 고맙……!"

"물론, 그만큼 네가 가진 권한 내에서 아는 정보, 다 내놔."

카론은 살짝 표정을 일그러뜨렸다가 고개를 절레절레 흔들었다. 관리국을 나설 때, 이블케가 지나가듯이 하던 말이 맞았다. 독식자를 조심해야 한다고. 안 그러면 도리어 뼁을 뜯길 거라고 하더니 진짜였다.

그래도 카론은 이런 플레이어가 좋았다.

똘똘한 녀석일수록 더 길게 살고, 더 많은 층계를 오를 테니까. 탑은 강하다고 해서, 아는 정보가 많다고 해서 쉽게 극복이 가능한 곳이 아니었다.

실력이면 실력, 지략이면 지략, 결단이면 결단. 삼박자가 골고루 어우러져야만 했다. 그리고 그런 녀석들은 언제나 삭막한 일상을 살아가는 관리자들에게 이따금 대리 만족을 느끼게 해 줬다.

연우도 그런 케이스였다. 이블케가 연우를 총애하는 이유가 따로 있는 것이 아니었다. 물론, 카론이 가장 좋아하는 건 돈이었지만.

"음. 일단 강을 건널 수 있는 방법은 모두 두 가지가 있어."

카론은 검지와 중지만 펴 'V'자를 만들면서 먼저 중지를 접었다.

"첫 번째는 그냥 헤엄쳐서 건너는 것. 마력에 자신 있는 친구들이 많이 시도하긴 하네만. 그다지 추천하지는 않는다네."

연우는 고개를 끄덕였다. 그도 겁 없이 망자의 강에 뛰어드는 자들의 말로를 잘 알고 있었다.

'그냥 강물이 되어 버리지.'

망자의 강 속에는 저승으로 건너가지 못한 원혼들이 수없이 살고 있다. 녀석들이 생자를 만났을 때 어떤 반응을 보일지는. 불에 보듯 뻔한 일이었다.

"역시. 어떻게 될지 알고 있는 눈치로군."

카론은 껄껄 웃으면서 남은 검지를 접었다.

"다른 하나는 배를 건조하는 것. 물론, 시일도 다급한데 어떻게 그런 걸 만드냐고 따질 수도 있겠지만. 그래도 필요한 재료를 가져와 내게 주면, 소정의 수고료만 받고 대신

만들어 줄……."

"됐고."

"……자네는 내가 관리자라는 사실을 좀 명심해 줬으면 좋겠네만."

카론은 양손을 주머니에 찔러 넣으면서 툴툴거렸다. 여태껏 예의 가득하던 다른 관리자들과는 확실히 다른 태도였다.

그 외에도 카론은 30층까지 가는 길에 필요할 법한 힌트들을 마구 던져 줬다. 그중에는 놓치고 있었다면 아차 싶었을 것들도 많았다. 관리자의 권한으로 아는 정보를 전부 토설하라는 연우의 조건을 들어준 것이다.

하지만 연우는 눈빛에 별다른 변화가 없었다. 도리어 속으로 가볍게 혀를 찼다.

'이미 다 알고 있는 내용들인데.'

혹시 동생이 파악하지 못한 게 있나 싶었었는데. 아무래도 그런 건 없는 모양이었다. 발품을 팔아야겠지만 어쩔 수 없겠지. 그렇게 생각하면서 카론과 일별하려는데.

"그리고."

"……?"

"저 반대쪽 섬으로 너무 깊숙하게 들어가는 건 권장하질 않아."

"식인괴인을 건드리지 말라는 건가?"

식인괴인. 이곳 망자의 섬에서 살아가는 몬스터였다. 정확하게는 네이티브라고도 할 수 있는 자들.

카론이 입꼬리를 씩 말아 올렸다.

"식인괴인을 알고 있는 걸 보니 이곳의 정보를 대략 숙지하고 온 모양이네만. 하여간 내가 말해 줄 수 있는 건 여기까지. 사실 이걸 말해 준 것도 내게는 꽤 부담이라서."

"명심하지."

연우는 묵묵히 고개를 끄덕였다.

카론은 껄껄 웃음을 터뜨렸다.

"그럼 건승을 기원하네. 아, 배가 필요하면 언제든지 시스템으로 날 부르면 될……."

연우는 말없이 시스템을 소환해 손을 갖다 댔다.

"알았네, 알았어. 남자가 그렇게 깐깐해서야 인기가 없을 거란 걸 왜 모르는가."

카론은 입술을 삐죽 내밀면서 투덜거리더니 녹색 포탈을 열고 조용히 사라졌다.

연우는 가볍게 몸을 풀면서 해변이 아닌 반대쪽, 섬 안쪽으로 걸음을 옮겼다.

'우선 필요한 건, 배를 건조할 재료였지?'

망자의 강은 강한 산성과 독성을 품고 있어서 웬만한 배는 그 위에 띄우기도 힘들었다. 하지만 보통 카론에게 부탁해서 건조할 수 있는 배는 지불하는 가격이나, 조달한 재료 종류에 따라서 천차만별로 퀄리티가 달라지는 편이었다. 게다가 이것저것 요구하는 것도 많아서…… 카론의 말을 따랐다가 패가망신하는 자들이 괜히 속출하는 게 아니었다.

하지만 그렇다고 해서 배를 건조하지 않을 수는 없는 일. 가격을 조금이라도 더 깎기 위해서는 고급 재료들을 장만해야만 했다.

그런 건 보통 섬의 숲 쪽에 가면 많이 있는 편이었다. 그리고 당연한 말이지만, 구하는 게 절대 쉽지는 않았다.

연우는 필요한 재료의 종류와 양을 떠올리면서 숲으로 들어서려다 말고, 갑자기 뒤에서 따라잡는 소리에 걸음을 멈춰야 했다.

"잠깐!"

연우를 불러 세운 사람은 두 명이었다. 덩치 큰 거한과 주눅 든 인상이 강한 남자. 그중 거한이 말했다.

"독식자, 맞지?"

연우는 말없이 고개를 끄덕였다.

"나는 헥토르, 이쪽은 이브라모비치라고 한다."

"그런데?"

"음? 우리를 모르나?"

"……?"

마치 자신들을 당연히 알 거라는 듯한 말투.

하지만 연우는 눈을 가늘게 좁혔고, 헥토르는 어이가 없다는 표정이 되었다. 그러다 정말 연우가 정말로 자신을 모른다는 것을 깨닫자, 분에 찬 표정이 되었다.

"……난 환상연대의 92장(長)이다. 이 녀석은 부장이고."

환상연대라면 연우도 들어본 적이 있었다.

청화도가 몰락하고, 레드 드래곤이 내란을 겪고 난 뒤. 여러 혼란 끝에 8대 클랜의 축도 크게 흔들리고 말았다.

여전히 손꼽히는 거대 클랜은 8개였지만, 이루는 주축엔 조금씩 변동이 있었다.

올포원.

화이트 드래곤.

블랙 드래곤.

엘로힘.

마군.

혈국.

시의 바다.

다우드 형제단.

청화도가 빠진 자리에, 레드 드래곤이 분열된 화이트 드래곤과 블랙 드래곤이 포함된 것이다.

그리고 이 둘은 실제로 하나의 거대 클랜에서 갈라져 나온 것인데도 불구하고, 다른 거대 클랜에 못지않은 힘을 자랑했다.

특히 화이트 드래곤의 수장, 봄의 여왕 왈츠가 엘로힘의 세 집정관의 합공에서 동수를 이뤘다는 사실은 상당히 충격적으로 다가올 정도였다.

하지만 탑의 격동이 워낙에 크다 보니, 이들의 아성을 위협하는 신흥 세력도 여러 개가 있었다.

환상연대가 바로 그중 하나였다.

지난 1년 사이에 무서운 속도로 치고 올라오기 시작한 이들은 총 108개의 크고 작은 클랜과 팀이 연합해서 만들어진 곳으로, 저층과 중층 구간을 싹 쓸어 가다시피 하고 있었다.

최근에는 워낙에 명성을 날리다 보니, 일반 클랜들은 물론, 랭커들도 조금씩 눈치를 보기 시작한다고 알려질 정도였다.

다만, 한동안 외뿔부족에서 수련에 집중하느라 바깥 상황에는 신경도 쓰지 않던 연우로서는 이들과 처음 대면하는 것이었다.

하지만 그는 이들에게 별다른 관심도 없었다.

연우가 목표로 노리고 있는 곳은 8대 클랜이었지, 사기들끼리 뭉쳐서 거기에 닿을 거라고 어깨에 힘을 주고 다니는 잔챙이들이 아니었다.

그러니 태도도 시큰둥할 수밖에 없었다.

헥토르는 그런 연우의 반응이 탐탁지 않아 인상을 와락 찌푸렸지만. 그렇다고 해서 덤빌 생각은 추호도 하지 않았다.

이미 독식자의 실력은 레드 드래곤과 외뿔부족의 전쟁에서 널리 알려져 있었다. 물론, 무왕의 제자라는 배경에 부풀려진 헛소문이라고 생각했지만, 그래도 절대 무시할 수 없는 상대였다. 게다가 이미 26층에 있던 수하들에게서 그의 활약상에 대해 보고서를 받은 상태였다.

굳이 여기서 충돌할 필요는 없었다.

그래서 헥토르는 분기를 겨우 가라앉히면서 말했다.

"방금 전에 카론에게 들었을 거다. 배를 건조하기 위해서는 많은 재료와 돈이 필요하다는 것을. 그러니 손을 잡자."

눈 밑이 퀭한 이브라모비치가 옆에서 설명을 덧붙였다.

"독식자께서는 청람가의 남매가 없으면 언제나 솔로 플레이를 지향한다고 들었습니다. 하지만 아무리 독식자시라고 해도 이 짧은 시간 안에 재료를 모두 조달하려면 힘들 테니 함께 손을 잡……."

"됐다."

연우는 가볍게 손을 흔들어 거절했다. 확실히 따지고 보면 이 둘의 말이 맞았다.

배를 건조할 재료는 혼자서 마련하기 힘에 부칠 정도로 많았고, 설사 어찌어찌한다고 해도 시일을 너무 많이 잡아먹었다. 비효율적인 것이다.

게다가 건조 비용도 만만치 않으니, 머릿수를 최대한 많이 모아서 비용을 마련하는 게 좋았다.

하지만 이미 바이 더 테이블로부터 후원을 받고 있는 연우는 굳이 액수에 구애를 받을 이유가 없고, 재료도 혼자서 충분히 조달할 자신이 있었다. 시간이 촉박하다 싶으면 괴이들을 시키면 그만이었다.

굳이 이들과 손을 잡을 필요는 없는 것이다.

게다가.

'강압적이기도 하고.'

현재 섬에 있는 플레이어는 모두 500여 명. 하지만 이들이 전부 환상연대에 포함되어 있는 것은 아닐 것이다.

아마 '협조'라는 명목하에, 다른 플레이어들을 찍어 누르고 강제로 노동에 동원하고 있는 것 같았다.

'힘들거나 수고스러운 일은 그네들에게 맡기면 그만이니까. 애디기 주도권을 집아 놓으면 연대에 흡수하기도 편할 테고. 이런 식으로 클랜을 키운 거였군.'

이미 섬 전체에 넓게 퍼뜨린 감각 영역에서도 느껴지고 있었다. 대다수의 플레이어들이 불만이 가득하지만, 섣불리 말을 꺼내지 못하고 있는 것이. 강압적인 분위기가 흐르고 있었다.

연우는 거기에 휘둘릴 이유가 전혀 없으니 거절했다. 용건도 이것으로 끝난 것 같으니 다시 숲으로 들어가려는데.

"이 새끼가! 말을 하는데 듣지도 않……!"

헥토르는 그런 연우의 태도가 고까웠던지, 인상을 잔뜩 찡그리면서 손을 뻗어 연우의 어깨를 붙잡으려 했다.

그 순간.

우드득!

"크아아악!"

녀석의 오른팔이 그대로 수수깡처럼 분질러지더니, 어깨와 함께 통째로 뜯겨서 허공으로 튀어 올랐다.

"헥토르!"

이브라모비치가 깜짝 놀라 헥토르에게 달려갔다. 마구잡이로 뜯긴 오른쪽 어깨에서 피가 쉴 새 없이 벌컥벌컥 쏟아지고 있었다. 그는 급히 포션을 꺼내 헥토르의 상처에 부었다. 하지만 상처는 좀처럼 낫질 않았다.

"이런 미친 새끼가아!"

헥토르는 두 눈이 시뻘겋게 달아올라 연우에게 달려들려고 했다.

하지만 녀석의 걸음은 도중에 멈추고 말았다. 어느새 뾰족한 검 끝이 그의 미간에 놓여 있었다.

"허락 없이 타인의 신체에 접촉해선 안 된다는 건, 탑에서 당연한 상식일 텐데? 연대의 장이나 되면서 그런 것도 모르나?"

"너 이 새……!"

촤악—

연우는 가차 없이 마장대검을 휘둘렀다. 헥토르의 머리는 화가 난 얼굴 그대로 어깨에서 분리되어 땅바닥을 굴렀다.

졸지에 이브라모비치는 피를 홀라당 뒤집어쓰고 말았다. 그는 전혀 손속에 사정을 두지 않는 연우를 두려움에 젖은 눈길로 바라봤다.

그리고 독식자가 왜 독식자라고 불렸는지 떠올렸다. 단순히 히든 피스와 공적치를 혼자서 독차지하기 때문이 아니었다. 자신에게 덤빈 자들까지 전부 먹어 치우기에 붙은 별명이었다.

"왜? 더 할 말 있나?"
"아, 없습니다."

연우는 마장대검에 묻은 핏물을 가볍게 털어 내고, 허리춤에 꽂으면서 숲 쪽으로 걸어갔다.

이브라모비치는 공포심에 젖어 몸을 덜덜 떨었다. 죽은 헥토르의 시체에서 쏟아지는 핏물은 여전히 뜨겁기만 했다.

* * *

날씨는 너무 텁텁하고 꿉꿉했다. 살갗은 따끔거렸고, 산소 농도도 너무 옅어서 숨을 쉬기가 버거웠다. 마치 물속에 갇힌 듯한 기분. 피로도 금세 찾아왔다.

게다가 공기 중에는 알게 모르게 독성도 일부 섞여 있었다. 망자의 강이 증발하면서 대기에 영향을 끼친 건지. 섬에 오래 있으면 정말 육체가 망가지기 십상이었다.

'제한 시간을 49일로 두는 것도 이해는 가. 이런 곳에서 계속 머물 수는 없을 테니까.'

물론, 27층에서 30층 사이에 계속 떠도는 플레이어가 없는 건 아니었다. 제한 시간이 끝나거나 자격을 박탈당해 스테이지에 억류된 낙오자들은 어느 층계에나 다 있었다.

하지만 단언컨대 망자의 강을 떠도는 무리들 중에 정상인 사람은 없을 것 같다는 생각이 들었다.

마룡체로도 이렇게 독성에 영향을 받는데 일반 플레이어들은 오죽할까.

연우는 하루라도 빨리 이곳을 빠져나가야겠다고 생각하면서 주변을 둘러봤다.

'분명히 이쯤에 뭐 하나라도 있을 텐데?'

연우는 용마안을 활짝 열면서 찾고자 하는 것을 수색했다. 섬의 태반을 덮고 있는 숲은 열대 우림처럼 나무가 끝도 없이 크고, 빽빽하며, 바닥은 늪처럼 질퍽질퍽했다. 코브라나 독충 같은 것들도 우글거렸다.

'찾았다.'

그러다 연우는 찾던 것을 발견하고 바람길을 밟으며 천천히 그 앞에 섰다.

주변에 있는 일반 나무와 크게 다를 게 없어 보이는 나무.

하지만 자세히 보면 두 개의 줄기가 연리지처럼 서로 엮이면서 올라가고 있다는 것을 알 수 있었다.

연우가 찾던 배의 첫 번째 재료였다.

'망혼목.'

망자의 섬에서 자라는 나무들은 하나같이 탄탄한 결을 지녔다. 그래서 아주 튼튼한 목재로 사용할 수 있었다. 그러니 배의 재료로도 사용할 수 있을 거라고 생각하기 십상이었지만.

보통 사람들이 간과한 것이 있다. 망자의 강은 그마저도 녹일 정도로 지독한 산성을 띠고 있다는 것. 자칫 배를 띄웠다가 도중에 침몰하는 참사가 일어날 수도 있었다.

다행히 우리는 처음 타고 나간 배가 얼마 지나지 않아 침몰한 덕분에, 다시 섬으로 돌아와 생각을 정리할 시간이 있었다.

그리고 며칠 동안 잔머리를 계속 굴린 끝에 한 가지 답을 얻을 수 있었다.

'망자의 강물에 목재가 녹는다면, 녹지 않는 목재를 찾으면 되는 거였지.'

정확하게는 망자의 강물에 대한 내성을 갖고 있는 나무면 되었다.

그리고 지금 연우가 찾은 망혼목이 바로 그것이었다.

섬에도 아주 작은 강이나 지하수가 흐르기 마련. 하지만 이 중 일부만 섬 안에서 빙글빙글 맴돌고, 다른 일부는 망자의 강과 통해 있기 때문에 성질이 똑같았다. 연우가 찾는 건 망자의 강물을 흡수하는 나무들, 망혼목이었다.

망혼목은 겉보기로는 전혀 분간할 수 없다. 하지만 나무 주변으로 으스스한 음기가 언제나 맴돌았다. 원혼이 섞인 강물을 먹고 자란 탓에 저절로 원기(怨氣)를 품고 있는 것이다.

그리고 이런 것들은 돌연변이를 일으키기도 했으니.

키아악!

망혼목은 연우가 마장대검을 뽑고 접근하자, 갑자기 몸을 크게 흔들더니 줄기 한가운데를 갈라 열면서 쭉 찢어진 이목구비를 드러냈다.

촤라락—

나뭇가지가 출렁거리면서 수십 개의 넝쿨이 채찍처럼 날아왔다. 표면에 가시가 촘촘하게 박혀 있었고, 원기를 따라 독기가 잔뜩 뿜어져 나왔다.

부딪치는 것만으로도 바위쯤은 쉽게 으스러뜨릴 것 같았지만.

화르륵—

녀석에게는 안타깝게도, 연우와는 상극이었다. 성화가 도깨비불처럼 피어오르면서 내리꽂혔다. 독기가 단번에 타오르면서 나뭇가지에 불길이 옮겨붙었다.

키에엑!

망혼목은 고통에 몸부림치기 시작했다.

연우는 마장대검을 비스듬히 세우면서 앞으로 휘둘렀다.

스걱—

*　　*　　*

"부장! 이게 대체 어떻게 된 일입니까?"

환상연대의 제92단, 과거에는 트리 이미지라는 이름을 갖고 있던 클랜은 모두 충격에 잠기고 말았다.

처음 클랜이 만들어졌을 때부터 환상연대에 가입하기까지. 헥토르는 강압적인 성격이긴 해도, 클랜원들에게는 충실한 우산이 되어 줬던 사람이었다.

불과 몇 시간 전까지만 해도 앞으로 환상연대 내에서 제1단의 자리도 차지하자는 포부도 함께 나누고 있었다.

그런데 그랬던 사람이. 머리가 잘린 채로 돌아왔다. 이브라모비치는 피를 흠뻑 뒤집어쓴 채 반쯤 넋이 나간 얼굴이었다.

"부장!"

클랜원들이 한참 동안 부른 뒤에야, 이브라모비치는 조금씩 정신을 차릴 수 있었다. 퀭하게 내려앉은 눈 밑의 다크서클이 더 짙어졌다.

그런데 여태껏 유약해 보이던 인상과 다르게, 지금은 어딘지 모르게 소름 끼치는 형상을 띴다.

"……나도 들리니까 소리 지르지 마."

"죄, 죄송합니다."

클랜원들은 주춤거리면서 몇 발자국 뒤로 물러섰다. 언제나 겁을 잘 먹는 부장이었지만, 한번 불이 붙으면 헥토르도 어떻게 감당할 수 없을 정도로 포악했다. 이중인격이 아닐까 싶을 정도로.

92단이 다른 클랜들에 비해 비교적 작은 전력을 가지고도 연대에 가입할 수 있었던 것도, 사실 부장의 그런 면모 덕분이었다.

투 페이스. '두 개의 얼굴'이란 뜻을 가진 별칭으로, 한때 암흑가에서 이름을 떨쳤던 사람이 바로 그였다.

"헥토르를 이렇게 만든 놈은 독식자다."

"……제길."

"그놈이, 또."

"복수를 해야 하지 않겠습니까, 부장? 아무리 녀석이라고 해도 재료를 모으기 위해 정신이 팔린 지금이라면……!"

"아니. 일단은 때를 기다린다."

이브라모비치는 수하들의 재촉에도 단호하게 고개를 가로저었다.

"녀석은 강해. 놈이 26층에서 어떤 일을 벌였는지 벌써 잊어 먹은 건 아니겠지?"

"……."

"……."

환상연대는 어느 층계에나 눈을 두고 있다. 여러 클랜이 가입했기 때문에 인력도 그만큼 많아 가능한 일이었다.

그리고 이렇게 얻은 정보는 특별한 경우가 아니면 대부분 연대원들 사이에 공유하는 게 암묵적인 룰이었다.

그렇기에 연우가 26층에서 벌인 활약도 전해졌다. 서리 괴물들의 틈바구니 속으로 뛰어들고, 결국 설산을 넘어 히든 보스였던 아포피스의 허물까지 잡았다는 내용. 시련도 단 이틀 만에 끝났다고 했다.

헥토르는 이것을 별것 아니라는 식으로 치부했지만, 이브라모비치는 달랐다.

서리 괴물은 강했고, 그들을 뚫고 지나간다는 건 도저히 상상도 할 수 없는 일이었다.

이 자리에 있는 자들도 이미 26층을 통과해 왔지만, 정말 죽어라 고생을 해야만 했다. 거기서 죽은 클랜원들도 제법 많았다.

"이번에는 헥토르가 실수했어. 병신 같은 놈. 그렇게 기분에 휘둘리고 다니지 말라고 누누이 말했었는데."

이브라모비치는 멍청했지만 그래도 친한 친구였던 녀석의 죽음에 분개했다.

"게다가 '위'에서 되도록 독식자를 포섭하라는 명령도 있었어. 그러니 최대한 충돌은…… 피한다."

클랜원들은 아랫입술을 질끈 깨물었다.

확실히 환상연대에서는 이참에 독식자를 포섭하기를 바라니, 그를 발견하면 좋게 대우하고 상부에다 따로 연락하라는 지시 사항을 하달하기도 했다.

헥토르는 평소 하던 대로 하다가 당한 것일 뿐. 원래 92단에서는 연우와 이런 식으로 인연을 맺을 생각이 전혀 없었다.

"하지만 부장, 이대로 물러나기에는……."

"멍청하긴. 그럼 설마 내가 정말 순순히 물러날 거라고 생각하는 거냐? 위에서 지시했다고 그대로 따르면 너희들에게 나중에 무슨 욕을 먹으라고?"

클랜원들의 눈이 커졌다.

이브라모비치는 차갑게 입꼬리를 말아 올리면서 검지로 관자놀이를 꾹꾹 눌렀다.

"머리를 써야지. 연대라는 좋은 배경을 뒀으면, 그만큼 배경을 이용해 먹어야지 않겠어? 우린 아직 가입비도 제대로 못 뽑아냈다고. 아, 마침 저기 오는군."

그때, 숲에 들어갔던 클랜원이 헐레벌떡 뛰어왔다.

"독식자는?"

"독식자는 지금 한창 재료를 모으고 있는 중입니다. 그런데 모으고 있는 것들이…… 좀 이상합니다."

"어떻길래?"

"나무들 중에 간혹 줄기를 휘두르던 망혼목이 있지 않았습니까? 그런 것들을 주로 베어 내고 있었습니다. 그 외에도 이상한 몬스터들을 주로 사냥 중이어서……."

"히든 피스일 거다. 1층부터 줄곧 스테이지 랭킹 1위를 밥 먹듯이 하던 인간이었으니, 공적치도 넘쳐 나겠지. 아마 카론에게 의뢰한 배도 가장 급수가 높은 것일 거야."

뱃사공 카론이 만들 수 있는 배는 모두 30여 개. 이 중 92단이 모은 돈으로 의뢰한 배는 중상급이 고작이었다.

물론, 수백 명이나 되는 대인원을 모두 태우기 위해서는 여러 개의 배를 건조해야 했기에 어쩔 수 없었지만.

"하지만 녀석은 홀몸이니 배도 혼자서 띄울 수밖에 없을 거다. 그때는 어떻게 될까?"

"아."

"그런 방법이!"

클랜원들은 뒤늦게 이브라모비치의 생각을 깨닫고 무릎을 손으로 탁 치면서 감탄사를 터뜨렸다.

망자의 강은 강이라는 말이 무색할 정도로 아주 넓다. 그런 곳에 배를 띄우기란 절대 쉬운 일이 아니었다.

키를 잡을 조타수, 방향을 가늠할 항해사, 각종 잡일을 맡을 선원, 때에 따라서는 칼을 쥐어야 하는 칼잡이와 노잡이 등등.

하지만 독식자 혼자 배를 띄워서는 그 많은 역할을 감당하기 힘들게 분명했다.

무엇보다.

망망대해 한가운데에서 '여러 개'의 배에 둘러싸이면 그때는 어떻게 할 것인가.

싸울 수야 있을 것이다. 녀석의 실력이라면 이길 수도 있겠지.

하지만 그 뒤에는? 독식자의 배도 같이 망가져 버리고 만다면? 그때는 끝장이었다. 섬에서 한참 떨어진 장소에서 그런 불상사가 벌어진다면 더 큰일일 것이다.

이브라모비치는 그때를 이야기하고 있었다.

조금만 더 참아라. 섬에서 한참 떨어진 곳. 도저히 되돌아갈 수 없는 상황에서 적들에 포위를 당한다면 녀석도 도저히 어쩔 수 없을 것이다. 혼자서 열 손을 감당하지 못하는 법이니. 저쪽은 혼자였고, 이쪽은 오백이나 되었다.

게다가 상부에서는 분명히 말했었다. 독식자를 발견하면

즉각 연락하라고. 그런다면 따로 사람을 보내겠노라고.

그렇다면 원래의 랭기들도 침묵할 세 분냉했다.

아마 독식자의 배를 둘러쌀 배는 한두 척이 아닐 것이다. 최소 열 척, 많게는 수십 척에 달할 테지.

그리고 그때는.

'인장을 박아 버리면 된다.'

이브라모비치는 주먹을 꽉 쥐었다. 환상연대에서 머릿수를 부풀리는 법은 생각보다 아주 간단했다.

플레이어들이 그들의 말을 들을 수밖에 없는 상황을 만들고, 강제로 연대에 가입한다는 내용이 담긴 인장을 박는 것이다. 악마에게 맹약하는 인장이라면. 독식자라고 해도 옴짝달싹하지 못할 것이다.

이미 이 섬에 있는 다른 플레이어들도, 인장이 박히면서 환상연대에 강제로 가입이 된 상태였다.

'독식자를 우리 92단에 가입시킨다면…… 당연히 값어치도 상승하겠지. 10단 안에 드는 것도 무리는 아니야.'

연대에 가입된 클랜이라고 해서 모두 서열이 동등한 것이 아니다. 낮은 숫자일수록 더 많은 권한을 가지게 된다.

특히 10단 안의 클랜들은 원래 환상연대가 만들어지기 전에도 한창 탑을 시끄럽게 울리던 신예들이었다.

그중 하나로 어깨를 나란히 할 수 있게 되는 것이다. 10

단이 안 되더라도 30단 안에는 들 수 있을 거란 게, 그의 판단이었다.

"그럼 일단 상부에다 연락부터 취해. 너희들은 독식자보다 배가 더 빨리 건조될 수 있게 카론에게 뒷돈이나 찔러 넣고."

클랜원들은 바쁘게 움직이기 시작했다.

* * *

쿠쿠쿵!

서른한 번째 망혼목이 힘을 잃고 옆으로 기울어졌다.

연우는 아주 능숙하게 필요 없는 가지 부분을 모두 제거하고, 결을 따라 길게 베어 내어 인트레니안에다 던져 뒀다.

「그런데 주인, 대체 무슨 배를 만들려고 그래? 다른 사람도 없이 망자의 강에다 배 띄울 수 있겠어?」

그때, 샤논이 조금 걱정스러운 목소리로 물었다. 이미 27층을 통과해 본 적이 있던 그로서는 연우가 걱정될 수밖에 없었다. 그도 갖은 고생 끝에 겨우 통과했던 곳이 망자의 강이었으니. 한령도 말은 없어도 같은 생각이었다.

연우는 피식 웃었다.

"선원이 없긴 왜 없어?"

「응?」

"내가 만들려는 배의 컨셉이 뭔지 아나?"

「뭔데?」

"유령선."

샤논은 그제야 연우의 말뜻을 알아챌 수 있었다. 아무래도 잡무는 자신들의 몫인 모양이었다.

「……젠장.」

샤논은 욕이라도 하고 싶은 심정이었지만, 어차피 뭐라고 한들 연우가 듣는 척도 하지 않으리란 걸 잘 알고 있었다.

그래서 가볍게 한숨을 내쉬면서 다른 질문을 던졌다. 아직 풀리지 않는 의문이 있었다.

「그런데 어떤 배를 건조하려고 그래? 지금 주인이 마련하는 재료로는 뭘 만들려는지 감이 오질 않아.」

「저 역시 같은 생각입니다. A등급 이상의 배의 재료에 망혼목이 들어간단 말은 들어 본 적이 없습니다. 카론의 제작 리스트에도 없었습니다.」

이미 오래전에 27층을 통과한 적이 있던 두 사람으로서는 가질 수밖에 없는 의문이었다.

그들도 당시에 꽤 어렵게 30층까지 돌파했던 것으로 기억하기 때문에, 망자의 강을 건너는 배에 대해서는 빠삭하게 꿰고 있었다. 하지만 연우가 만드는 재료로 뭘 할 수 있을지는 도무지 짐작 가는 바가 없었다.

하지만 연우는 가볍게 웃기만 할 따름이었다.

"배를 만드는데 왜 뱃사공을 찾아가지? 당연히 실력 좋은 조선공을 찾아야지."

「……?」

「……?」

샤논과 한령은 여전히 이해가 가지 않는다는 의문 어린 사념을 드러냈다. 연우의 말만 본다면 카론 외에 따로 배를 건조할 수 있는 장인이 있다는 것처럼 들렸다. 그것도 섬 안에.

하지만 연우는 두 언데드의 의문에 별다른 말을 하지 않고, 계속 망혼목을 베고 인트레니안에 넣는 걸 반복했다.

그렇게 얼마나 숲 안쪽으로 들어갔을까. 거침없이 벌목을 하던 중에 처음으로 연우의 손이 멈췄다. 가면 속에 있는 시선이 어디론가 움직였다.

"왔다."

샤논과 한령은 연우가 말하는 게 무엇인지 확인하려고 그쪽으로 사념을 돌렸다가 다시 고개를 갸웃거렸다.

숲 속에는 분명히 아무것도 보이지 않았다.

허리까지 닿는 억센 풀과 햇볕조차 들지 않을 만큼 빽빽히게 들어선 나무 그림자뿐.

하지만 연우와 공유하고 있는 인지 영역 안쪽에 무언가가 이쪽으로 조심스럽게 접근하는 것이 느껴졌다.

얼핏 보면 일반 사람과 생김새가 다를 게 없었다. 차이점이 있다면 얼굴과 목에 별 이상한 문신을 가득 새겨 넣고, 다리에 두른 띠에 날이 크게 굽은 쿠크리를 걸고 있다는 것뿐. 흔히 밀림에서 살아가는 야만인들을 보는 것 같았다.

그런 자들이 대략 십여 명이었다.

하나같이 흉흉한 살의를 억지로 누르면서, 사냥감을 노리는 사냥꾼 집단처럼 사방에서 포위를 하며 이쪽으로 접근을 시도하고 있었다.

나무 위에서 조용히 몸을 날리고, 수풀 사이로 몸을 낮추면서 달렸다.

「식인괴인?」

상대가 무엇인지 깨달은 샤논은 어이가 없다는 듯이 중얼거렸다. 27층에 들어선 플레이어라면 절대 모를 수가 없는 몬스터였다.

아니, 단순히 이들을 몬스터라고 할 수 있을까.

분명 27층에서 살아가며 플레이어들의 시련을 방해하는 건 맞았다.

하지만 이들은 저들끼리 마을을 이루고, 문명을 일굴 정도로 똑똑한 이성과 지능 수준을 지니고 있었다. 달리 '네이티브'라고도 불리기도 했다.

하지만 보통 플레이어들은 식인괴인들을 몬스터로 취급했다.

지능 수준에 상관없이, 녀석들의 식습관 중에 식인이 있기 때문이었다.

이들은 플레이어들을 사냥하고, 요리해서 잡아먹는 것을 즐겨 했다. 당연히 플레이어들로서는 적의를 가질 수밖에 없었다.

보통 섬의 밀림 가장 안쪽에 자리를 잡고 앉아, 이따금 무리에서 이탈한 플레이어를 골라 사냥하기로 악명이 자자했는데.

아무래도 이번에는 연우를 타깃으로 잡은 모양이었다.

「언제나 느끼는 거지만, 주인 주변에는 왜 이렇게 자살 희망자들이 많은 걸까? 자살하려면 더 참신한 방법도 많을 텐데, 왜 굳이 저딴 짓을 한대?」

샤논은 벌써부터 식인괴인의 미래가 보이는 것 같아 혀를 끌끌 찼다. 괴이들만 좋아하겠구나 하는 생각이 들었다.

「그런데 저놈들이 뭔 조선공이 된단 거야?」

샤논의 의문은 뒤로 미뤄질 수밖에 없었다.

조금씩 접근을 하고 있던 식인괴인들이 연우를 사냥할 수 있는 거리까지 접근하자, 곧바로 수신호를 내리면서 움직였던 것이다.

 팟—

 남들이 본다면 갑자기 나무 그림자에서 불쑥 튀어나오는 게 아닐까 싶을 정도로 날렵한 움직임이었다.

 하지만 그보다 먼저 가장 뒤쪽에서 나무 위에 올라 있던 식인괴인들이 기다란 대롱을 입에다 물고 '후!' 하고 불고 있었다. 수십 개의 독침이 소나기처럼 연우에게로 쏟아졌다.

 아주 작은 데다 어둠에 가려져 잘 보이지 않았지만. 독침의 끝에는 한 방울만으로도 코끼리를 쓰러뜨릴 수 있는 지독한 맹독이 발라져 있었다.

 먹잇감을 중독시켜서 옴짝달싹하지 못하게 만든 다음에 사냥하는 것이 녀석들의 기본 사냥법이었다.

 그리고 당연한 말이지만. 식인괴인들은 개개인이 독침이 없어도 이미 일반 플레이어쯤은 쉽게 제압할 수 있는 실력자들이었다.

 연우는 가장 먼저 독침이 날아오는 방향으로 손을 뻗었다. 그러자 연우를 따라 감돌고 있던 자연 속 마나가 움직이면서 회오리를 그리고, 독침들이 저절로 딸려와 어느새 손에 잡혔다.

그리고 팔을 크게 휘젓자, 한곳에 뭉쳤던 독침들이 일제히 머리 방향을 반대로 돌리면서 사방으로 퍼져 나갔다.

퍼퍼퍽!

"쿠엑!"

"끼에에엑!"

[식인괴인72가 사망하였습니다.]
[식인괴인142가 사망하였습니다.]
……

졸지에 아군의 독침에 당해 버린 식인괴인들은 달려오던 그대로 고꾸라지고, 가까스로 피했던 자들 앞으로는 탄지가 날아들었다.

수박 깨지는 소리가 연달아 울렸다. 머리가 부서지는 소리였다.

[식인괴인68이 사망하였습니다.]

식인괴인들은 그제야 연우가 무리에서 낙오된 플레이어가 아닌, 강자란 사실을 깨닫고 말았다. 하지만 이미 너무 늦은 상태였다.

겨우 운 좋게 살아남은 녀석들도 길게 쭉 늘어난 그림자에 몸이 칭칭 감기고 말았다. 어떻게 연우에게 손을 쓸 새도 없이 죄다 제압되고 만 것이다.

"키륵! 키키륵! 키르르륵!"

하지만 녀석들은 절대 지지 않겠다는 듯, 제압된 상황에서도 눈에서 독기를 지우지 않았다. 오히려 목에 핏대를 잔뜩 세우면서 뭐라고 소리를 질러 댔다.

온통 가래 끓는 소리처럼 들려 뜻을 알 수 없었지만, 이렇게 수치스럽게 만들지 말고 죽이라는 의미처럼 보였다.

연우는 물끄러미 녀석을 보다가 입을 열었다.

"지금부터 내가 묻는 질문에 대답하면 살려 주지."

식인괴인과 똑같은 가래 끓는 소리. 하지만 분명 어조가 다른 언어였다.

순간, 식인괴인의 눈이 크게 떠졌다.

"우리 말을…… 어떻게 할 줄 아는 거냐, 플레이어!"

탑의 시스템은 공통적으로 자동 번역 기능을 플레이어에게 제공한다. 각자 다른 차원과 세상에서 넘어와 언어 체계도 다를 테니, 원활한 의사소통을 돕기 위한 배려인 것이다.

하지만 유독 몬스터나 네이티브의 언어에는 이런 혜택이 제공되지 않았다. 이유는 아무도 몰랐다. 그래서 몬스터들은 어떤 의사를 표시하고 싶을 때, 더듬거리면서 플레이어들의 언어를 모방하는 편이었다.

그런데 연우는 그들의 언어를 따라 하고 있었다. 완벽한 발음은 아니었지만, 의사소통은 가능한 정도였다.

"지금 너희들에게 중요한 건 그런 게 아닐 텐데? 질문에 대답이나 해."

"싫다! 플레이어에게 해 줄 말은 없……!"

퍽!

연우는 저항하던 식인괴인의 목을 가차 없이 쳤다.

[식인괴인91이 사망하였습니다.]

「어우야. 이거 계속 저런 식으로 쳐 내면 안 될 텐데.」

연우는 샤논의 혼잣말을 귓등으로 흘려들으면서, 죽은 식인괴인의 뒤에 있는 식인괴인에게 다가갔다.

녀석은 시뻘게진 눈으로 죽은 동료의 시체를 보고 있었다.

"마을 위치는?"

"흥! 죽일 테면 죽여라! 언젠가 네게 재앙으로 닥칠……!"

[식인괴인238이 사망하였습니다.]

"위치는?"
"모른…… 컥!"

[식인괴인111이 사망하였습니다.]

연우는 생포한 식인괴인들이 대답하지 않고 저항할 때마다 계속 목을 잘랐다.
시체가 하나둘씩 늘어나면서 바닥이 시뻘겋게 물들기 시작했다. 그리고 식인괴인의 시체는 흐물흐물 녹으면서 땅속으로 스며들고, 그 위로 검은 안개 같은 것이 둥실 떠오르다가 허공에 흩어져 사라졌다.
그리고 그럴수록.
「어어? 이거 잘못하면 조금 위험해지지 않나?」
샤논은 조금씩 걱정하기 시작했다.
식인괴인이 죽는 건 아무래도 상관없었다. 어차피 몬스터나 다름없으니까.
문제는 바로 그 뒤였다.

[섬 어딘가에서 식인괴인 25명이 죽었습니다.]

[제사장이 이 사실을 깨닫고 원통함에 잠겼습니다. 제사장의 명령에 따라 하위 신관들이 그들의 명복을 비는 축원문을 외기 시작했습니다.]

[시련의 난이도가 상승합니다.]

['식인마인'이 출몰합니다!]

연우의 망막에뿐만 아니라, 섬에 있던 모든 플레이어들에게 공통 메시지가 떠올랐다.

"이런 미친!"

"어떤 개또라이 새끼가 이딴 짓을 저지른 거야! 아아악!"

섬 곳곳에서 비명을 지르는 소리가 들렸다. 식인마인이라는 단어 때문이었다.

27층의 시련 내용은 '여러 위협으로부터 무사히 섬을 빠져나와라'였다. 이 말은 절대 맞서 싸우란 것이 아니었다. '위협을 피해 다니면서 필요한 재료를 구해 배를 건조해라'란 뜻이었다.

식인괴인이 인간이나 아인종으로 분류되지 않는 것은 그들이 가진 독특한 종족 스킬 때문이었다.

〈혈연(血緣)〉. 녀석들은 혈통을 나눈 종족원들끼리 힘을 공유하고 있었다. 아니, 그들 각자가 가진 힘이 개개인의 것이 아닌 혈통의 힘이라고 하는 것이 정확할 것이다.

그래서 종족원이 죽으면 그 힘은 고스란히 혈통에게로 되돌아가, 자동적으로 타 종족원의 힘이 강해지도록 되어 있었다.

결국 많은 식인괴인을 죽일수록, 숫자가 줄어드는 대신에 더 강해진 개체가 등장한다는 뜻이었다. 식인마인은 식인괴인보다 한 등급 이상의 네이티브였다.

일반 플레이어들로서는 식인괴인을 상대하는 것도 어려운 판국에, 식인마인 이상이 등장했다고 하니 괴로워할 수밖에 없었다.

「일부러 그러시는 거겠지.」

한령이 작게 중얼거렸다. 연우는 언제나 사소한 행동에도 철저한 계산을 깔아 놓고 실행한다. 이번에도 그럴 만한 이유가 있으리라고 생각했다.

다만, 문제가 있다면 식인마인은 단순히 식인괴인 25명분을 합친 정도가 아니라, 그 이상으로 강한 힘을 발휘한다는 점이었다. 섬이 삽시간에 아수라장으로 변할 수가 있었다.

하지만 연우는 아무래도 상관없다는 듯이 마지막 남은 식인괴인의 머리마저 잘라 버렸고.

[시련의 난이도가 상승합니다.]
['식인마인'의 출몰 빈도가 더 잦아집니다.]
['식인마물'이 출몰합니다!]

대량의 식인마인이 출몰한다는 전체 메시지가 떠올랐다. 거기에 더해 식인마물까지.

식인마인만 하더라도 26층의 군단장 급은 될 텐데. 식인마물까지 등장했다는 건, 섬이 삽시간에 패닉 상태에 빠질 내용이었다.

"이 숲 너머에 다른 외딴 섬이 하나 있다는군. 거기가 녀석들의 본거지인 것 같다."

연우는 마장대검에 묻은 핏물을 가볍게 털어 내면서 다시 허리춤에 꽂아 넣었다.

「주인이 찾는다는 뱃사공이 거기에 있다는 거야?」

"정확하게는 출몰할 예정이지."

샤논과 한령은 그제야 연우의 노림수가 뭔지 알 것 같았다.

「제사장이로군!」

「식인왕에게 그런 히든 피스가 있었습니까?」

연우는 고개를 끄덕였다.

식인괴인은 혈연을 통해 계속 강해진다. 더불어 섬의 난이도도 계속 상승할 수 있었다.

당시 성장에 목말라 있던 나와 동료들은 '과연 섬의 모든 식인괴인을 죽이면 어떻게 될까?' 하는 생각을 가지게 되었고, 그 결과 탄생한 식인왕에게서 재미난 사실을 발견할 수 있었다.

······그 사실 때문에 우리는 반쯤 죽을 뻔했지만.

식인왕이 가진 히든 피스는 새로운 배와 밀접한 관련이 있었다. 카론이 만든 배는 단순히 망자의 강을 건널 수만 있었지만, 식인왕의 배는 그 외에도 다른 기능이 많았다.

특히 숨겨진 항로를 찾는 기능은 아주 유용했다.

동생도 그것을 이용해서 새로운 인연을 만날 수 있었으니까.

'정우의 두 번째 스승, 라나.'

연우는 갈리어드에 이은 동생의 새로운 스승을 떠올리면서 입맛을 다셨다.

'만날 수 있으면 좋을 텐데.'

워낙에 자유분방한 사람이니 없을 수도 있겠지만. 만약에 있다면 갈리어드처럼 클랜으로 초빙하고 싶은 마음이 컸다. 그게 되지 않더라도 동생의 인연을 쫓을 수 있으니.

식인왕은 반드시 만들어 내야만 했다.

그리고 한편으로는 그런 생각이 들었다.

'식인왕은 정우가 3차 각성으로도 죽을 뻔했다고 했었지. 아포피스의 허물보다는 나았으면 좋겠는데.'

연우는 실망스럽기 짝이 없었던 26층의 히든 보스를 떠올리면서, 이번에 나타날 히든 보스는 부디 마음에 들기를 간절히 바랐다.

츠츠츠—

그림자가 크게 번지면서 괴이들이 튀어나와 섬 전체로 퍼져 나갔다. 식인왕의 출몰 지점을 확인했으니, 한시라도 빨리 식인괴인을 다 해치우기 위해서였다.

[시련의 난이도가 상승합니다.]
['식인마괴'가 출몰합니다!]

「많이들 죽어 나가겠구만. 쯧!」

샤논은 졸지에 재앙을 맞게 된 92단의 플레이어들을 떠올리면서 혀를 끌끌 찼다.

죽음과 관련된 신과 악마들이 왜 자신의 주인을 총애하는지, 어렴풋이 알 것도 같았다.

하지만 샤논은 녀석들이 딱히 불쌍하다거나 하지는 않았

다.

강화된 감각은 섬에 있는 수많은 정보들을 가져나주기 마련이었다. 그중에는 망자의 강에서 연우를 어떻게 해보 겠다면서 92단이 작당 모의를 하는 내용도 섞여 있었다.

하지만 연우는 굳이 녀석들을 응징하거나 하지 않았다.

어차피 녀석들이 날뛰어 봤자 손바닥 위였으니까. 어쩌면 식인왕이 나타나면 어떻게 할 수 없을 거란 생각이었는지도 몰랐다.

뭐가 어찌 되었건 간에 녀석들이 무사히 섬을 빠져나갈 수 있는 방법은 없어 보였다.

샤논은 녀석들에 대한 생각을 머릿속에서 지워 버렸다. 그보다 연우가 기대한다는 식인왕이 어떤 실력을 지니고 있을지. 그게 궁금했다.

* * *

"카론이 보이지 않습니다."

"젠장. 평소에는 그렇게 돌아다니더니 대체 어디로 간 거야?"

오란트는 뒷머리를 벅벅 긁으면서 짜증 섞인 목소리를 냈다. 92연대의 조장을 맡고 있는 그는 몇 시간째 섬에 모습을 비치지 않는 카론 때문에 속이 끓을 지경이었다.

필요한 재료도 모두 모았으니 배를 건조해야 하는데. 그걸 맡아 줄 관리자가 코빼기도 비추지 않으니 짜증이 단단히 난 것이다.

게다가 수하들이 확인하기로, 독식자는 지금 한창 재료를 수급하는 데 박차를 가하는 중이라고 했다.

그렇다면 녀석이 배를 의뢰하기 전 카론에게 먼저 접근을 해야 하건만. 아니, 가능하다면 독식자의 배는 최대한 뒤로 미룰 수 있도록 손을 써야만 했다.

수전노라고 불릴 정도로 돈을 밝히는 카론이니 충분히 뇌물로 구워삶을 수 있을 거란 계산도 있었다. 이미 뇌물에 필요한 공적치는 휘하의 플레이어들을 강제로 쥐어짜서 확보해 둔 상태였다.

하지만 이것도 뇌물을 먹일 사람이 있어야 가능한 일이지. 정작 당사자가 없으면 말짱 도루묵이었다.

평소에는 그렇게 귀찮게 사람의 뒤를 졸래졸래 따라다니더니. 정작 이쪽이 필요할 때에는 귀신처럼 사라지고 없었다.

더구나 오란트로서는 이 일을 말끔하게 처리해 두고 싶은 마음이 굴뚝같았다.

헥토르가 죽은 마당에, 이브라모비치가 연대장이 될 건

뻔하니. 공석이 될 부대장 자리를 차지하고자 하는 조장들 간의 경쟁에서 가장 먼저 우위를 확보해 두고 싶었다.

"카론이 이따금 섬 반대쪽에 있는 호수에서 낚시를 즐긴다는 말은 들었습니다만. 혹시 거기로 간 건 아닐까요?"

"낚시?"

오란트는 갑작스러운 수하의 말에 고개를 갸웃거렸다.

"예. 방금 전에 수하 녀석이 어떤 플레이어에게서 들었답니다. 주로 이 시간에 그쪽으로 가는 걸 봤었다고 합니다."

"빌어먹을! 그딴 건 미리 말해야 할 거 아냐! 괜히 너 때문에 헛걸음만 했잖아!"

오란트는 화가 단단히 난 나머지 수하의 정강이를 강하게 후려 찼다. 수하는 무릎을 땅에 찍을 정도로 크게 휘청거렸지만, 이를 악물었다. 이럴 때는 오란트의 화가 풀릴 때까지 가만히 있는 것이 훨씬 나았다.

오란트는 가만히 서서 겨우 분을 삭이며 물었다.

"그래서? 그 호수가 어딘데?"

"숲 안쪽으로 들어가야 한다고 합니다."

"혹시 식인괴인의 영역은 아니지?"

"맞는 듯…… 합니다."

"젠장. 또 저곳을 들어가라고?"

오란트는 이를 바득바득 갈았다. 섬에서 배의 재료를 수급하는 건 그다지 어렵지 않다.

하지만 문제는 식인괴인이었다. 사냥을 하면 골치만 아파지는 존재. 그렇다고 그냥 피해 다니기에는 너무 집요해서 상대하지 않을 수도 없는 놈들이었다.

상부에서도 누누이 말했었다. 27층을 가장 쉽게 돌파하는 방법은 제사장을 자극하지 않는 한도 내에서 식인괴인을 최소한으로 제거하며 배의 재료를 수급하는 것이라고.

페이스 조절만 잘한다면, 힘겹게 수성을 해야 했던 26층에 비해 훨씬 쉽게 통과할 수 있기 때문에 무리할 필요가 없을 거라고.

그리고 그 뒤는.

'연대에서 책임져 줄 거라고 했었지.'

섬은 무작위로 선택되기 때문에 환상연대에서 도와주지 못한다. 하지만 섬을 떠나 망자의 강을 건너는 28층부터는 달랐다. 환상연대에서 얼마든지 개입을 할 수 있었다.

환상연대는 여러 클랜들이 수평적으로 합쳐진 곳인 만큼, 상위 층계에 있는 클랜들이 하위 클랜들의 손을 잡아끌어 주는 역할을 주로 맡는다.

당연한 말이지만, 수많은 배들이 돌아다니는 망자의 강은 넓은 만큼 여러 클랜들이 쉽게 돌아다닐 수 있는 장소이기도 했다.

이브라모비치도 이 사실을 알기에 망자의 강에서라면 얼마든지 독시가를 검박할 수 있을 것이라 믿었던 것이고.

여하튼 그렇기에 식인괴인이 득실대는 숲 안쪽으로 가는 것은 영 꺼림칙하기만 했다. 목재를 한창 수급할 때에도 녀석들이 나타날까 싶어서 수시로 경계를 서게 했었는데. 또 그 짓을 해야 하다니.

하지만 그렇다고 하지 않을 수도 없는 일.

결국 오란트는 이를 바득 갈면서 다시 자리에서 일어난 수하에게 턱짓을 했다.

"젠장. 어쩔 수 없지. 공략대를 꾸려라. 숲으로 들어간다. 그리고 혹시 모르니, 타 클랜에게도 협조하라고 해."

그제야 살짝 꺼멓게 죽었던 수하의 안색도 다시 밝아졌다.

"예!"

* * *

'협조'라는 표현과 다르게. 타 클랜의 플레이어들은 공략대에 참여하라는 92연대의 통보에 가까운 요청에 표정이 딱딱하게 굳고 말았다.

"또……!"

팀 트리니티의 수장, 하이디는 이를 악물었다. 감정 표현이 언제나 저조하다는 엘프답지 않게 그녀는 화가 단단히 나 있었다.

튜토리얼에서부터 지금까지, 그녀와 함께 팀을 이끌었던 델란과 준도 표정이 좋지 않은 건 똑같았다.

"이건 완전히 우리더러 알아서 묏자리로 걸어 들어가라는 소리와 뭐가 달라."

"제기랄. 차라리 확 뒤집어 버릴까?"

소심한 성격인 델란이 분을 삭이고, 차분한 편인 준도 표정이 좋지 않을 정도로. 섬에 들어온 뒤 계속 이어지는 통보는 그들의 속을 썩게 만들었다.

현재 섬에는 500명이나 되는 인원이 몰려 있는 만큼, 소속도 제각각일 수밖에 없었다. 92단이나 팀 트리니티도 그중 하나일 뿐이었다.

하지만 92단은 환상연대를 등에 업으면서 주도권을 잡았다.

머릿수도 200명으로 섬에 있는 인원의 절반에 가깝기 때문에 타 클랜들을 억누를 수 있었고, 필요할 때마다 강제로 동원하기도 했다.

특히 식인괴인이 주로 출몰하는 지역에는 협조라는 명분으로, 그들을 대신 보내는 경우가 허다했으니.

그 때문에 다른 소수 클랜들이 받은 피해는 어마어마했나. 심지어 궤멸된 팀도 있을 정도였다.

그래도 이제 겨우겨우 재료를 다 모아서 쉴 수 있나 했더니. 또 식인괴인 지역으로 들어선다고 한다. 복장이 뒤집힐 수밖에 없었다.

하이디는 차라리 다른 클랜과 팀에 접촉해서 확 뒤엎는 게 어떨까 하는 생각이었다.

카론만 찾으면 된다고 하니 수색도 금방 끝날 테지만. 문제는 그 이후였다. 이런 사소한 일에도 빈번하게 동원되는데, 앞으로 배의 노잡이나 조타수 같은 잡일에 누가 이용될지는 불에 보듯 뻔한 일이었다.

결국 주도권을 되찾아올 필요가 있는 것이다.

엘프 출신인 그녀로서는 쉽게 하기 힘든 공격적인 판단이었지만. 탑에 오르면서 겪은 여러 우여곡절은 그녀의 천성도 바뀌게 만들기 충분했다.

델란과 쥰도 혹한 표정이 되었다. 어차피 이대로는 계속 당하기만 할 테니. 먼저 선수를 치는 것도 나쁘지 않을 거라고 여겼다.

'차라리 독식자에게 부탁하면……!'

하이디는 문득 한 사람을 떠올렸다. 먼발치에서 어렴풋이 봤던 가면인. 독식자. 저쪽은 자신을 기억하지 못할 테지만, 자신은 그를 똑똑하게 기억하고 있었다.

아주 짧은 인연이었지만, 그래도 그걸 두고 사정을 한다면 작게나마 도움을 주지 않을까? 그런 생각이 문득 들었다.

하지만.

"아닙니다, 대장."

"괜히 저희 때문에 무리하실 필요 없어요."

팀원들은 고개를 절레절레 흔들었다. 어떻게든 끝까지 해보겠다는 또렷한 의지가 눈동자에서 선명하게 느껴졌다.

하이디는 그들을 보면서 쓰게 웃었다. 10명 내외의 인원들. 델란과 쥰처럼 이들도 이제 그녀에게는 소중한 가족이었다.

11층에서 벌어졌던 레드 드래곤과 청화도의 전쟁 당시. 외부 용병을 뽑는다는 소식에 하이디 등은 용돈이나 벌어 보잔 생각에 외인부대에 자원했고, 2조에 소속되었다. 독식자는 당시에 2조의 조장이 되었었다.

지금 팀원들도 그때 만났던 사람들이었다. 전쟁은 생각보다 너무 빨리 끝났고, 조장은 갑자기 자취를 감췄다.

뭘 해 보지도 못하고 그대로 해체될 것 같아 전전긍긍하던 차에, 마침 마음이 맞았던 이들끼리 나와서 따로 팀을 일구게 되었다.

그리고 팀의 수장은 알게 모르게 정신적 지주가 되고 있던 하이디가 맡게 되었다.

하이디는 자신에게 어울리지 않는 자리라고 처음에는 거부했지만. 그래도 한번 맡고 난 뒤에는 곧잘 팀을 이끌었다.

특히 힘겨웠던 26층의 시련에서 벌인 사투는 흐트러지던 팀원들을 다시 단단히 결속시켜 주는 계기가 되었다.

그러다 보니 하이디도 더 막중한 책임감을 느낄 수밖에 없었다. 여태 꾹 참고 있던 그녀가 반란을 생각하게 된 것도 이런 이유에서였다. 이미 희생된 팀원만 셋. 더 이상 다치게 할 수는 없었다.

하지만 팀원들은 그런 하이디의 생각을 알고 고개를 가로저었다. 여기서 괜히 분란을 일으켰다가는 공략에 실패만 겪는다. 조금만 더 참자는 게 그들의 중론이었다.

결국 하이디는 한숨을 내쉴 수밖에 없었다.

팀원들의 말도 일리는 있었으니까. 여기서 92연대와 싸워서 어떻게 이긴다고 해도, 앞으로 환상연대를 어떻게 감당할 수 있을까. 요원한 일이었다.

"……차라리 독식자에게 접촉을 해 보는 건 어떨까?"

델란이 큰 덩치에 어울리지 않게 손을 번쩍 들면서 의견을 내놓았지만. 옆에 있던 준이 냉정하게 고개를 가로저었다.

"아니. 그건 힘들 거다. 여태 봤으니 알고 있잖아? 그 사람은 자기 이익에 집중할 뿐, 타인의 일에는 철저히 무관심해. 오히려 귀찮다면서 우리를 묶어다 92연대에다 넘기지 않으면 다행이지."

"서, 설마 그렇게까지 하겠어?"

델란은 그래도 예전 인연이 있으니 봐주지 않을까 하는 생각을 했지만. 확신하지 못했기에 목소리가 떨렸다.

결국 생각을 끝낸 하이디는 자리에서 일어나면서 말했다.

"정했으면 움직이자. 또 괜히 늦어서 책잡혀서는 안 되니까."

멤버들은 무겁게 고개를 끄덕였다. 그들의 안색은 하나같이 창백해져 있었다.

*　　*　　*

"오! 우리 사랑하는 하이디. 그새 내가 보고 싶어서 오셨나? 막 여기저기가 으슬으슬하지? 응?"

하이디는 오란트와 마주치자마자 날아오는 성희롱에 미미하게 미간을 찌푸렸다. 하지만 달리 내색하지 않으면서 무뚝뚝하게 대답했다.

"인원은 모두 모인 것 같으니 어서 움직이시죠."

원래 성격이 급했던 그녀가 최근에 배운 것이 있다면. 바로 감정 표현을 최대한 절제하는 게 아닐까. 그녀는 자신이 할 말만 하고 팀원이 있는 곳으로 돌아갔다.

오란트는 그런 그녀를 보면서 혀를 찼다.

"비싼 척 굴기는. 오냐. 언제까지 그렇게 네년이 도도한 척 굴 수 있나 한번 보자."

오란트의 목표가 있다면 언제나 자신 앞에서 차가운 표정을 짓는 하이디의 얼굴이 무참하게 일그러지는 것을 보는 거였다.

그녀가 아끼는 동료들 앞에서 능욕을 할 수 있다면. 생각만 해도 입가가 씰룩거렸다. 그는 그날이 얼마 남지 않았다고 자신하고 있었다.

그리고. 곧 30여 명으로 이뤄진 공략대가 숲 안쪽으로 이동하기 시작했다.

언제나 그렇듯이 선두와 측면은 타 클랜과 팀이, 중앙과 후방은 92연대가 맡는 식이었다.

어떻게 보면 뒤에서 92연대가 타 플레이어들을 창칼로 위협하면서 전진하는 것으로 비치기도 했다.

언제나 그렇듯, 숲 속의 공기는 눅눅하고 텁텁했다. 다만, 알게 모르게 평소와 다른 점이 한 가지 있었다.

추위.

아니, 정확하게는 오한이라고 해야 할까.

오란트는 공략팀에 둘러싸여 비교적 편하게 움직였지만, 숲 속으로 들어갈수록 인상을 찡그렸다.

"이봐, 길잡이. 여기 맞아?"

"예? 예! 마, 맞습니다."

"……뭐야, 이거 대체."

오란트의 얼굴이 구겨진 종이처럼 마구 일그러졌다.

"뭐지? 하루 사이에 공기가 왜 이렇게 달라진 거야?"

오란트는 감지 계통에 있어 뛰어난 특성을 갖고 있어서, 조금이라도 공기의 흐름이 달라지면 즉각적으로 알아차릴 수가 있었다.

그런데 코끝에서 느껴지는 냄새가 평소와 달랐다. 습기가 가득 찬 냄새. 그 속에 비릿한 피비린내가 살짝 섞여 있었다.

'여기서 전투가 있었다는 말은 못 들었었는데……?'

결국 오란트는 갑자기 걸음을 멈췄다. 불안할 때에는 나서지 않는 게 상책.

공략팀원들의 얼굴에 바짝 긴장하는 기색이 역력했다. 뭔가 이상하단 것을 깨달은 것이다.

하지만 그러거나 말거나. 오란트는 옆에 있는 수하에게

턱짓을 했다. 선발대를 앞으로 보내서 조사하라는 의미였다.

"너! 너! 너! 앞에 이상 현상 없는지 확인하고 와."

지목당한 플레이어들의 안색이 창백하게 질렸다. 보통 이런 경우에는 무사하기 힘들 때가 많았지만. 가지 않는다고 하면 92단의 창칼이 먼저 그들의 목젖을 꿰뚫을 것 같았다.

결국 그들은 울며 겨자 먹기로 앞쪽으로 가야만 했다. 그리고 그들은 시간이 한참 흐르고 나서도 돌아오지 않았다.

오란트와 공략팀원들의 표정도 딱딱하게 굳었다. 같은 생각이 머릿속에 스쳐 지나갔다.

뭔가 있다.

"하이디 팀장, 아무래도 가 줘야 할 것 같은데."

오란트는 하이디를 돌아봤다. 어떻게 손을 대고 싶은 계집인 건 여전했지만. 그래도 그는 자신의 목숨이 더 소중했다. 하이디는 꽤 실력이 있으니 이상 현상이 있으면 금방 발견할 수 있을 거란 믿음도 있었다.

하이디는 이런 경우를 이미 몇 번씩 겪어 봤기에 별다른 말 없이 델란과 준, 그리고 발이 날랜 몇 명의 팀원들만 데리고 전방 수색을 시작했다.

오란트만큼 감각이 날카로운 하이디도 주변 공기가 미세하게 달라졌다는 것을 감지하고 있었다.

그들은 걸은 지 얼마 되지 않아 곧 세 구의 시체를 발견할 수 있었다. 앞서 수색에 나섰던 플레이어들이었다.

"우에엑!"

"저, 저럴 수가."

"……하이디."

사체의 상태가 좋질 않았다. 델란이 인상을 굳히면서 하이디를 돌아보는데.

"잠깐. 기다려."

하이디는 심각한 표정으로 손을 뻗어 그를 제지하고, 고양이같이 날렵한 발걸음으로 조용히 시체에 다가가 상태를 살폈다.

'뭔가, 이상해.'

시체들의 상태는 평소 식인괴인들에게 당하던 것과 달랐다. 머리가 반쯤 부서지고, 몸뚱이는 뭔가에 씹혀 너덜너덜해진 나머지 형체를 좀처럼 알아보기 힘들 정도였다.

하지만 식인괴인의 평소 사냥 습관은 절대 이렇지 않았다. 녀석들은 이름처럼 식인 습성이 있었기에, 사냥감으로 여긴 플레이어를 되도록 온전한 형태로 잡는 편이었다.

그런데 이건.

'꼭 장난감처럼 갖고 논 것 같은…….'

문제는 사체를 이렇게 만들 정도로 괴력하게 난리를 쳤는데도 불구하고. 이쪽에서는 전혀 감지하질 못했다는 것이었다.

대체 무슨 일이 벌어진 걸까. 식인괴인의 습성이 평소와 달리 크게 변해 있었다.

그 순간.

키에엑!

키엑! 키에엑!

식인괴인들이 사냥을 시작할 때 내는 울음소리가 숲 곳곳에서 울려 퍼졌다. 사냥감을 긴장시키기 위해 내는 습성.

하이디는 그 속에서 다른 뭔가를 추가로 느낄 수 있었다. 흥분. 초조. 긴장. 녀석들은 뭔가에 잔뜩 취해서 날뛰고 있었다. 이성을 잃은 상태였다.

쐐애액―

"전부 전투 대형 준비!"

하이디는 감지된 식인괴인들이 이쪽으로 움직이는 것을 느끼자마자 크게 소리를 질렀다. 이성을 잃은 녀석들이 어떤 모습일지는 모른다. 최대한 긴장해야만 했다.

그때. 추가로 메시지가 떠올랐다.

[섬 어딘가에서 다량의 식인괴인들이 죽었습니다.]

[제사장이 이 사실을 깨닫고 원통함에 잠겼습니다. 제사장의 명령에 따라 하위 신관들이 그들의 명복을 비는 축원문을 외기 시작했습니다.]

[시련의 난이도가 상승합니다.]

['식인마인'의 출몰 빈도가 더 잦아집니다.]

['식인마물'이 출몰합니다!]

……

['식인마괴'가 출몰합니다!]

"무, 뭐?"

"미쳤……!"

멤버들은 하나같이 경악했다.

하이디의 표정도 새하얗게 질렸다.

'이거였어!'

공기가 달라진 이유. 식인괴인이 어디서 다량으로 사살되면서, 다른 식인괴인들의 힘이 강해졌기 때문이었다.

쿠쿠쿠—

곧 숲이 이리저리 흔들리면서 광기에 미쳐 날뛰는 식인

괴인들이 나타나기 시작했다. 그들의 머리 위로, 녀석들이 수도 없이 튀어나와 나무 사이를 걸었다.

멤버들이 바짝 긴장하면서 반사적으로 위쪽을 향해 스킬을 전개하려는데.

『건드리지 마! 최대한 자세를 낮춰!』

갑자기 하이디가 메시지 마법으로 소리를 질렀다. 멤버들도 그제야 정신을 차리고 바닥에 바짝 엎드렸다.

지축이 요동치고, 나무가 부서질 것처럼 크게 흔들렸지만. 그들은 숨소리조차 최대한 죽이면서 식인괴인들의 대이동이 멈추길 기다렸다.

그리고 그런 상황 속에서.

하이디는 식인괴인들 사이로 지나는 거대한 그림자를 볼 수 있었다. 5미터는 될 것 같은 크기의 유인원. 요동치는 살기가 대기를 휘게 만들 정도였다.

식인마물. 녀석 주변으로 얼굴이 새카만 식인괴인들이 보호하듯이 서 있었다. 식인마인이었다. 그러다 하이디는 고개를 아래쪽으로 돌리던 식인마물과 눈이 마주쳤다.

하이디는 자기도 모르게 바짝 긴장하며 마른침을 삼켰다.

〈요정안〉. 엘프 특유의 종적 스킬이 발동되면서 녀석에 대한 정보를 빠르게 읽을 수 있었다.

식인마물은 여태 말로만 듣던 것보다 훨씬 강한 기의 파장을 지니고 있었다.

무심한 듯하면서도 강했다. 지금 섬에서 제법 강하다며 콧대에 힘을 주고 다니는 오란트나 이브라모비치 따위는 맨손으로 가볍게 찢을 수 있을 것 같았다.

당연히 하이디와 멤버들은 가볍게 짓밟을 수 있을 테지만. 식인마물은 그녀에게 별 관심이 없다는 듯, 무심하게 앞쪽으로 고개를 돌리면서 가던 길을 마저 지났다.

그렇게 대이동이 끝난 뒤.

하이디와 멤버들은 충격에서 헤어 나오지 못해 한참 동안 자리에서 일어나질 못했다.

"뭐야, 저 괴물은 대체……!"

한참 시간이 지나고 나서, 델란이 숨을 헐떡이며 겨우 내뱉은 말이 정적을 깼다.

그러다 돌연 하이디가 허리를 쭈뼛 세우면서 튕기듯이 일어섰다. 멤버들은 왜 그러냐는 얼굴로 돌아봤다. 하이디의 표정은 딱딱했다.

"식인괴인들이 가고 있는 곳. 공략팀이 있는 방향이야. 멤버들이 위험해!"

"……!"

"……!"

멤버들도 그제야 사태의 심각성을 깨달았다. 공략팀 본진에는 두고 온 멤버들이 있었다. 그들을 구하러 가야만 했다.

특히 하이디는 식인마물의 강렬한 기세를 잊을 수가 없었다. 요정안으로 봤던 식인마물과 식인마인은 절대 저층 구간에 있어서는 안 될 개체값을 지닌 놈들이었다.

거기 있는 공략팀으로는 절대 사냥할 수 없었다. 여기에 이브라모비치도 껴야 겨우 잡을 수 있을까 말까 하는 개체였다.

'서둘러야 해!'

"하이디!"

하이디는 멤버들의 다급한 부름을 뒤로 하고, 바람의 정령을 불러 먼저 공략팀이 있는 곳으로 뛰어갔다.

그리고. 그곳은 그녀가 예상했던 것처럼 온통 아수라장이 되어 있었다. 플레이어들과 식인괴인들 간의 전투가 벌어져 곳곳이 파이고 무너지는 등, 폐허가 된 상태였다.

오란트는 이미 상체가 박살 나다시피 하며 바닥에 아무렇게나 나뒹구는 중이었다.

하지만.

한 가지만은 유독 하이디의 예상에서 빗나가 있었다.

'뭐야, 저건……?'

모두가 죽어 식인마물이 크게 으르렁거리고 있을 거라고

예상했던 자리에.

오히려 식인마물은 머리가 부서진 상태로 바닥에 널브러져 있었다.

대신에 그 위에 검은 그림자 같은 괴물이 피로 칠갑을 한 채 일렁이고 있었다.

콰득.

콰드득―

괴이가 하늘을 보며 길게 울부짖었다.

'뭐야, 저거……?'

괴이를 본 순간. 하이디는 몸이 뻣뻣하게 굳어 버리고 말았다. 어떻게 보면 검은 불꽃을 태우는 것처럼 보이기도 하고, 또 어떻게 보면 양초 그림자가 살랑이는 것처럼 보이기도 하는 존재.

저절로 떠진 요정안에는 똑똑하게 보였다. 그건 산 자가 살아가는 세상에서 절대 있어서는 안 될 존재였다.

처음에는 언데드인가 싶었지만. 그렇게 딱 잘라 규정하기는 어려웠다.

언데드는 말 그대로 언데드(Undead), 죽지 않는 존재다. 세간에 알려진 대로 죽었다가 살아난 것이 아니라, 정확하게는 저주를 받아 죽을 수 없게 된 이들. 혹은, 아예 처음부터 다르게 태어난 존재들이었다.

하지만.

눈앞에 있는 것은 달랐다.

언데드도 결국 법칙에 종속되어 살아가는 존재였다. 하지만 저 그림자 형태를 띤 괴물은 아니었다.

마치 혼자 세상에서 유리된 것 같이. 거미줄처럼 촘촘하게 얽혀 세상을 가득 채우고 있어야 할 법칙에서. 동떨어져 있었다.

요정안으로 엿보이는 법칙을 절대 진리로 믿고 살았던 하이디로서는. 너무 충격적일 수밖에 없었다.

그때.

크르르—

식인마물의 뇌수를 파먹고 있던 괴이가 누군가의 시선을 읽고 이쪽으로 고개를 돌렸다.

"……!"

하이디는 화들짝 놀라 자신도 모르게 한 발자국 물러서고 말았다. 저 그림자 괴물이 당장에라도 자신에게 달려들 것 같았다.

"하이디!"

"대장!"

그때, 식인마물 등의 기습에서 살아남았던 멤버들이 그녀를 발견하고 다급하게 뛰어왔다. 뒤쪽에서 델란과 준 등도 달려오고 있었다.

하이디는 위험하다며 동료들의 접근을 막으려고 했다.

하지만.

쉭!

괴이는 플레이어들이 접근하기 전에 어딘가를 보더니 훌쩍 뛰어 어둠 속으로 사라졌다.

"헉! 헉! 하이디, 괜찮아?"

델란은 하이디를 붙잡으면서 어디 다친 곳이 없는지 꼼꼼하게 살폈다.

하지만 하이디는 아무 말도 하지 않았다. 여전히 요정안을 부릅뜬 채로 괴이가 사라진 방향을 바라보기만 할 뿐이었다.

* * *

"이, 이거 대체 뭐야?"

"아아악!"

괴이의 등장으로 겨우 살아남을 수 있었던 하이디 일행 쪽과 다르게.

이브라모비치가 있던 92단의 본진은 갑작스레 폭탄을 껴안은 신세가 되고 말았다.

광기에 취해 마구잡이로 날뛰는 식인괴인과 식인마인, 식인미들의 준동은 이렇게 막을 수 있는 수준의 재잉이 아니었다.

플레이어들은 식인괴인에게 줄줄이 죽어 나갔고, 제법 실력이 좋았던 자들은 식인마인에게 물어 뜯겨 삽시간에 걸레 쪼가리가 되고 말았다.

식인마물은 그냥 걷기만 했다.

쿵.

쿵.

걸음을 옮길 때마다 지축이 크게 요동쳤다. 녀석은 붉은 눈을 번들거리면서 뭔가를 찾아 숲을 샅샅이 뒤지고 있었다.

녀석의 앞을 가로막던 풀숲은 그대로 짓눌리고, 나무는 부러져서 옆으로 와르르 무너졌다.

그리고. 이브라모비치는 식인마물에게서 한참 떨어진 곳에서 숨을 헐떡이고 있었다.

그늘이 잔뜩 진 바위 아래. 그는 혹시 식인마물이 무슨 소리라도 들을까 싶어 숨도 억지로 참아야만 했다.

으스러지다시피 한 오른팔이 욱신거렸지만, 등골을 타고 흐르는 공포감이 고통을 마비시키는 중이었다.

'독식자……! 독식자!'

이브라모비치는 이딴 사태를 만들어 낸 연우를 떠올리면서 이를 바득바득 갈았다.

난이도가 상승했다는 전체 메시지와 함께 등장한 식인마물과 식인마인은 그가 하려던 모든 계획을 삽시간에 물거품으로 만들어 버렸다.

92단을 이루던 대부분의 플레이어들이 벌레처럼 줄줄이 죽어 나갔다. 짓밟혀 죽고, 휘두르는 주먹에 날아가 죽고, 심심풀이 장난감으로 갖고 놀려지다가 죽었다.

어떻게든 막아 보고 싶어서 달려들었지만, 식인마물은 한쪽 손가락만 부러졌을 뿐. 그에 반해 이브라모비치는 오른팔이 통째로 박살 나야만 했다.

어찌어찌 몸을 빼내 숨긴 했지만 식인마물은 화가 단단히 났는지, 주변을 샅샅이 뒤지면서 이브라모비치를 찾아대는 중이었다.

코를 예민하게 쿵쿵대는 것으로 봐서는 냄새를 맡아 다가오려는 것 같았다. 즉시 아티팩트를 사용해서 냄새를 지우긴 했지만, 그래도 모든 기척을 사라지게 할 수는 없었다.

점차 간격이 좁혀지고 있으니. 아마 이곳도 녀석의 눈에 띌 게 분명했다.

그 전에 어떻게든 섬을 빠져나가야만 했다.

'배! 배를 타야 해!'

사실 이브라모비치는 수하들 몰래 재료를 빼돌려서 꿍쳐 둔 배가 있었다. 비록 조그만 한 나룻배에 불과하지만, 그래도 카론이 만들어 준 덕분에 한 몸을 싣기에는 충분한 크기였다.

 이브라모비치는 아예 섬을 빠져나갈 생각을 했다. 식인 마물이 등장한 이상, 섬에 있어서는 안 되었다. 최대한 빨리 탈출해, 연대를 만나서 도움을 요청하는 게 훨씬 현명한 선택이었다.

 '이미 상부와 연락은 끝났다. 좌표를 찾아서 가기만 하면 돼!'

 이브라모비치는 빠르게 머리를 굴렸다. 희생되고 있는 수하들에게는 미안하지만, 결국 누구 하나는 섬을 탈출해서 구조를 요청해야 하는 상황이었다.

 아니, 책임자인 자신이 그렇게 조금이라도 빨리 구조대를 데리고 오는 게 수하들을 위하는 일이라고 생각했다.

 다행히 나룻배를 꿍쳐 둔 창고는 여기서 얼마 떨어지지 않은 곳에 있었다. 가시넝쿨로 잘 가려 놨기 때문에 외관상으로는 절대 찾을 수 없는 곳이었다.

 '제발, 제발.'

 이브라모비치는 감각을 잔뜩 세워 주변을 살폈다. 발소리가 멀어진다 싶더니 사라졌다. 지나친 것 같았다.

거기까지 생각이 미친 순간, 그는 어느새 혼자서 숲을 가로지르고 있었다. 어떻게 판단을 내리고 자시고 할 때가 아니었다.

쐐애액—

〈속질풍(速疾風)〉. 이럴 때를 위해서 비싼 값을 주고 구매한 스킬이었다. 한순간 폭발적인 가속도를 일으켜서 위험한 자리를 탈출하는 데 요긴하게 쓰일 수 있었다.

다량의 마력을 너무 한꺼번에 소진한다는 단점이 있었지만. 그래도 목표점으로 삼은 곳에 다다르는 데는 전혀 문제가 없었다. 식인괴인들이 다급하게 뒤쫓아오는 게 느껴졌지만, 금세 따돌릴 수 있었다.

'됐다!'

이브라모비치는 자신의 성공을 확신했다. 식인괴인이 아무리 빠르게 움직인다고 해도, 그들의 영역을 벗어나면 행동이 굼뜰 수밖에 없었다. 식인마물은 식인마인들을 대동하고 완전히 사라져 기척도 느껴지지 않았다.

그리고.

저 멀리, 커다란 바위가 보였다. 식인괴인의 영역과 아닌 곳을 구분하기 위해서 임의로 표시해 놨던 곳. 나룻배가 숨겨진 넝쿨은 여기서 우측으로 방향을 틀면 나오는 또 다른 바위 지대에 있었다.

'살았……!'

이브라모비치가 기쁨에 겨워 바위에 다다르던 순간.

쾅!

갑자기 하늘에서부터 커다란 그림자가 덮쳐 온다 싶더니 바위를 가볍게 부쉈다.

사방으로 터져 나가는 돌 조각 사이로 우악스러운 손길이 뻗쳐 나와 이브라모비치의 멱살을 움켜쥐었다. 식인마물이 재미있어 죽겠다는 얼굴로 이쪽을 보며 웃고 있었다.

이게 어떻게 된 거지? 아주 짧은 시간 동안, 이브라모비치는 그런 생각이 번뜩 들었다. 그러다 식인마물의 왼손에 대롱대롱 매달려 있는 핏덩이를 볼 수 있었다.

피떡이 되어서 쉽게 알아볼 수 없지만, 분명히 항상 자신의 옆을 지키던 수하가 분명했다.

"대…… 장…… 미안…… 합…… 니!"

말꼬리가 흐트러졌지만 그렇게 말하고 있었다. 자신 몰래 파악하고 있었던 나룻배의 위치를 말한 건지, 아니면 경계선을 말한 건지는 몰랐지만, 녀석이 자신의 행적을 노출시킨 게 분명했다.

그리고.

"찾았다, 쥐새끼."

식인마물이 내뱉은 말은 이브라모비치의 머릿속을 새하

얕게 만들었다. 말도 안 되는 공포심이 무럭무럭 자랐다.

'마, 말을 한다고?'

쾅!

"컥!"

식인마물은 이브라모비치가 놀라건 말건 간에 전혀 신경 쓰지 않고, 멱살을 잡은 그대로 바닥에다 패대기쳤다.

이브라모비치는 전신이 박살 나는 고통을 맛봐야만 했다. 갖가지 스킬을 전개해서 쏟아부었지만.

퍼퍼펑—

'빌어먹을…… 항마력.'

대부분의 스킬은 식인마물에게 닿기도 전에 투명한 보호막에 부딪혀 산산이 흩어지고 말았다.

식인마물의 무서운 점이 바로 이거였다. 우악스러운 완력만큼이나 뛰어난 체력과 방어력, 그리고 항마력을 지니고 있다는 것. 웬만한 플레이어 따윈 가볍게 찜 쪄 먹을 수 있었다.

쾅, 쾅, 쾅—

"으히히! 으히!"

식인마물은 재미있어 죽겠다는 듯이 이브라모비치를 바닥에다 몇 번씩이나 내리쳤다.

그럴 때마다 이브라모비치는 팔다리가 으스러지고 내장

이 파열되었다. 두개골이 부서지면서 시야가 흔들렸다. 피로 얼룩져 앞도 제대로 보이질 않았다.

이대로 허무하게 죽는 걸까. 아무것도 하지 못하고? 이브라모비치는 그런 생각이 들어 어떻게든 버티고 싶었지만. 이미 가물가물해지는 의식은 아무것도 잡히질 않았다.

그러다 이브라모비치는 정신이 완전히 끊기기 직전. 자신이 튕겨 나가는 듯한 감각을 받았다. 대체 무슨 일이 있었던 건지, 그는 어느새 땅바닥을 아무렇게나 뒹굴고 있었다.

그러다 한참 뒤 겨우 눈을 떴을 때. 그는 식인마물이 형체도 제대로 잡히지 않는 어떤 검은 그림자 같은 것과 싸우고 있는 것을 보았다.

거기서 식인마물은.

"괴물! 괴물! 사라져라! 사라져어! 사라지라고! 괴물! 아아악!"

두려움에 떨고 있었다. 우악스러운 주먹을 이리저리 휘둘러 댔지만, 검은 그림자는 이리저리 피하면서 식인마물을 삽시간에 피투성이로 만들었다. 식인마물을 보호하던 식인마인들은 죄다 으스러진 채로 죽은 상태였다.

항거 불가한 적을 만난 것처럼. 마치 자신이 식인마물과 마주쳤을 때처럼. 식인마물은 검은 그림자를 두려워하고 있었다. 죽음으로 내몰리고 있었다.

저건 대체 뭘까? 이브라모비치는 그런 생각이 들었지만 더 이상 생각을 이을 수가 없었다.

그래도 마지막 숨을 내뱉기 전에 볼 수 있었던 건.

공포에 잔뜩 질린 식인마물의 머리통이 피를 뿌리며 허공으로 튀어 오르는 장면이었다.

* * *

[식인괴인의 마을을 발견하였습니다.]
[적대 행위가 시작됩니다.]

꺄아악!

쿠르륵, 쿠륵—

숲에서 시작된 검은 불길이 어느새 마을을 덮쳤다. 간만에 플레이어 몇 명을 붙잡아 다 같이 만찬을 즐기려던 식인괴인들은 갑작스러운 날벼락에 놀라고 말았다.

다들 허겁지겁 양동이에 물을 가득 채워 와 뿌려 댔지만, 검은 불길은 꺼지기는커녕 오히려 반발하듯이 더 크게 일어나 닥치는 대로 모든 것을 집어삼켰다.

그들이 1년 한 해 동안 정성스럽게 경작한 농작물이나 과수원은 삽시간에 잿더미가 되었고, 그들이 편하게 지내던 가옥은 장작더미가 되고 말았다.

마을 사람들끼리 춤과 노래를 즐기던 마당이며 놀이 창고 등도 탐욕스러운 검은 불길의 먹이로 전락했다.

어디서 출현했는지 모를 불길은 식인괴인들을 한순간에 혼란 상태로 몰아넣었다. 가뜩이나 동료가 여럿 죽으면서 시작된 광기는 조금 부채질을 해 준 것만으로도 활활 타올랐다.

하지만 그들에게 재앙은 따로 있었다.

팟—

한 치 앞도 분간하기 힘들 정도로 크게 치솟는 검은 불길 사이로. 돌풍이 불어닥쳤다. 연우였다.

촤촤촤—

연우는 빠르게 이동하면서 걸리적대는 식인괴인들을 무참히 베어 나갔다.

비그리드를 뽑거나, 검은 오러를 날릴 필요도 없었다. 마장대검만 가볍게 휘둘러 대면서 부딪치는 녀석들의 명줄을 끊어 놓기만 하면 되는 일이었다.

원낙에 경황이 없다 보니, 녀석들은 어떻게 미처 방어도 하지 못하고 속절없이 당해야만 했다.

[난이도가 상승합니다.]

[난이도가 상승합니다.]
[식인마물의 출몰 빈도가 더 잦아집니다!]

"인간! 죽인다, 인간!"

결국 계속된 학살에, 몇몇 식인괴인들이 식인마물로 탈피를 마치고 와락 달려들었다.

하지만 녀석들도 연우에게 가볍긴 마찬가지였다.

칼을 한 번 휘두르자 녀석의 주먹이 수수깡처럼 잘려 나갔고, 두 번 휘둘렀을 때는 심장과 목젖이 함께 갈려 그대로 바닥에 주저앉았다.

"어, 떻게……?"

이브라모비치를 가볍게 찢어 죽이면서 섬을 공포로 몰아넣던 것과는 비교도 할 수 없을 정도로 허무한 최후.

'약해. 너무.'

연우는 녀석의 사체를 발로 짓밟으면서 다시 앞으로 튀어 나갔다. 핏물이 번졌다가 열기에 증발해 금세 사라졌다.

그 뒤로도 식인마물과 식인마인들이 줄지어 나타났지만, 연우를 제대로 대적하지 못했다.

약했다. 전부.

연우는 그 사실이 너무 실망스러웠다.

식인마물이 자신의 기대를 채워 주지 못할 거란 건 잘 알고 있었다. 그래도 몇 수는 될 거라고 생각했다. 동생도 식 인마둔이 집요한 방해에 짜증을 많이 냈었으니까.

하지만 지금 연우에게 녀석들은 그런 방해거리조차 되지 못했다. 아직 권능은 깨우지도 않았건만. 아포피스의 허물 때와 똑같았다.

[제사장이 마을을 쑥대밭으로 만드는 당신을 발견하였습니다. 하위 신관들을 죽여 제물로 삼으면서 새로운 축원문을 빌기 시작하였습니다.]
[식인왕의 출현이 다가옵니다.]
[현재 조건 확률: 81%]

그러다 연우는 새롭게 떠오르는 메시지에 눈을 가늘게 좁혔다. 식인왕의 출현. 녀석은 강할까. 아포피스의 허물보다는 낫기를 바랐다.

그렇게 조건이 100%에 다다랐을 때.

[축원문이 가납되었습니다. 제사장이 변이를 시작합니다.]
[식인왕이 출몰하였습니다.]

연우는 저 멀리, 아주 작게 보이는 외딴섬을 찾을 수 있었다. 제사장이 머무는 본거지라고 말했던 곳. 그는 불의 날개를 한껏 펼치면서 망자의 강 위로 몸을 날렸다.

팟—

바람길과 블링크를 적절히 이용하면서 강물 위를 그대로 미끄러져 순식간에 목적지에 다다랐다.

우드득. 우득.

거기엔 아포피스의 허물만큼이나 큰 덩치를 자랑하는 유인원이 뭔가를 잔뜩 먹어 치우고 있었다.

녀석은 연우의 기척을 느끼고 고개를 돌렸다. 빨간 눈이 흉포하게 일그러졌다.

"너로구나. 나의 아이들을 다치게 만든 것이."

연우는 마장대검을 수납하고, 비그리드를 뽑았다. 검은 오러를 두르면서 생각했다. 녀석은 강할까? 아니면 약할까? 동생은 일기장에 분명히 강하다고 했다. 자신도 승부를 보는 데 힘들었다고. 동료들이 도움을 줘서 겨우 해치울 수 있었다고.

그렇다면 나는? 당시의 동생보다 강한 건 알고 있지만, 그래도 녀석이 어느 정도 상대는 되어 주기를 바랐다.

"겁화를 쓰는가? 우스운 노릇이로군. 망자들의 세계에서, 망자의 왕에게 지옥의 불길을 들이대는 꼴이라니. 본인은 망자의 강의 축복을 받은 몸. 겁화는 겁수를 이기지 못한다. 불이 물에 꺼지듯, 그대로 꺼지게 될 것이다."

식인왕의 기세에 따라 일대 공기가 다시 눅눅해졌다. 습기가 강해졌다. 안개가 뿌옇게 내려앉고, 비가 내릴 것만 같았다. 산성이 잔뜩 섞인 안개. 겁수(劫水)를 다룬다는 녀석의 특성이었다.

그것을 보고.

"쫑알쫑알, 말이 너무 많군."

연우는 짜증을 내면서 땅을 세게 박찼다.

    * * *

"어, 째서……!"

믿을 수 없다는 말투.

연우는 거기다 대고 코웃음을 쳤다.

"말이 너무 많아."

퍽—

연우는 발에 잔뜩 힘을 주며 식인왕의 머리통을 부쉈다. 핏물이 튀었지만, 열기에 녹아 사라졌다.

'결국 이놈도 똑같았어.'

연우는 자기도 모르게 한숨이 나왔다. 아포피스의 허물

에 이어 식인왕까지. 결국 검은 오러 앞에서는 어떻게 버티지 못하고 무참하게 썰려 나가고 말았다.

그래도 명색이 한 스테이지를 책임지는 히든 보스들인데. 이렇게 약할 줄이야.

쉬워도 이렇게 쉬울 수가 없었다. 그만큼 자신이 강해졌단 뜻이겠지만. 그래도 이건 너무 정도가 심했다.

'결국 최대한 빨리 고층 구간으로 가는 수밖엔 없겠지.'

어쩌면 이런 건 자신의 욕심이었는지도 모른다. 이래저래 가진 게 많아진 이상, 저층 구간에서 뭔가를 바란다는 게 사실 우스운 일이었으니까.

'안 되겠어. 라나만 만나고 빨리 지나치든가 해야지, 원.'

결국 연우는 우선순위를 바꾸기로 했다. 처음에는 할 수 있는 건 전부 하면서 천천히 충계를 오르려 했지만. 더 이상은 그럴 필요가 없을 것 같았다.

필요한 것만 빨리 찾고 다음 충계로 넘어가는 게 나을 듯 싶었다.

연우는 외딴섬의 한쪽 구석에 위치한 또 다른 마을을 찾았다. 제사장이 머물던 진짜 본거지. 그곳에는 늙거나 어린 식인괴인들이 덜덜 떨면서 모여 있었다.

연우가 그중에서 관심을 둔 건 늙은 식인괴인들이었다.

식인괴인은 타고난 전사이면서도 조선공이자, 또한 뱃사
공이기도 하다. 특히 망사의 상을 건너는 배는 그중에서도
노인들에게만 전해지는 비법.

이들만 잘 이용한다면 30층까지 무난하게 건너갈 수 있
었다.

키엑! 키에엑!

늙은 식인괴인들은 덜덜 떨고만 있었다. 전사들은 모두
전멸하고 믿었던 식인왕마저 죽은 상황. 힘이 없는 그들로
서는 어떻게 저항할 생각도 못 했다.

하지만 그들은 덜덜 떨면서도 창에서 손을 놓지 않았다.
뒤에 있는 여인과 아이들 때문이었다. 아무리 왕이 죽었어
도, 자손은 살리고 싶은 게 그들의 마음이었다.

연우는 그들을 보면서 가볍게 코웃음을 쳤다.

불쌍한 마음이 들지는 않았다. 어차피 먹고 먹히는 관계
가 아닌가. 이들은 좀 전까지만 해도 플레이어를 잡아다 먹
던 놈들이었다.

천적 관계가 바뀌었다고 해서 이들이 개과천선을 하는
일은 전혀 없었다.

하지만 그렇다고 죽일 생각은 없었다. 어차피 힘이 없는
놈들이니 배를 만들게 하고, 그 뒤에는 잡일꾼으로 쓸 생각
이었다.

연우는 녀석들에게 가볍게 손을 뻗었다. 손바닥 위로 식인왕을 죽이고 난 뒤에 얻은 보상이 나타나 빛을 뿌렸다.

[식인왕의 증표]
분류: 신물
등급: A— (*27층 한정)
제한: 식인왕 처치. 식인괴인 부족 공포 수치 30 이상. 식인괴인 부족 전사대 및 사냥꾼 전멸.
설명: 식인괴인 부족을 이끄는 제사장이 왕이 된 이후에 남기는 증표. 종족 스킬인 '혈연'이 새겨져 있기 때문에 이것을 사용하면 연결된 식인괴인들을 마음대로 부릴 수 있다.
단, 종속의 맹세를 이끌어 내야만 한다.

식인왕의 증표는 보라색으로 빛나는 구슬이었다. 여기에는 식인괴인들을 하나로 이어 주는 종족 스킬이 탑재되어 있어서 이들을 마음대로 부리는 게 가능했다.

'정우도 이것으로 배를 건조했었지. 우연찮게 얻은 거였지만, 아주 쓸 만했었어. 튼튼하고.'

식인괴인은 몬스터보다 지능이 높은 네이티브. 보통 플레이어들은 단순하게 이 사실을 잊고 넘어가기 마련이지만, 동생은 그러지 않았다.

식인괴인이 부족을 이루고 문명 생활도 일구는 것을 보고, 혹시 배를 만들 수 있지 않을까 하는 의문을 던졌다.

그리고 그 결과는.

'빙고.'

식인괴인이라고 해서 무작정 플레이어만 잡아먹는 것은 아니었다. 아니, 오히려 플레이어는 별미에 가까웠다. 플레이어가 나타나지 않는 평소에는 경작을 하거나, 강으로 나가서 어부 노릇도 했다.

그러니 배를 건조할 수 있는 기술이 있는 것도 당연했다. 딱히 숨겨진 히든 피스는 아니었지만, 발상을 전환하지 않으면 절대 찾을 수 없을 히든 피스이기도 했다.

화아아—

식인왕의 증표가 시린 빛을 토하자, 늙은 식인괴인들은 어떻게든 종속을 거부하기 위해서 머리를 강제로 털었다.

창칼을 쥐고 있는 손길이 저항심으로 부르르 떨렸지만.

"받지 않으면 뒤에 있는 애들부터 죽여 주지."

연우가 그들의 언어로 싸늘하게 내뱉은 말이 늙은 식인괴인들을 흔들고 말았다. 파르르. 아이들부터 죽이겠다. 이 말은 절대 빈말이 아니었다.

그때. 비교적 이성이 맑아 보이는 식인괴인이 무거운 발걸음으로 나섰다.

"그, 그럼 여자와 아이들을 살려 준다고 약속한다면, 종속의 맹세를……!"

"안 돼."

연우는 그들이 내걸려는 조건을 단칼에 거절했다.

"조건이나 협상은 없다. 너희와 아이들 전부, 증표를 받아라. 안 그러면 전부 죽는다."

늙은 식인괴인은 다른 괴인들을 돌아봤다. 노인들은 물론 여자들도 덜덜 떨면서 조용히 고개를 끄덕였다. 노예가 되더라도, 어떻게든 살아남는 게 훨씬 중요했다.

결국 그는 고개를 숙였다.

"……알겠소."

띠링—

[종속의 맹세를 이끌었습니다. 추가 공적치가 제공됩니다.]

[칭호 '식인괴인의 인솔자'를 획득했습니다.]

[2,311번째 식인섬을 영역으로 삼는 데 성공했습니다. 원할 시, 영토로 선언하여 근거지로 활용할 수 있습니다.]

식인괴인의 섬이 가지는 또 다른 히든 피스. 그건 이들을 '노예'로 부릴 수 있는 것과 동시에 그들의 터전을 영토로도 삼을 수 있다는 점이었다.

27층을 설계한 자가 누군지는 몰라도, 참 악취미라는 것을 알 수 있는 대목이었다.

49일 만에 탈출해야 하는 스테이지에서 영토라니. 이건 가지란 건지, 말란 건지. 하지만 잘 활용하기에 따라서는 비밀 보급소로도 사용할 수 있어서 용이하기는 했다.

그래서일까. 이미 토벌이 끝난 몇몇 섬 같은 경우에는 '해적'들의 본거지로 쓰이기도 했다.

드넓은 망자의 강에 섬은 수도 없이 많다. 그리고 시련을 통과하지 못해 스테이지에 잔류한 이들의 경우, 이곳에 머물면서 세력을 형성하는 경우가 잦았다. 통행인들을 약탈하거나, 시련을 방해하는 자들.

튜토리얼에서 활약하던 스캐빈저처럼, 이곳에서는 그런 녀석들을 '해적'이라고 불렀다.

'그러고 보니 이 근처에 베이럭의 생산 기지도 있지 않았나?'

특히 망자의 강과 식인섬의 생태계에 관심이 많은 베이럭 녀석이 여기를 유독 눈독 들였다.

독에 관심이 많은 베이럭이었으니. 당연히 27층은 녀석의 세상이나 다름없었다. 그래서 동생은 어차피 쓸데도 없는 섬의 좌표를 녀석에게 넘겨 버렸다.

그 뒤로 베이럭은 섬에 대한 언급은 단 한 번도 하지 않았다. 동생이 이따금 생각나 물어보면, 지나가듯이 잘 있다고 대답만 할 뿐.

연우는 녀석이 그곳을 아직도 잘 이용하고 있을 거라고 생각했다.

마음 같아서는 침입해서 부숴 놓고 싶었지만.

'좌표를 모르면 말짱 도루묵이니.'

이미 베이럭은 섬의 좌표를 바꾼 지 오래였다. 49일이라는 제한 시간이 있어 망망대해를 뒤질 수도 없는 일인 데다가, 어떻게 뒤진다고 해도 여러 방비 시설을 해 뒀을 테니 찾기란 요원했다.

'나중에 따로 찾을 방법이 생기겠지. 아니면 이들을 잘 이용한다면 가능할지도 모르고.'

연우는 결국 아쉬움을 뒤로한 채, 다시 식인괴인들에게로 시선을 돌렸다.

어느새 종속이 끝났는지, 녀석들은 바닥에 바짝 엎드려 있었다. 왕을 믿는 신하들을 보는 듯한 보습. 괴이늘과 마찬가지로, 이들도 증표를 통해 연결되어 있는 게 느껴졌다.

연우는 그들을 보면서 인트레니안을 활짝 열었다. 배를 건조하려면 한시라도 빨리 시작해야 했다.

* * *

식인괴인들은 연우의 명령이 떨어지자마자 재빨리 선박 제조에 들어갔다.

식인왕의 증표는 단순한 왕의 표식이 아니었다. 그들의 생사를 결정지을 수 있는 권한이었다. 아니, 그보다 아이들을 살리기 위해서라도 바쁘게 움직일 수밖에 없었다.

늙은 몸들을 이리저리 움직이려니 힘겨웠다. 몇몇은 연우가 가져온 망혼목의 목재도 제대로 들지 못해 끙끙댔지만. 그래도 연우는 그들을 보면서 눈 하나 깜빡하지 않았다.

고생하는 건 녀석들의 몫이었지, 자신의 몫이 아니었다. 동정심을 줄 이유는 전혀 없었다.

다만, 힘을 쓰는 일에는 괴이들을 시켜서 따로 돕도록 했다. 괜히 일꾼들이 망가졌다가는 건조 시간만 쓸데없이 늘어날 수 있었으니까.

그리고. 녀석들의 마을 창고에서 인질로 잡혀 있던 플레이어들도 찾을 수 있었다.

"가, 감사합니다."

"으흑흑. 정말 감사합니다."

납치되어서 죽는 줄로만 알았던 플레이어들은 눈물을 펑펑 쏟으면서 연우에게 감사하단 말만 자꾸 해 댔다.

연우는 묵묵히 고개를 끄덕이고, 식인괴인들이 주로 타고 다니던 나룻배를 내어 주면서 큰 섬으로 가도록 했다.

몇몇은 연우가 더 도와주기를 바라는 눈치였지만, 연우는 처음부터 끝까지 그들과 아무 대화도 나누지 않았다.

'괜히 짐짝들을 맡을 필요는 없으니까.'

자신은 그들을 구해 준 것만 해도 할 일을 다 해 준 셈이었다.

연우는 나룻배에 타 큰 섬으로 가는 플레이어들을 뒤로한 채, 다시 배의 건조 현장으로 돌아갔다. 건조하는 데 대략 닷새면 된다고 했으니 그보다 더 시일을 바짝 당길 생각이었다.

그리고.

그사이 사람을 가득 태운 나룻배는 망자의 강을 둥둥 떠다니다 겨우 큰 섬에 도착했다.

플레이어들의 얼굴에는 짙은 피로와 함께 걱정이 가득했다.

"이제…… 어떡하지?"

식인괴인들로부터 살아나 기뻤던 것도 잠시. 이제는 앞으로 어떻게 해야 할지 앞길이 막막했던 것이다.

갖고 있던 물건들은 전부 빼앗겨 사라졌고, 남은 건 달랑 몸뚱이 하나밖에 없었다.

게다가 그들은 갇혀 있었던 시간이 제법 오래되어 제한시간도 거의 바닥이 난 상태였다. 어떻게 수를 쓰기가 어려웠다.

남은 방법은 하나. 어떻게든 구명줄을 잡아 같이 딸려 가는 수밖에는 없었지만.

"……"

"……"

그들은 서로 눈치 보기만 바쁠 뿐. 누구 하나 뭐라고 나서는 사람이 없었다.

하려면 연우에게 빌붙어야 했지만, 총대를 메고 나설 사람이 없었다. 괜히 그랬다가 다칠지도 몰랐다. '패도'라는 말이 있을 정도로 독식자에 대한 인상이 너무 무서웠다.

결국 그들은 나룻배가 강변에 도착할 때까지 아무도 움직이지 않았다.

그토록 울창했던 숲이 대부분 전소되었단 사실도 그들의 눈에는 잘 띄지 않았다.

그때.

샤락—

풀이 바스러지는 소리와 함께 인기척이 느껴졌다. 그들의 시선이 똑같은 방향으로 움직였다.

"사람?"

그곳에 하이디가 일련의 무리들을 이끌고 서 있었다. 그녀도 새로운 사람들의 등장에 놀란 얼굴이었다.

* * *

"그러니까 독식자가 남은 식인괴인들까지 전부 정리했다는 말씀이신가요?"

"그, 그렇습니다."

하이디는 생존자의 말을 듣고 헛바람을 들이켰다. 설마설마했지만. 정말 해낼 줄이야.

'그럼 그때 그 그림자 괴물도, 독식자의……?'

증거는 없지만. 아무래도 정황상 맞는 것 같았다. 놀랄 일이었다. 식인마물을 가볍게 찢어 죽이던 그림자 괴물만 해도 놀랄 일인데, 그런 것을 휘하에 두고 혼자서 식인왕까지 잡을 줄이야.

두시기는 세간에 알려진 것보나 훨씬 실력이 뛰어난 게 틀림없었다.

오란트와 이브라모비치가 죽은 이후. 하이디는 트리니티의 멤버들과 함께 숲을 뒤지면서 혹시 있을지 모를 생존자들을 찾았다.

식인괴인들이 너무 마구잡이로 날뛴 탓에 과연 생존자들이 있을까 싶긴 했지만.

그래도 만약에 한 명이라도 도움의 손길을 필요로 하는 사람이 있다면 구해 주는 게 옳았다.

92단처럼 되지는 않는다. 그게 하이디의 생각이었고, 다른 동료인 델란과 준의 생각이기도 했다.

더구나 엘프의 덕목은 자애. 아무리 험한 탑의 세계라지만, 그래도 하이디는 지키고 싶은 '선'이 있었다.

그리고 다행히 곳곳에 생존자들은 꽤 많이 남아 있었다. 광기에 취한 식인괴인들은 오로지 쾌락을 위해 사냥에 집중했을 뿐, 막상 다친 사냥감들에게는 눈길을 두지 않았던 것이다.

외딴섬으로부터 건너온 생존자들까지 합쳐서, 트리니티에 합류하게 된 플레이어의 숫자는 이제 총 60여 명.

사실 이 숫자만 해도 절대 부족하지는 않았다. 오히려 힘들었던 26층을 건너온 정예들이었다.

하지만 그들은 힘이 크게 빠진 얼굴이었다.

92연대의 핍박이나 식인괴인들의 준동 등등. 단기간에 몇 번씩이나 죽을 위기를 넘어서다가, 간만에 평화를 맞게 되니 정신적 피로가 너무 한꺼번에 쏟아진 탓이었다.

'무엇보다 공기가 너무 안 좋아. 자꾸 육체를 무겁게 만들고 있어. 쉽게 피로에 젖으니까 정신력도 약해지는 거고.'

하이디는 이대로 있다가는 정말 위험할 것 같다는 생각이 들었다.

델란과 준도 피로한 기색이 역력했지만, 그래도 움직일 힘은 남아 있어 보였다.

어느 층계에서나 마찬가지로, 이번에도 어떻게든 돌파해 내고 말겠다는 강한 의지가 느껴졌다. 그건 다른 기존 멤버들도 마찬가지였다.

그러니 하이디도 어떻게든 망자의 강을 건널 생각이었다. 다행히 92단이 마련한 재료들이 있으니 카론만 찾으면 배를 건조하는 건 쉬웠다.

문제는 다른 생존자들이었다. 이들이 짐짝이 될 것 같다면 그냥 여기다 두고 가는 게 맞았다.

하지만 그녀는 죽어도 그러기 싫었다.

'아버지처럼 되긴 싫어.'

하이디는 머릿속 한편에 묻이 됐던 옛 기억을 역시도 누르면서 아랫입술을 질끈 깨물었다.

크게 보자면 여기에 있는 60여 명 전부, 자신을 믿고 따르는 '백성'들이었다.

불편하다고 해서, 지도자가 되어 이들을 버릴 수는 없었다. 누군가는 위선이라고 손가락질을 할지도 몰랐지만, 그녀는 아무래도 상관없었다.

그렇다면 이들을 모두 살려서 30층까지 돌파할 수 있는 방법은 하나밖엔 없었다.

'독식자의 도움을 빌려야 해. 하지만 어떻게?'

여태껏 하이디가 봤던 연우는 절대 먼저 나서서 선의를 베푸는 사람이 아니었다.

맺고 끊는 것이 확실했고, 자신에게 방해가 된다 싶으면 가차 없이 내치는 냉정한 성격이었다.

하지만. 요정안을 갖고 있는 그녀는 연우가 절대 심성이 나쁜 사람이 아니란 것을 알고 있었다. 냉정하게 일을 처리해서 그렇게 보일 뿐이지, 속은 절대 비뚤어진 사람이 아니었다.

이런 사람일수록 오히려 설득은 간단했다. 서로에게 도움이 된다는 것만 확실하게 보여 주면 된다.

결국 중요한 건 하나였다.

대가.

'거래를 해야 해. 우리가 절대 방해가 되지 않는다는 것을 증명해 보이고, 독식자가 만족스러워할 만한 것을 건네야만 해. 우리도 합당한 선까지만 나서야 하고. 하지만 뭐가 있지? 우리가 내세울 수 있는 게?'

연우는 모든 것을 다 가지고 있었다. 힘, 카리스마, 히든 피스. 반면에 그들은 하나밖에 없었다.

비루한 몸뚱이.

하지만 이것마저도 연우가 부리는 권속에 비하면 너무 턱없이 부족했다.

'잠깐, 몸이라고?'

하이디는 계속된 고민 끝에 뭔가를 떠올리고 눈을 떴다. 그리고 다른 사람들을 돌아봤다.

연우와 접선을 하기 전에. 먼저 이들부터 나중에 딴소리 하지 않도록 설득을 시켜 놔야 했다.

그리고 이런 거래라면. 연우도 절대 거절하지 않을 거란 믿음이 있었다.

"승차를 하고 싶다고?"

연우는 자신을 찾아온 하이디를 보면서 눈을 가늘게 좁혔다. 그 때문일까. 하이디는 연우가 별다른 짓을 하지 않았는데도 불구하고, 심리적인 압박을 받아 잔뜩 움츠러들었다.

하지만 어깨만 살짝 흔들렸을 뿐. 그녀는 연우를 보면서 고개를 끄덕였다.

연우는 하이디의 그런 모습을 높게 평가했다. 대화를 하거나, 어떤 요구를 할 때. 상대의 눈을 마주칠 수 있냐 없냐의 차이는 아주 크다.

반면에.

'저것들은 글렀군.'

하이디에게 모든 것을 일임하고, 저 멀리 떨어져 애타는 시선으로 이쪽을 보고 있는 놈들은 한심하기 짝이 없었다.

그래도 명색이 27층까지 온 플레이어들인데, 그것치고는 너무 약했다. 저래서야 망자의 강을 건너기도 전에 강 아래에 있을 마물들에게 잡아먹힐 것 같았다. 아니면 해적들의 먹잇감으로 전락하거나.

'아니면 저렇게 위축될 정도로 내가 그만큼 저들에게 달라 보이는 건가?'

연우는 그런 생각을 하면서 다시 가만히 하이디를 응시했다.

식인괴인들을 시켜서 건조 중인 배는 빠른 속도로 모양을 갖춰 나가는 중이었다. 식인괴인은 닷새라고 이야기했지만, 이 속도라면 사흘이면 충분했다. 역시, 쥐어짜면 무엇이든 할 수 있는 법이었다.

그러던 중에 하이디가 찾아왔다. 섬에 남아 있던 플레이어들을 데리고. 자신들을 도와줬으면 한다는 말을 하면서.

"예. 물론 선의로 도와달라는 헛소리는 하지 않을게요. 저희가 가진 공적치의 절반을 드리겠습니다. 그리고 배에 올라타 있는 동안 시키시는 일은 무엇이든지 따르겠습니다. 잡일이든, 무엇이든."

"무엇이든?"

"예. 무엇이……!"

"그 말, 책임질 수 있나?"

하이디는 연우의 반문에 뭐라고 답변을 하려다 말고 잠시 말문이 턱 하고 막히고 말았다.

여태껏 무덤덤하던 눈빛이 간교하게 빛났다. 그리고 위아래로 훑는 동공. 하이디는 자신도 모르게 몸을 부르르 떨었다. 뱀 앞에 놓인 쥐가 된 느낌이었다. 몸이 낱낱이 해체되어 통째로 보이는 느낌. 숨이 막혀 왔다.

갖가지 감정이 그녀를 사로잡았다. 공포감이나, 수치심도 들었다. '무엇이든'이라는 말이 그녀의 마음을 강하게 옥죄었다. 네 몸에 함부로 손을 대면 어찌할 거냐. 그렇게도 들렸다.

하지만 하이디는 두려움에 떨면서도 아랫입술을 질끈 깨물었다. 여기서 물러날 수는 없었다. 자신을 믿고 따르는 사람들의 기대를 저버릴 수가 없었다.

"책…… 읽으셨습니까."

그렇게 억지로 내뱉은 말에.

프스스—

마치 거짓말처럼 하이디를 압박하던 모든 것들이 확 하고 흩어져 사라졌다. 하이디는 자기도 모르게 한숨을 내쉬었다.

"16층에 있을 때와는 많이 달라졌군."

연우가 툭 하고 내뱉은 말.

하이디는 깜짝 놀랐다. 그가 설마 자신을 기억하고 있을 줄은 생각도 못 했기 때문이었다. 청화도와의 전쟁은 그녀에게 아주 큰 사건이었지만, 독식자에겐 그를 장식하는 여러 커리어 중 하나에 지나지 않을 테니까. 자신을 알기에도 너무 짧은 시간이었다.

하지만 연우는 하이디가 무슨 생각을 하든 간에 상관없다는 듯. 가볍게 코웃음을 치면서 말했다.

"타인의 기대 때문에 그런 것 같은데. 앞으로는 지금처럼 너무 그렇게 휘둘리지 않는 게 좋을 거야. 일방적인 신뢰와 기대는 어떻게 해서든 실망으로 돌아오기 마련이니까."

"그게 무슨 말씀……."

하이디는 연우의 말투에서 어쩐지 쓸쓸하다는 느낌을 받았다. 어떤 과거를 되짚는 듯한 느낌. 그래서 정확하게 물어보려 했지만, 연우는 단호하게 말허리를 잘랐다.

"나중에 천천히 알게 될 테니 됐고. 배에 올라타겠다면, 좋아. 받아 주지."

하이디의 안색이 밝아졌다. 이렇게 쉽게 승낙할 줄은 생각도 못 했던 것이다.

"단. 조건이 있다."

하이디는 다시 긴장 어린 얼굴로 마른침을 삼켰다.

"첫째. 승선료는 공적치의 9할. 에누리는 없다. 카론 앞에서 증명할 테니 숨기는 것도 안 돼."

너무 강한 조건이었지만, 하이디는 무겁게 고개를 끄덕였다. 사실 지금은 그들이 가진 전 재산을 모두 내놓으라고 해도 전부 들어줘야 할 판이었다.

"다른 건요?"

"둘째는 내 말에 절대적으로 따를 것. 듣지 않을 시에는 바로 강물에다 던져 버릴 테니 알아서 하고."

"알겠어요."

"그리고 마지막. 내가 뭘 하더라도 절대 관심 두지 말 것. 내가 정해 둔 곳에는 얼씬도 하지 마라. 역시 지키지 않으면 강물로 던져 주지."

하이디의 안색이 그제야 다시 밝아졌다. 혹시 말도 안 되는 요구를 하면 어쩌나 싶었는데. 다행히 전부 승낙해 두서나, 상식선에서 이해할 수 있는 조건이었다.

그녀는 무엇이든 따르겠노라면서 크게 고개를 끄덕였다. 그리고 고맙다는 인사도 빠뜨리지 않았다.

「노예 2호기들이군.」

그때. 갑자기 샤논이 이상한 말을 툭 던졌다.

'2호기?'

「1호기들은 저기 있잖아?」

샤논은 식인괴인들을 가리켰다. 아무래도 연우에게 복속된 사람들을 순서대로 가리키는 모양이었다.

연우는 피식 웃음을 흘렸다.

'그렇다면 순서가 하나씩 더 밀려야지. 2호기, 3호기로.'

「응? 왜?」

'1호기는 거기 있잖아.'

「야이……!」

샤논은 1호기가 자신과 괴이들을 가리킨다는 것을 깨닫고 방방 날뛰었지만, 연우는 귓등으로 흘리면서 동료들에게로 돌아가는 하이디의 뒷모습을 바라봤다.

사실 그냥 거절해도 될 부탁이었지만 받아들인 이유는

두 가지였다.

하나는 어차피 건조될 배가 아주 커서, 잡일꾼이 많으면 많을수록 그만큼 편한 탓이었고.

둘은.

'아직 모자란 부분이 많지만. 조금만 더 굴리면 쓸 만할 것 같은데.'

층계에 오르고 난 뒤로 처음으로 괜찮은 인재다 싶은 사람을 봐서였다. 책임감 있고, 리더십이 있다. 부족한 실력이야 키워 주면 그만.

다만, 조금 흠이 있다면. 타인들의 기대에 꼭 보답해야 한다는 강박 관념이 있다는 점인데. 이건 뜯어고칠 필요가 있었다. 어차피 머지않아 생각을 바꿀 수밖에 없겠지만.

'조금만 더 지켜봐야겠어.'

연우는 환희에 젖은 하이디와 생존자들을 보다가, 몸을 반대로 홱 돌렸다.

그곳에. 식인괴인들이 바쁘게 뛰어다니고 있었다.

* * *

그 시각.

환상연대가 위치한 클랜 하우스, 서방환상향.

플레이어 카딘은 아래에서 올라온 보고서를 들고서 헐레벌떡 뛰고 있었다. 신견처럼 생긴 응징한 괴물로 들이신 순간, 대리석 벽을 따라 쇳소리가 쩌렁쩌렁하게 울려왔다.

채채챙!

그곳에는 은색으로 빛나는 갑주를 입은 한 사람이 여러 검사들과 함께 검을 주고받고 있었다.

마치 신화 속의 영웅을 연상케 하는 웅장한 분위기와 고풍스러운 태도는 검을 매섭게 휘두를 때에도 '신비롭다'는 느낌이 저절로 들 정도였다.

그리고. 그런 분위기만큼이나 그는 정말 아름다운 검 솜씨를 뽐냈다.

그를 상대하는 검사들 모두가 손꼽히는 실력을 가진 달인이나 명인 급의 인사들인데도 불구하고.

사내는 그들을 아주 여유롭게 상대하면서 약점을 찔러 나갔다.

검을 휘두를 때마다 대련을 지켜보고 있던 이들의 입에서는 탄성이 저절로 터져 나왔다. 그리고 그건 카딘도 마찬가지였다. 한시가 급한 일인데도 불구하고. 그는 자기도 모르게 넋을 잃고 대련을 지켜봐야만 했다.

챙!

그러다 마지막 검이 허공으로 튀어 올랐을 때. 모두 참았던 숨을 동시에 내뱉었다. 팽팽했던 긴장감 때문에 여태 숨조차 제대로 못 쉬었던 것이다.

"아. 역시 단장님은 이기지 못하겠습니다. 이번에는 거의 다 따라잡았다고 생각했는데."

"검을 내리칠 때마다 왼쪽 어깨가 많이 비던데. 거기만 보완하면 될 거다. 실력이 꽤 많이 늘었어. 다음번에는 내가 질지도 모르겠군."

"그거 기만이란 거 아십니까? 질 생각은 눈곱만큼도 없으면서."

"그런가? 하하."

사내는 가볍게 웃으면서 바닥에 널브러진 남자의 손을 잡아 일으켰다. 그리고 머리에 쓰고 있던 투구를 벗었다. 땀에 흠뻑 젖은 금발이 한껏 드러났다. 마치 조각을 한 것처럼 아름다운 얼굴. 농염함마저 느껴질 정도로 뛰어난 외모였다.

하지만 굵은 목소리와 좌중을 휘어잡는 카리스마는 그가 단지 외모만 아름다운 자가 아니라는 것을 말해 줬다.

주변에 대기하고 있던 시종들이 다급하게 다가와 수건으로 그의 머리를 털어 주는 사이, 사내는 손을 뻗어 물통을 잡았다. 땀을 너무 많이 흘렸더니 목이 말랐다.

그를 둘러싼 모두가 정갈한 태도와 엄숙한 분위기를 자

랑했다. 그들이 갖춰 입은 새하얀 갑주 중앙에는 십(十)자 마크가 새겨져 있어 고귀한 신성을 자아냈다.

환상연대의 2단, 환영기사단.

1단이 사실상 연대장의 개인 추종 집단이라는 것을 감안한다면, 그들이야말로 사실상 환상연대를 이끄는 주축이었다.

특히 단장 크로이츠는 '환영기사'라는 별칭을 자랑할 정도로 뛰어난 검술 실력을 자랑했으며, 중요 업무나 외부 행사에 얼굴을 자주 내비쳐 환상연대의 얼굴이라 할 수도 있었다.

아름다운 얼굴만큼이나 고귀한 성품, 그리고 수하들을 각별히 아끼는 태도는 기사도에서 말하는 기사의 모습 그대로여서, 많은 이들이 그를 추종하는 편이었다.

"단장님."

"오, 이게 누군가. 카딘이 아닌가. 여긴 무슨 일로 오셨는가? 대장이 밖으로 나왔단 말은 아직 듣지 못했는데."

"급히 알려 드릴 것이 있어서 찾아왔습니다."

"알려 줄 것?"

크로이츠는 폐관 수련에 들어간 연대장의 심복이 자신에게 대신 알려 줄 게 뭔가 싶어, 손을 뻗어서 그가 내미는 보고서를 받았다.

그리고 내용을 읽는 순간. 크로이츠의 고운 얼굴이 잔뜩 굳어졌다.

그를 시중들던 시종들은 뭔가 심상치 않은 분위기가 흐른다는 것을 깨닫고 조용히 뒤로 물러섰다. 다른 기사들도 일정 간격 이상으로 물러나면서 주변을 경계했다.

"독식자가 2,311번 섬에 등장했다? 그리고 그 대가로 92단이 전멸하고 말았고."

"예."

크로이츠는 마력을 일으켜 보고서를 태워 버린 다음, 가볍게 한숨을 내쉬었다.

"92단이면 트리 이미지였던가? 헥토르가 있던?"

"예."

"그 친구, 부족한 실력에 어울리지 않게 오만한 성정이 걸리긴 했었는데. 결국 사달을 내고 말았군. 그래도 투 페이스가 옆을 지키고 있어서 괜찮을 줄 알았더니."

"독식자는 자신에게 조금이라도 이빨을 드러내면 절대 봐주지 않으니까요."

크로이츠는 골치가 아프다는 듯 검지와 엄지로 콧잔등을 강하게 주물렀다.

"연대장께서 아신다면 단단히 역정을 내시겠군."

"예."

"하아. 이대로는 접촉을 시도해도 독식자가 거부를 할 텐데."

"의심이 아주 많은 자이니까요."

"이래서 절대 그와 충돌하지 말라고 누누이 말했던 것인데."

크로이츠는 땅이 꺼져라 한숨을 내쉬었다. 이렇게 될 줄 알았으면 진즉에 기사단을 26층이나 27층으로 보낼 것을.

하지만 그렇게 하기엔 연우가 언제 26층에 등장할지 아무도 몰랐고, 27층은 섬이 너무 많아서 한곳을 특정하기가 어려웠다.

그래서 그쪽 지역에 머물고 있을 다른 연대들에게 부탁했던 것인데. 결국 어느 생각 없는 자가 사고를 치고 만 것이다.

크로이츠는 정말이지 답답한 속을 풀고 싶은 마음이 굴뚝같았다. 하지만 어쩌겠나. 이미 물은 엎질러졌고, 사달을 일으킨 작자들은 몰살을 당해 버렸다는데.

'이제 슬슬 조직을 정비할 때가 되었나? 아직은 시기가 이르다고 생각했는데. 하지만 지금 상태로는 한계가 있어.'

사실 크로이츠는 지금 환상연대의 구조를 모두 바꿔야 한다고 생각하는 입장이었다.

연대는 처음 '대장'과 의형제의 연을 맺은 12인이 모여서 만들어진 사조직이었다. 그러다 청화도가 몰락하고, 레드 드래곤이 해체되면서. 조직을 수면 위로 내세우고, 덩치를 키울 필요가 있다는 생각에서 연대의 형식을 띠게 되었다.

덕분에 1년이 조금 넘는 시간 동안 빠른 속도로 세를 확장하면서 저층 구간의 대부분을 손에 넣는 기염을 토해 내기도 했다.

하지만 무리한 확장은 그만큼 곳곳에 잡음도 낳기 마련이었다.

느슨한 결속력 때문인지 연대 내의 몇몇 단들이 말썽을 일으켰던 것이다.

더구나 쉬운 가입 조건을 이용해 어중이떠중이들도 들어와 '동일한 관계'라는 명목하에 말도 안 되는 권리를 요구하기도 했다.

이러한 것들은 충성과 신뢰를 가장 큰 동기로 삼는 크로이츠의 입장에서, 복장이 터질 노릇이었다.

어떻게 제어를 하려 해도 쉽게 말을 듣지 않는 데다가, 무력이라도 동원하려 하면 반발이 따라왔다.

게다가 8대 클랜과의 관계도 문제였다.

뭣도 모르는 대중들은 비대하게 커진 환상연대의 크기만 보고, 그들을 8대 클랜과 비교하곤 했다.

하지만 크로이츠의 생각은 달랐다.

규모 면에서는 그들과 비슷할지 몰라도, 내적인 면에서는 여전히 많은 점이 달렸다. 부족해도 너무 부족했다.

느슨한 결속력, 방만한 운영 체계, 불충분한 랭커의 숫자.

모든 것이 부족했다.

그런데도 8대 클랜은 자신들의 아성을 위협할 것 같은 환상연대를 고깝게 보고 있는 중이었다. 그들끼리의 알력다툼 때문에 아래에 손을 쓰지 못하는 것일 뿐, 언제라도 기회가 주어진다면 그들을 물어뜯으려 할지 몰랐다.

게다가 혼란한 시기는 환상연대만 키운 게 아니었다. 그들과 비슷한 크기나 실력을 지닌 신생 거대 클랜은 몇 곳이 더 있었다. 그들과의 경쟁에서도 어떻게든 이겨야만 했다.

결국.

환상연대가 지금보다 더 높이 성장하려면. 안팎으로 일어나는 여러 문제들을 해결하고, 조직 체계를 재정비할 필요가 있었다.

'그러기 위해서는 대장이 필요할 테지만. 도무지 밖으로 나올 생각을 않고 계시니.'

크로이츠는 폐관 수련에서 도저히 나올 생각을 않는 연대장을 떠올리니 다시 한숨이 저절로 나왔다.

연대장이 얼마나 연우를 각별히 생각하고 있는지 잘 알기에. 그와 어떤 인연을 맺고 있는지 익히 들어 알고 있기에.

여기서 어떻게 해야 할지 감이 잡히질 않았다.

연우는 반드시 아군으로 포섭해야 할 사람이었지, 절대적으로 마주쳐서는 안 되었다.

"그럼 지금 독식자는? 어디에 있나?"

"이미 망자의 강으로 배를 띄웠다고 합니다."

"그렇다면 그 뒤부터는 찾기 수월해지겠군. 일단 그럼 망자의 강에 있을 연단에게 소식을 내려라. 어떻게든 오해를 풀…… 아니다. 이번에는 내가 나서야겠어."

"2단장님께서 직접이요?"

카딘이 놀란 얼굴이 되었지만, 크로이츠는 무겁게 고개를 끄덕였다.

"당연하지 않은가. 오해를 풀려면 직접 마주 보고 이야기를 나누는 수밖엔 없는데."

크로이츠의 말에 카딘의 안색이 딱딱하게 굳었다. 크로이츠는 그가 뭔가 하지 않은 말이 많다는 것을 눈치챘다.

"무슨 일이라도 있는가?"

"저, 그것이……. 직접 가는 방법은 추천드릴 수가 없습니다."

"왜?"

"트리톤이 현재 28층에 도착했다는 소식이 있습니다."

"뭣이?"

트리톤은 환상연대와 더불어 신흥 4대 클랜으로 손꼽히는 곳. 바다의 신, 포세이돈이 배후를 맡고 있기로도 유명한 곳이었다.

하나같이 성정이 난폭하고, 야만적인 자들. 그래서 크로이츠도 가장 경멸하는 곳이었다.

그런데 그들이 난데없이 나타났다고? 크로이츠의 얼굴이 딱딱하게 굳었다.

문제는 그뿐만이 아니었다.

"그리고."

카딘은 잠시 주저하다가 이내 눈을 질끈 감으면서 말을 이었다.

"독식자의 등장 소식에 혈국과 화이트 드래곤도 사람을 보냈다는 첩자들의 보고가 있습니다."

"……!"

* * *

촤아아—

물살을 세차게 가르는 배가 있었다. 물살은 배에 부딪치면서 새하얀 포말로 부서져 흩어지고, 잔잔한 수면은 이리저리 흔들렸다.

하지만 그렇다고 해서 아름답다거나 하지는 않았다.

온통 잿빛으로 빛나는 망자의 강. 부서지는 포말은 끈적끈적한 점성과 지독한 산성을 품고 있었고, 수면이 흔들릴 때마다 아래에 있는 유령들이 내뱉는 귀곡성은 듣는 사람의 공포심을 자극했다.

하지만 그런 것 따위엔 전혀 관심 없다는 듯.

수백 명을 태우고도 남을 거대 선상 위에는 한창 난교 파티가 벌어지고 있는 중이었다.

남자와 여자, 어느 누구 할 것 없이 선원들은 모두 술과 약에 취해 있었다.

나신이 되어 짝짓기를 하는 뱀처럼 서로 이리저리 뒤엉키고, 한 여자에 여러 남자가 달라붙는 등 기괴한 장면도 벌어졌다.

곳곳에 설치된 바나 테이블에는 노예들이 수시로 돌아다니면서 계속 술과 고기, 안주, 마약 따위를 채워 주고 있었다. 울리는 음악은 시끄러웠고, 사람들은 그때마다 소리를 질러댔다.

그러다 너무 흥에 취할 때면 방금 전까지 같이 교접하던 사람의 목을 졸라 살해하기도 했다. 그리고 그 뒤엔 바다에다 아무렇게나 던지고, 다음 먹잇감을 찾아 어슬렁거렸다.

광란이라는 단어가 이보다 잘 어울릴 수 없으리라.

문제는 그런 배가 하나가 아니란 점이었다.

거선(巨船)이 움직이는 방향을 따라, 마치 어미 오리를 따라 헤엄치는 새끼 오리들처럼 수십 척에 달하는 배들이 따라붙고 있었다.

척 보기에도 입이 떡 벌어질 만큼 엄청난 규모를 자랑하는 대선단이었다.

〈바다 신의 방파〉

대선단에 내려진 거대 가호는 그들의 위엄을 더 한껏 드러냈다. 갑판에서 난교 파티를 벌여도 방향을 잃지 않고 목적지로 향할 수 있는 것은 권능이 작용한 덕분이었다.

그리고 그 중심에.

한 사내가 있었다.

거선에서도 가장 높은 층. 금과 옥, 갖가지 보석으로 휘황찬란하게 꾸민 옥좌에 한 남자가 앉아서 저 멀리까지 이어지는 수평선을 지켜보고 있었다.

사자 갈기처럼 머리를 잔뜩 헝클어 놓은 채. 그는 나신을 여러 미녀들로 덮으면서, 그녀들이 가져온 술과 고기로 한껏 배를 채우고 있었다.

"크할할할! 얼마 남지 않았군."

사내는 털이 숭숭 나 있는 팔을 우악스럽게 뻗어 남은 고기를 한껏 움켜쥐며 입 안에 털어 넣고, 자리에서 벌떡 일어났다. 그러자 그의 품에 안겨 조용히 자고 있던 여인들은 줄줄이 떨어져 황급히 자리를 벗어나야만 했다.

뒤에서 대기하고 있던 여인들이 재빨리 망토를 가져와 그의 나신을 덮었다.

사내의 시선은 여전히 저 머나먼 수평선에 향해 있었다. 하지만 그의 눈이 고정된 곳은 그보다도 훨씬 먼 곳이었다.

"선원들에게 알려라! 곧 도착할 것이라고."

그의 우렁찬 외침에 따라.

뿌우우—

곳곳에서 뿔나팔 소리가 요란하게 울렸다. 그러자 다른 배들도 일제히 호응하듯이 뿔나팔 소리를 냈고, 선원들은 하나둘씩 일어나기 시작했다.

그들은 언제 술과 약에 취했냐는 듯, 눈에 맺혀 있던 탁기를 모두 몰아내고 바닥에 아무렇게나 던져뒀던 옷으로 무장하기 시작했다.

모든 복장을 갖췄을 때. 그들은 잘 정련된 병사로 되돌아가 있었다.

트리톤.

포세이돈의 가호를 받아 신흥 세력으로 급부상한 해상 위의 패자였다.

"라나의 영역이라."

그리고 그들을 지휘하면서. 포세이돈의 사도, 벤티케는 잔인하게 웃었다.

"수정궁을 찾는 이유는 모르겠지만. 그건 그것대로 재미있겠는데. 크할할할!"

그의 웃음소리가 쩌렁쩌렁하게 울려 퍼졌다.

* * *

[포식어가 등장했습니다. 강한 분노를 드러냅니다.]
[모두 주의하십시오.]

"꽉 잡아!"

하이디의 다급한 외침에 따라 플레이어들이며 식인괴인, 어느 누구 하나 가릴 것 없이 선상에 있던 사람들은 저마다 난간이나 기둥 등, 고정된 곳을 단단히 붙잡기 시작했다.

그리고.

콰앙!

엄청난 폭발 소리와 함께 배가 위아래로 크게 출렁였다.

미처 고정 기구를 확보하는 데 실패한 플레이어들은 비명 소리와 함께 배 밖으로 튕겨 나가고 말았고, 겨우겨우 버티고 있는 사람들도 계속 출렁이는 선체 때문에 도저히 정신을 차릴 수가 없었다.

거기다 하늘에서 쏟아지는 물살은 지독한 산성을 품고 있어서 닿는 것만으로도 살이 지글지글 녹을 정도였으니.

비명과 절규가 난무하는 가운데.

하이디는 왜 연우가 자신의 말에 절대적으로 따르라고 조건을 달았는지 이해할 수 있었다. 그 말은 다른 게 아니었다. 불만이나 후회조차 하지 말란 뜻이었다.

외딴섬에서 배를 완성하고 망자의 강 위에 띄운 지 벌써 5일째. 28층에 들어선 지 그만큼 시간이 흘렀다는 뜻이었다.

이제는 익숙해질 법도 하건만. 이 광경은 여전히 그들에게 두렵기만 했다. 불만을 가지지 말라고? 그럴 엄두도 내지 못했다. 누구나 저런 광경을 본다면 똑같을 거라고 생각했다.

덩치만 본다면 여름여왕의 본체보다도 훨씬 더 클 것 같은, 수십 미터에 달하는 어마어마한 크기의 고래.

꽤 큰 크기를 자랑하는 연우의 배마저도 고래 앞에서는 작게 느껴질 정도였다.

그뿐만 아니라 고래는 엄청난 포악성을 자랑했다. 상어처럼 쩍 벌린 입가를 따라 드러나는 수십 개의 송곳니가 유달리 크게 반짝였다. 더 큰 문제는, 그런 고래들이 수십 마리나 한데 뒤엉켜 있다는 점이었다.

이대로는 정말 배가 그대로 박살이 나는 게 아닐까 싶을 정도로 끔찍했지만.

조타수를 잡고 있는 늙은 식인괴인은 신들린 듯한 솜씨를 선보이면서 아슬아슬하게 고래 싸움에서 벗어나고 있었다.

망자의 강에는 수많은 몬스터들이 살아간다. 통칭 해수류(海獸類)라고 불리는 것들. 짙은 산성과 독기를 품은 강물에서 살기 때문에 포악성은 이루 말할 수가 없고, 이따금 별미로 강 위에 떠다니는 산 사람을 잡아먹는 것을 즐긴다.

때문에 28층에 들어선 후부터는 방향을 잡는 것도 문제였지만, 해수류로부터 살아남는 것도 최대 관건이었다.

하지만 웬만한 해수류는 선박에 있는 플레이어들이 힘을 합치면 퇴치를 하거나, 때에 따라서는 사살도 가능한 반면.

지금 눈앞에 등장한 저 거대 고래, 포식어는 조금 경우가 달랐다.

망자의 강에서도 가장 심층부에서 산다는 해왕류(海王類)는 끔찍한 크기와 악랄한 성정을 자랑한다.

특히 어마어마한 식성을 가지고 있는 탓에, 녀석들이 한 번 등장했다 하면 강에는 아무것도 남아나질 않으니. 해수류도 해왕류가 출몰할 때면 절대 모습을 드러내지 않을 정도였다.

포식어는 그런 해왕류에서도 높은 급수에 위치한 녀석이었다.

당연히 플레이어들이 가장 꺼려 하는 상대일 수밖에 없었고, 때때로 브레스처럼 내뱉는 물줄기는 선박마저 녹여 버리기 때문에 나타날 징조가 있으면 플레이어들 역시도 어떻게든 권역에서 달아나고자 애썼다.

그런데. 그런 포식어가 수십 마리나 모습을 드러냈다.

녀석들은 서로가 서로를 잡아먹기 위해서 이빨을 쑤셔 넣고, 상처 속으로 대가리를 밀어 넣었다. 그때마다 피분수가 높게 치솟으면서 잿빛 강물이 붉은색으로 탁하게 물들었다.

피비린내가 진동을 하고, 망자의 강에서 퍼 올려진 유령들의 귀곡성이 잔뜩 울렸지만.

녀석들은 전혀 그런 것에 신경 쓰지 않고 사냥에만 집중했다.

'왜 독식자는 다른 해역으로 가지 않고, 이런 험한 곳으로 오는 걸까? 잔잔한 곳도 많을 텐데. 무슨 이유라도 있을까?'

하이디는 연우에게 묻고 싶은 것들이 너무 많았지만, 조건 중에는 자신이 하는 일에 전혀 관여하지 말라는 것도 있었기에 속으로 삭여야만 했다.

지금은 그런 것보다도 배 밖으로 튕겨 나지 않게 조심하는 게 더 중요했다.

그래도.

여전히 그녀의 시선은 이리저리 뒤엉키는 포식어들의 머리 위에 단단히 고정되어 있었다.

연우는 그곳에 앉아 아공간에서 검을 뽑고 있었다.

['말라흐'의 신, 아즈라엘이 당신을 보면서 웃습니다.]
[아즈라엘이 당신에게 축복을 내립니다.]
['올림포스'의 신, 타나토스가 기꺼워합니다.]
['절교'의 악마, 비마질다라가 고요한 눈빛으로 바라봅니다.]
[아누비스가 당신을 주시합니다.]

[글리튼이 만족스러워합니다.]
[안쿠가 박수를 칩니다.]

[죽음의 위(位)를 지닌 신과 악마들이 당신에게 경탄합니다.]
[강한 축복이 내려집니다.]

 연우는 쉴 새 없이 망막을 가득 메우는 메시지를 한쪽으로 치웠다.
 26층에 들어선 뒤부터 계속 이어지는 메시지들은 어느새 죽음과 관련된 모든 신과 악마들이 그에게 지대한 관심을 기울이게 되었음을 말해 주었다.
 그리고 그것은 새로운 여러 사도직 제안과 함께, 이제는 직접적인 축복으로 다가오고 있었다.

[아즈라엘이 크게 기뻐합니다!]
[아즈라엘이 자신의 권한으로 권능, '제3천의 영'을 강화시킵니다. 앞으로 더 많은 신비가 가능해집니다.]
[아즈라엘이 당신의 선택을 기다립니다.]

특히 아즈라엘은 이제 연우를 거의 반쯤 자신의 사도로 여기는 분위기였다.

죽음과 관련된 신 중에서 가장 먼저 적극적으로 접근을 하기도 했지만, 연우가 선택한 네 가지 권능 중에 한 가지가 자신이 내린 것이기 때문이었다.

당연한 말이지만, 네 권능 중에서 가장 숙련도가 높은 것도 제3천의 영이었다.

그러다 보니 연우에 대한 아즈라엘의 영향력도 자꾸 커져서, 다른 신과 악마들이 질투를 할 때마다 그는 크게 기뻐하는 중이었다.

'원래 뻐기는 것을 좋아하는 신이라더니. 정말이군.'

물론, 아즈라엘과 반대로 이를 바득바득 가는 녀석도 있었다.

['르 인페르날'의 악마, 아가레스가 죽음의 신과 악마들에게 자신의 것에 눈독 들이지 말라며 핏대를 세웁니다.]

[신과 악마들이 모두 무시합니다.]

물론, 대부분이 무시했지만.

원래대로라면 르 인페르날 내에서도 서열 2위를 차지할

만큼 대악마였던 녀석이었지만. 23층에서 크게 힘을 잃고 난 뒤부터는 동네북이나 다름없는 처지로 전락한 상태였다.

연우는 비그리드를 뽑았다. 네 개의 권능을 일제히 발현하자, 비그리드가 새하얀 광채를 드러내면서 힘차게 떨렸다. 그 위를 조금씩 검은 오러로 뒤덮으면서.

쾅!

연우는 비그리드를 세게 아래로 후려쳤다. 불의 파도가 벼락이 되어 녀석들의 머리 위를 고스란히 덮쳤다. 대기가 뜨겁게 달아오르고, 강물이 끓어올랐다.

* * *

탁!

연우는 겨우 잔잔해진 배의 난간에 가볍게 올라섰다.

지난 며칠 동안 너무 많이 이리저리 고생한 덕분에 배는 배라고 하기에 민망할 정도로 여기저기가 망가져 있었다. 식인괴인들이 바쁘게 돌아다니면서 이곳저곳을 보수하는 것이 보였다.

덕분에. 처음에는 휘황찬란한 크기와 위엄을 자랑하던 배는 이제 곳곳이 낡아, 정말 말 그대로 '유령선'이라 보일 정도였다.

플레이어들은 그런 그를 두려워하는 얼굴로 바라봤다. 같은 배에 식인괴인이 타 있다는 사실도 이제는 아무렇지 않을 정도였다. 여기서 가장 두려운 건 연우였지, 힘도 없는 이종족의 노인이나 아이들 따위가 아니었다.

물론, 그런 걸 전혀 신경 쓸 연우가 아니었지만.

연우는 손바닥을 활짝 펼쳤다. 그러자 그 위로 수십 개에 달하는 보석이 우수수 쏟아졌다.

푸른색으로 빛나는 에메랄드.

'해왕의 결정(結晶).'

28층에서 구할 수 있는 히든 피스로, 망자의 기운을 잔뜩 품고 있어서 가공하기에 따라서는 마력이나 신력의 유용한 공급원이 될 수도 있었다.

'라나가 좋아하는 물건이기도 하지.'

일기장 속에 비친 라나는 반짝이는 보석과 금붙이를 아주 사랑하는 사람이었다.

속물적인 면이 강하지만, 그래도 그만큼 직설적인 성격을 자랑하던 사람. 정확하게는 호방하다고 해야 할까. 그래도 한때 망자의 강을 주름잡던 대해적이었으니. 아니, 대수적이라는 표현이 옳을까?

라나를 처음 만난 건, 망자의 강 한가운데에서였다. 용

마안이 있기 때문에 방향을 잡는 건 어렵지 않았고, 이따금 배를 노리고 달려드는 해수류만 물리치면 되니 강을 건너는 건 그렇게 어렵지 않았다.

간혹 해적들도 나타나긴 했지만. 어차피 크게 신경 쓸 녀석들은 아니었다. 그러다 뭍에 다다를 때쯤에 만나게 되었다. 수하들의 복수를 하겠답시고 수십 척의 배를 이끌고 온 그녀와.

라나와의 충돌은 사소한 오해에서 빚어진 일이었다. 라나의 산하에 있는 해적들을 물리치던 중, 생존자가 그대로 달아나 라나에게 일러바치면서 부딪치게 된 것이다.

그리고 결과는.

'정우의 패배였지.'

당시 동생은 큰 충격을 받고 말았다. 3차 각성을 이루고, 하늘 날개까지 얻으며 층계에서는 자신을 당해 낼 자가 없다면서 한창 어깨에 힘이 들어갈 무렵이었기 때문이었다.

웬만한 랭커도 동생에게는 당해 내지 못할 정도였다.

그러다 동생은 뒤늦게 라나가 이미 랭커가 된 지 오래고, 그 뒤에는 망자의 강이 주는 독특한 환경이 그리워서 돌아온 플레이어란 사실을 알게 되었다.

이를테면, 28층의 지배자였던 셈이었다.

라나는 포로로 잡힌 동생과 이런저런 대화를 나누다가, 수하가 먼저 무례를 범했다는 사실을 깨닫고 동생과 아트티야를 직접 풀어 줬다.

그리고 자신을 기만한 수하의 목을 가차 없이 치는 대범함까지 보였다.

'정우 녀석은 그 모습에 완전 반했고.'

동생은 라나에 푹 빠지고 말았다. 그렇게 시원시원하고 멋진 여자는 처음 보는 것이었기 때문이었다. 비에라 듄이 질투를 하긴 했지만, 동생의 라나에 대한 감정은 연애라기보다는 동경에 가까웠다.

게다가 그녀의 검술 실력이나 마법 실력은 동생이 닮고 싶어 할 만큼 대단했다.

그리고 그 뒤로.

동생은 망자의 강에서 머물 수 있는 최대의 시간까지 머물면서 라나에게서 이런저런 기술을 배웠다.

라나도 처음에는 귀찮아했지만, 곧 강아지처럼 쫄래쫄래 따라다니는 동생에게 친동생 같은 느낌을 받아 많은 것을 가르쳐 줬다.

그 뒤로도 사제지간은 꾸준히 이어졌다.

동생과 8대 클랜 간의 전쟁이 발발했을 때에도. 라나만큼은 동생의 편을 들어 줬다. 그 때문에 여태 일궜던 세력

대부분이 몰락하고 말았지만. 그래도 라나는 후회하지 않았다.

그리고 그 뒤는 어떻게 되었는지 알 길이 없었다.

일기장에 남아 있는 마지막 단서는 그녀가 자신의 거처인 수정궁에 머무는 것 같다는 게 고작일 뿐. 그 뒤로는 행방이 묘연했다.

'그래도 금방 찾을 수 있겠지.'

라나의 성격상, 그런 일을 겪고도 가만히 있지는 않을 것이다. 아마 모르긴 몰라도, 28층 어딘가에 숨어서 몰래 세력을 기르고 있을 가능성이 컸다.

'어쩌면 벌써 밖으로 나왔을지도 모르는 일이고.'

그리고 만약 그렇다면 다시 해적이 됐을 가능성이 컸다. 워낙에 수완이 좋은 사람이니, 8대 클랜이 아무리 태클을 걸었어도 용케 빠져나갔을 것이다.

연우는 그런 라나를 클랜에 두고 싶은 마음이 굴뚝같았다. 그렇다면 그녀는 대체 어디에 있을까? 먼저 수정궁의 위치를 찾아야만 했다.

하지만 안타깝게도, 동생은 일기장에다 수정궁의 정확한 좌표를 기입하지 않았다. 당시에 라나가 좌표를 읽을 수 없도록 마법 방해를 걸었기 때문이었다.

'그렇다고 해서 찾을 방법이 전혀 없는 건 아니지.'

연우가 방법을 생각하면서 뭔가를 떠올리던 중.

"해, 해지아다!"

망원경으로 밖을 관찰하던 플레이어가 크게 소리를 쳤다.

연우가 그쪽으로 시선을 돌렸다. 눈에다 마력을 불어 넣자, 줌을 당긴 것처럼 수평선에 걸쳐 무언가가 이쪽으로 맹렬하게 달려오는 것이 보였다.

이리저리 상처가 가득한 거대 함선. 높게 선 돛에 그려진 해골 문양이 해적이란 사실을 말해 주고 있었다.

연우의 입가에 만족에 찬 미소가 걸렸다.

"마침 왔군. 길라잡이가."

「……3호기들이구만. 나도 이젠 모르겠다.」

샤논의 혼잣말이 들리는 것 같았지만. 연우는 의도적으로 무시했다.

* * *

해적단이자 클랜, '방랑하는 해골'은 불과 몇 분 전까지만 해도 희희낙락하고 있던 중이었다.

"그러니까 저곳에 포식어가 다량으로 나타났었다, 이 말이지? 지금은 전부 물러났고?"

"예. 레이더에도 포식어의 흔적을 찾을 수 없으니, 우린 가서 회수만 하면 됩니다."

"으흐흐. 포식어가 수십 마리나 등장했다고 했을 때는 뭔 일이라도 터지는 게 아닌가 싶었었는데. 이런 호재로 돌아올 줄이야."

해적들은 배를 몰면서 하나같이 크게 웃음을 터뜨렸다.

대개 포식어가 출몰하는 이유는 먹이가 다량으로 있을 때가 대부분이었다. 꽤 많은 인원을 수용한 배나, 대규모 선단이 나타나는 경우가 바로 그때였다.

그런데 수십 마리나 되는 포식어가 나타났다가 사라졌단다. 그만큼 어마어마한 규모를 자랑하는 선단이 지났다는 뜻.

아마 모르긴 몰라도 난리가 크게 났을 게 분명했다. 어떻게 내쫓는다고 해도, 선단이 받은 피해도 아주 컸을 터. 갖가지 보물들이 둥둥 떠다니거나 강 아래로 가라앉았을 게 분명했다.

방랑하는 해골은 주인 잃은 보물들을 수거하는 걸 주업으로 삼는 편이었다. 아니면 해왕류를 만나 빈사 상태에 빠진 선단의 뒤통수를 쳐서 약탈을 하거나.

지금도 마찬가지.

그들은 간만에 짭짤한 수입을 올릴 수 있을 거라고 기대했다. 포식어들을 내쫓느라 피해가 큰 선단을 지금 기습한다면 모르긴 몰라도 근 몇 년 중에서 가상 큰 수익을 올릴 수 있을 터였다.

그래서 한창 기쁨에 들떠 있었는데.

재앙은 한순간 날벼락처럼 찾아왔다.

쾅!

갑자기 갑판 중앙 위로 무언가가 떨어졌다. 큰 충격파와 함께 배가 위아래로 크게 들썩이면서 해적들은 저마다 균형을 잃고 바닥에 넘어지고 말았다.

"무, 뭐야 이거?"

해적들은 놀란 얼굴이 되어 난간을 붙잡으며 다시 일어서려고 했다. 하지만 전부 발을 헛디디고 말았다.

"어어어?"

"배, 배가 부서진다아아!"

어느새 배의 중앙 부분이 무너지면서 반으로 접혀 버린 것이다. 선두와 선미 부분이 위로 올라가면서 물이 갑판 위로 차오르기 시작했다.

해적들은 안색이 새하얗게 질린 채 어떻게든 살기 위해서 발버둥 쳤지만.

이번에는 불길이 가장자리 부분부터 일어나면서 삽시간에 돛과 갑판을 집어삼켰다.

몇몇은 불길에 휩싸여 휘적대거나, 아니면 갑판에서 그대로 미끄러져 강물에 풍덩풍덩 빠지고 말았다. 비명과 절규가 곳곳에서 터져 나왔다.

그나마 기둥이나 줄에 대롱대롱 매달린 사람들은 한숨을 돌릴 수 있었지만, 그래도 사신의 손길은 그들의 턱밑까지 차오르고 있었다.

위는 불길, 아래는 강물. 타 죽느냐, 아니면 산성액에 몸이 녹아 죽느냐의 차이일 뿐. 그들의 안색은 시시각각 잿빛으로 변해 갔다.

그때. 선두 부분에서 연우가 나타나 아래를 굽어다 봤다.

"살고 싶냐?"

해적들은 연우가 쓴 가면을 본 순간, 자신들이 스스로 무덤 속으로 발걸음을 옮겼단 사실을 깨달았다.

독식자의 가면은 모를 수가 없었으니까. 여름여왕의 마지막 명줄을 끊었다는 루키가 아닌가.

"사, 살고 싶습니다!"

"시키는 건 무엇이든지 다 하겠습니다! 마, 말씀만 하십시오!"

연우는 흡족하다는 듯이 고개를 끄덕였다.

「어휴. 인성 하고는. 주인이 무왕 욕할 처지가 아니란 건 알고 있지?」

샤논의 한 소리가 들렸지만, 이번에도 못 들은 척하면서 해적들에게 말했다.

"수정궁의 위치, 알고 있나?"

"수, 수정궁이라고 하시면…… '푸른 장미'를 말씀하시는……?"

푸른 장미. 라나가 이끌던 해적단의 이름이었다.

"맞아."

"푸, 푸른 장미가 모습을 감춘 지는 벌써 몇 년이 되어서 저희도 모를……!"

쾅!

연우는 왼발을 세게 굴렀다. 그러자 선체가 와르르 떨리면서 곳곳에 균열이 퍼졌다. 이대로 툭 치면 수수깡처럼 우수수 부서질 것 같은 모습. 물이 차오르는 속도가 훨씬 빨라졌다.

해적들의 얼굴에 다급함이 어렸다.

"하, 하, 하지만 위, 위, 위치를 알만한 노, 노, 놈들은 알고 있습니, 니…… 아아악!"

결국 배가 완전히 부서지면서 해적들도 고스란히 강물 속에 빠지려는 순간. 갑자기 수면에 드리운 그림자가 길게 쭉 늘어나더니 그들의 뒷덜미를 잡아 허공에다 매달았다.

열매처럼 대롱대롱 매달린 채. 해적들은 두려움에 찬 시선으로 발아래에 기포가 끓는 강물이 넘실대는 것을 봐야만 했다.

"방금 그 말, 사실이겠지?"

"그, 그렇습니다!"

방랑하는 해골의 수장은 빠릿빠릿한 자세로 우렁차게 소리쳤다. 사실은 전혀 모르고 있었지만. 그래도 이대로 혼자 죽을 수는 없다는 생각이 머릿속을 가득 채웠다.

'젠장! 다른 해적들도 계속 털다 보면 뭐 하나라도 나오겠지! 우리만 죽을 수는 없다고오!'

*   *   *

그때부터 해적 사냥(?)이 시작되었다.

연우는 방랑하는 해골의 수장이 말해 주는 대로 여러 해적단들의 본단을 급습, 선박들을 모조리 초토화시키고 물에 빠지기 일보 직전인 그들을 구해 주면서 수정궁의 행방을 찾아 나갔다.

해적들 사이에는 자신들만 이대로 당할 수는 없다는 연대 의식이 퍼져 나갔고, 그들은 여태껏 몰래 파악하고 있던 다른 해적들의 본거지를 줄줄이 토해 냈다.

덕분에 하룻밤 사이에 연우는 해적단 십여 곳을 터는 쾌

거를 선보였다.

사흘쯤 되었을 때에는 어느새 해적들 사이에 한 가지 소문이 퍼지기 시작했다.

'유령선이 나타나면 해적들이 잡아먹힌다'는 해괴한 소문이.

그리고 실제로 여러 해적단들이 줄줄이 자취를 감추자, 여태껏 기승을 부리던 해적들의 행동이 굼떠지기 시작했다.

물론, 그렇다고 해서 해적 사냥이 끝나는 건 아니었지만.

　　　　*　　　*　　　*

"노를 저어라아!"

"바람이 세다! 돛을 펼쳐라! 이번에는 '침묵하는 꽃'이 있는 곳이다!"

갑판 위. 수백 명도 넘는 선원들이 돛을 조절하고, 망원경으로 밖을 관찰하는 등 바쁘게 뛰어다니고 있었다.

단 사흘 만에 연우의 유령선은 많은 것이 달라져 있었다.

여기저기서 포로로 잡힌 해적들은 선원을 자처하면서 배를 모는 데 심혈을 기울였다.

망자의 강에서 터를 잡고 사는 녀석들이다 보니, 배를 다루는 솜씨는 트리니티나 식인괴인보다 훨씬 나았다.

덕분에 트리니티는 잡무에서 손을 떼고 비교적 편한 일을 하고 있는 중이었다. 이따금 이렇게 편하게 있어도 되나 싶을 정도였다.

"이거 정말 이대로 둬도 괜찮은 걸까, 하이디?"

델란이 어안이 벙벙한 얼굴로 하이디에게 조심스럽게 물었다.

연우에게 지독하게 당할 대로 당한 해적들은 트리니티가 그들보다 먼저 연우 밑에 있었다는 사실을 알게 되자마자, 선배(?)라고 부르면서 깍듯이 모시기 시작했다.

얼마나 고생이 많았겠냐면서. 눈시울을 붉히는 녀석들도 있을 정도였다. 그러면서 그들도 뒤에 잡혀 온 자들을 후배로 치부하면서 부려먹기 시작하니.

어느새 연우의 배 안에서는 그럴듯한 서열 관계가 정리되어 있었다. 트리니티는 정신을 차려보니 그중 정점에 있었고.

그러다 보니 어느새 유령선 내에서 하이디는 2인자가 되어 있었다. 트리니티며 식인괴인, 해적들까지. 전부 연우에게 직접 다가가기 어려우니 그녀의 말을 절대적으로 따르는 중이었다.

델란은 자꾸 눈덩이처럼 불어나는 인력을 보면서 이렇게 둬도 될까 싶은 마음이 들었다.

다행히 배가 워낙에 커서 그들을 수용하고도 아직 여유 공간은 많이 남아 있었지만, 스테이시에 산류 중인 해적들과 다르게 트리니티는 한창 공략을 하고 있던 중이었다. 해적들과 한 패거리가 되는 것도 문제지만, 이대로 발이 묶이는 게 아닐까 싶은 걱정도 들었던 것이다.

"어쩌겠어. 그래도 하라는 대로 해야지."

하지만 하이디는 쓰게 웃기만 할 뿐, 이렇다 할 해결책을 내놓지 못했다.

조건은 여전히 유효했다. 토를 달지 말 것. 반발한다면 금방 배 밖으로 내쫓길 게 분명했다.

"그래도 독식자도 우리와 똑같이 28층을 건너야 하는 입장이니까. 너무 걱정하지 마."

"후! 그건 그렇지만……."

하이디는 땅이 꺼져라 한숨을 내쉬는 델란의 어깨를 다독여 주고, 연우가 있는 쪽으로 시선을 돌렸다.

연우는 선두에 앉아 고요한 얼굴로 강물만 하염없이 바라보는 중이었다.

가면을 쓰고 있어 어떤 표정을 짓고 있는지는 알 수 없지만.

마치 그를 둘러싼 시간만 정지한 것처럼. 그는 일말의 미동도 없었다.

'저 사람은 대체 뭘 하는 사람일까?'

그녀의 눈에 연우는 여전히 이해하기가 어려운 사람이었다.

도저히 속내를 알 수 없는 사람.

이렇게 많은 해적들을 수집품처럼 모아 뒀다가 대체 어디에다가 쓸지 짐작 가는 게 없었다.

해적들에게 어떤 정보를 얻는 것처럼 보이기는 했다. 하지만 쓸모가 다하면 그냥 버려도 될 텐데. 그는 그들을 버리지 않고 굳이 배에다 태우고 있었다.

이대로 풀어 두면 녀석들이 죽을 게 뻔하니 구해 주는 것일까. 아니면 다른 뭔가 생각하는 게 있는 것일까.

자신이나 자신과 가까운 사람이 아닌 타인의 일에는 무감각해지려 하는 편이었지만. 하이디는 계속 연우에게 시선이 가는 것을 막을 수가 없었다.

그가 대체 뭘 하고 있는지 궁금했다.

'꼭 뭔가를 찾고 있는 것 같은…….'

그러던 그때.

갑자기 연우가 손을 높이 들었다. 정지하라는 신호. 해적들이 허겁지겁 다급하게 움직이면서 돛을 풀고, 바다에 닻을 내리기 시작했다.

『배, 잘 지키고 있도록.』

연우는 하이디에게 그런 어기전성을 던지고 자리에서 일어났다. 하이디는 그게 무슨 말이냐며 그를 부르려 했지만.

화아악!

연우는 등 뒤로 불의 날개를 한껏 펼치면서 배 위에서 훌쩍 뛰어내렸다.

"……!"

"저, 저……!"

"미친!"

선원들이 하나같이 경악하면서 소리를 질렀지만, 이미 연우는 불의 날개로 몸을 칭칭 감은 채 강물 속으로 가라앉는 중이었다.

갑작스러운 돌발 상황에 모두가 어안이 벙벙한 표정이 되었다. 당황하는 기색이 역력했다.

가장 먼저 정신을 차린 것은 하이디였다. 배를 잘 지키고 있어라. 그건 곧 돌아오겠다는 뜻. 여태 연우가 무슨 생각을 하는지는 전혀 알 수 없었지만, 그래도 그게 전부 어떤 노림수였다는 건 알고 있었다.

그렇다면 자신이 해야 할 일은 정해져 있었다.

짝!

하이디가 크게 박수를 쳤다. 웅성거리던 선원들의 시선이 그녀에게로 쏠렸다.

하이디가 깊게 가라앉은 눈으로 말했다.

"독식자는 곧 돌아올 겁니다. 그때까지 자리를 지키고 있으세요."

　　　　　＊　　　＊　　　＊

쿠르르!

연우는 망자의 강 아래로 계속 가라앉는 중이었다.

강물 속을 떠다니던 여러 유령들이며 해수류들이 연우를 발견하고 다가왔지만.

[제3천의 영]

권능을 발현하자, 녀석들은 기겁해하면서 연우를 비껴갔다.

죽음의 신, 아즈라엘이 내린 권능이니 그들에게는 훨씬 높은 상위 속성인 데다가, 28층에 오면서부터 계속 받은 축복 때문에 권능의 권한도 부쩍 강해진 상태였다.

연우는 컬렉션에 있던 망령들로 배리어를 형성해 가라앉으면서, 탁한 강물 아래로 언뜻 빛나는 성채를 바라봤다.

궁궐을 연상케 하는 엄청난 크기의 성.

신화 속에 나오는 용궁이 아닐까 싶을 정도로 화려했다.

저곳이 바로,

'수정궁.'

연우는 드디어 발견한 라나의 본거지를 보면서 옅게 웃었다.

짙은 산성과 유령, 그리고 해수류와 해왕류로 넘쳐나는 망자의 강 아래에 저런 궁궐이 숨겨져 있을 거라고 누가 생각이나 할까.

그래서 흔히 해적들은 수정궁이라고 하면, 라나의 권역이라고만 생각할 뿐. 정확한 정체는 전혀 모르고 있었다.

'수정궁의 정확한 위치는 8대 클랜에서도 찾아내지 못할 정도였지. 라나도 그 점을 적극적으로 활용하는 편이었고. 아마 새롭게 세력을 일구고 있다면, 여전히 수정궁을 본거지로 삼고 있겠지.'

연우는 여러 해적들을 털어 가면서 푸른 장미가 주로 출몰하는 지역을 더듬어 나갔고, 일기장에서 봤던 것과 얼핏 비슷한 광경을 찾자마자 망령들을 풀어 수색을 시작했다.

선두에 앉아 며칠 동안 계속 수면만 바라봤던 것도 그 때문이었다.

해저 어딘가에 있을 수정궁을 찾기 위해서. 다행히 망령들은 금세 위치를 포착해 냈다.

연우는 블링크를 잇달아 발동시키면서 수정궁에 가까워 졌다. 동생을 아끼던 스승을 만난다. 그 사실이 그를 잔뜩 기대케 했다.

'정우 녀석이 준 목걸이, 아직도 갖고 있을지 모르겠군.'

지구에는 스승의 날이란 게 있어서 기념으로 주는 선물이라고 줬더니, 얼마나 좋아하던지.

평소에는 그렇게 여왕님 같던 라나가 기뻐하던 모습은 아직도 잊을 수가 없다.

그런데.

'……뭐지?'

수정궁은 일기장에서 보던 것과 모습이 많이 달라져 있었다.

휘황찬란하게 빛나야 할 성채는 마치 큰 격전을 치른 듯 곳곳이 부서져 있었고, 내성(內城)에 있는 궁궐도 멀쩡한 곳을 찾기가 힘들었다.

그나마 남아 있는 부분도 강물에 의해 빠르게 부식되고 있는 중이었다.

수정궁을 보호하면서 한때 수천 명에 달하던 푸른 장미를 수용하던 배리어가 모두 사라지고 없었다.

연우는 자기도 모르게 불안한 마음이 들었다.

그래서 바람길을 건게, 물길을 서칠새 사모시드면서 수정궁의 중심, 수왕궐로 향했다.

수왕궐은 일기장에 나와 있는 구조 그대로였다. 곳곳이 망가지고, 강물이 가득 차 있다는 것만 다를 뿐. 사람의 기척은 전혀 찾아볼 수가 없었다.

그러다. 연우의 눈에 복도 곳곳에 널브러진 해골들이 보였다.

뭔가를 지키려고 했었던 듯. 갑옷과 창으로 무장한 해골들은 잔뜩 뭉쳐 있는 상태로, 한쪽 무릎만 꿇은 채 고개를 아래로 떨어뜨린 모습이었다. 그 앞에는 적으로 보이는 해골들이 아주 많았다.

'이 뒤에는 분명……'

연우는 주먹을 꽉 쥐면서 호위병사들의 해골을 지나 문을 벌컥 열었다.

널따란 홀이 드러나고, 빛을 잃은 보석이며 명화들이 나타났다.

그리고 그 중심에 놓인 옥좌에.

한 해골이 앉아 깊은 침묵에 잠겨 있었다. 라나가 즐겨 입던 옷을 입은 채로.

그리고 뼈만 휑하게 드러난 손에는. 동생이 줬다던 목걸이가 꽉 쥐어져 있었다.

연우의 안색이 딱딱하게 굳었다. 가면을 쓰고 있지만, 그렇다고 해서 표정이 사라지는 건 아니었다.

'정우의 목걸이가…… 맞아.'

연우는 라나라고 생각되는 해골 사체로 다가가 목걸이를 살폈다. 붉은색 루비를 꿰어 만든 목걸이. 부식이 심했지만, 모양을 완전히 잃지는 않았다.

동생이 야금술 실력도 기를 겸, 라나에게 줄 선물도 만들 겸 해서 만들었던 목걸이었다.

비록 성능이 다해 아티팩트로써의 가치는 잃었지만. 그래도 사체는 소중한 보물을 간수하려는 것처럼 죽고 나서도 손에서 놓지 않고 있었다.

'대체 무슨 일이 있었던 거지?'

라나는 동생이 스승으로 모시고 싶다고 말했을 정도로 뛰어난 강자였다. 게다가 이곳은 8대 클랜도 찾아내지 못했던 수정궁. 그런 장소에서 누군가에게 살해가 되었다는 사실이 도무지 믿기지 않았다.

문제는 사체가 방치된 지 너무 오래되었다는 점이었다.

과연 사념이 남아 있을까 싶었지만. 그래도 일단 어떻게든 사건의 진상을 알아야만 했다.

연우는 흑기를 뽑아 사체에다 불어 넣었다. 망자의 강에 너무 많이 부식되어서 그런지, 흑기는 좀처럼 스며들지 않았다.

어떻게 해야 하나 고민하는데, 문득 나쁜 생각이 들었다.

'강제로 덧씌운다면?'

연우는 제3천의 영을 극한대로 발동시켰다. 아즈라엘의 계속된 축복으로 권능의 권한과 성능이 대폭 늘어났다는 사실은 알고 있었다.

하지만 어느 정도인지는 아직 제대로 실험을 해 보지 않았기에, 혹시나 하는 생각이 들었다.

흑기는 죽음으로 이뤄지는 기운. 어쩌면 죽은 지 한참 시간이 지난 사체라고 해도 어느 정도 시간을 되돌릴 수 있지 않을까 하는 생각이었다.

그리고 다행히 그의 생각은 들어맞았다.

번번이 튕겨 나던 흑기가 조금씩 해골로 스며들었던 것이다. 그리고 사체의 모습 그대로 희뿌연 사람의 잔상 같은 것이 일어났다.

푸른 머리칼과 까맣게 그을린 피부. 수척한 모습이었지만, 분명 일기장 속에 있는 라나의 모습 그대로였다.

『라나, 정신이 듭니까?』

연우는 의념을 실어 그녀에게 말을 걸었다. 하지만 라나는 머리를 푹 숙인 채 일말의 미동도 하지 않았다. 눈동자는 생기 없이 까맣게 내려앉아 있었다.

'그냥 사념 덩어리만 일어난 거야. 역시 의식까지 되돌릴 수는 없나.'

지금 형체를 갖춘 사념체는 사체에 아주 조금 남은 사념 조각들을 모은 것일 뿐. 기억의 집합체이기 때문에 의식을 가질 정도는 아니었다.

이야기를 나눈다면 더 확실하게 사건을 파악할 수 있을 텐데. 연우는 어쩔 수 없다는 생각에 라나의 사념체에다 손을 갖다 댔다.

그러자 사념체가 확 하고 흩어지면서 그 속에 있던 기억들이 고스란히 머릿속으로 쏟아졌다.

라나가 마지막으로 품고 있던 절실한 감정까지, 전부.

화아악!

―벤티케! 네가 어떻게 이런 짓을……!

기억 속에서. 라나는 누군가를 보면서 크게 울부짖고 있었다. 한때 망자의 강을 다스리면서 28층의 지배자라고까지 거론되던 그녀였지만. 휘하 세력을 모두 합친다면 8대 클랜의 아래를 자처해도 될 것이라던 그녀였지만. 그때만큼은 아니었다.

8대 클랜의 계속된 추적으로 무너진 세력을 어떻게든 되살려 보고서 애썼다.

그동안 악착같이 끌어모았던 보물을 전부 팔아 세력들을 모으고, 8대 클랜과 척을 진 타 세력들과의 연대를 꾀했다.

처음에는 10년 정도 걸릴 것이라 생각하며 장기적으로 보고 계획했던 일이었지만. 생각보다 진척이 빨리 이뤄졌다.

이대로라면 단 몇 년 만에 옛 세력을 복구하는 것으로도 모자라, 더 크게 일굴 수도 있을 것 같았다.

그때는 다시 전쟁을 시작하리라.

소중한 제자를 망가뜨린 녀석들을 망자의 강에 처박아 영원토록 구천을 맴돌게 할 것이고, 8대 클랜도 부숴서 제자의 넋을 위로할 것이라고 다짐했었다.

하지만.

단 한 번의 사건이 지난날 동안 절치부심 준비했던 모든 것들을 망가뜨리고 말았다.

라나가 가장 각별하게 생각했던 수하가 반란을 일으킨 것이다. 워낙에 성정이 호탕하던 녀석이라 휘하에는 따르는 자들이 꽤 많았고, 치밀한 계획 아래 이뤄진 쿠데타는 라나의 친위대를 몰살시키고 궁내 경비병들의 창을 무참히 꺾어 놓았다.

박살 나기 시작한 배리어와 쏟아지는 강물, 그리고 갑작스러운 기습으로 속수무책 당하는 수하들의 모습이 보였다.

라나는 이런 참혹한 짓을 저지른 녀석을 보며 악다구니를 질렀다. 언제나 웃음이 많던 그녀는 제자가 비명횡사한 이후 처음으로 분노를 잔뜩 드러냈다.

그러나. 녀석은 무덤덤하게 사체로 잔뜩 엉망이 된 홀을 지나왔다.

얼마 전까지 같이 술을 마시고 즐기던 동료들의 목을 제 손으로 꺾었는데도 불구하고. 녀석은 눈 하나 깜빡하지 않고 있었다. 슬퍼하는 기색도, 즐거워하는 기색도 없었다. 그 호탕하던 녀석이 맞나 싶을 정도로 싸늘하고, 무덤덤한 눈빛이었다.

―나의 왕, 라나. 나의 소중한 피앙새. 당신은 모르겠지. 이 일이 전부 당신이 불러온 결과라는 것을.
―그게 무슨 개소리냐!

벤티케. 라나의 오른팔로서 푸른 장미를 상징하던 자. 또한, 그녀의 연인이기도 했던 사람이었다. 정우와도 친분이 깊어서 자주 술자리를 함께하기도 했다. 동료나 친구라고 할 수는 없지만, 지인이라고 할 정도는 되었다.

또한, 그는 해신 포세이돈의 사도이기도 했다.

신의 사회, 올림포스를 상징하는 12주신. 그중에서도 최상위를 차지하는 대신의 사도라는 것은 큰 의미를 가질 수밖에 없었다.

상위 층계에서는 오히려 라나보다 벤티케가 더 유명할 정도였으니.

푸른 장미가 28층을 석권하면서 대세력으로 군림할 수 있었던 것도 그의 도움이 컸다.

그랬던 그가 쿠데타를 일으킨 것이다. 최측근이 저지른 것이기에 라나는 별다른 수도 쓰지 못했다. 아니, 애당초 벤티케가 이런 짓을 저지를 거라고 생각도 하지 않고 있었다.

호색하다는 단점이 있어 버젓이 연인이 있는데도 불구하고 술과 여자를 끼고 살아서 이따금 말썽을 부리긴 했어도.

라나도 자유분방한 성격 탓에 성적으로 개방되어 있어 그런 것을 터치하지 않았기에 오히려 죽이 잘 맞곤 했었다.

그런데. 그랬던 그가. 왜 이런 짓을 저지른단 말인가.

―그것 보아라. 이 지경이 되었는데도 불구하고 너는 여전히 모르고 있지.

벤티케는 언제나 이부자리에서 연인에게 따스하게 지어

주던 표정이 아닌, 일말의 감정조차 느껴지지 않는 모습을 하면서. 사자처럼 끓는 목소리로 으르렁거렸다.

—매번 차정우, 차정우, 차정우! 그 이름만 불러 대다가 수하들이 지쳐 하는 것은, 내가 힘들어하는 것은, 전혀 보지도 않지. 너는 우리를 모두 지옥의 구렁텅이로 몰아넣고 있어.
—무슨……!
—모른다면 모르는 대로 지내라. 그게 편하다면 편한 대로 생각해.

벤티케는 눈살을 잔뜩 찌푸리면서 말을 이었다.

—아니. 생각하기조차 힘들다면. 이렇게 받아들여라. 네가 늘 입에 달고 살던 말이 있지. '강자가 모든 것을 차지한다'. 지금 난 강자고, 넌 약자다. 내가 약자인 네 것을 차지하겠다면. 어쩌겠나?
—벤티케에에!

결국 라나는 분노를 참지 못하고 벤티케에게 와락 달려들고 말았다.

세간에 알려지지 않았지만, 라나 역시 바다의 신인 케토의 사도. 벤티케에 무지않을 힘은 자랑하는 편이있다.
 쾅!
 거친 폭발과 함께 수왕궐의 태반이 날아갔다.
 그리고.
 사념이 일부 끊긴 듯, 장면은 다시 한번 더 반전되어 새로운 광경이 드러났다.
 싸움이 끝나 모든 것이 폐허가 되어 버린 곳에서.
 라나는 옥좌에 홀로 쓸쓸히 남아 앉아 있었다. 강물이 어느새 턱 밑까지 차오르면서 육체가 강한 산성에 녹았다. 이미 벤티케와의 싸움으로 모든 마력을 소진해 막아 낼 힘도 없었다. 끔찍한 고통이 따랐지만, 그녀는 전혀 아랑곳하지 않았다.
 그저 모든 것들이 망가진 뒤에도 홀로 남아 자신을 지켜 주는 목걸이를 조용히 꺼내 손에 쥐고 있을 뿐.

 ―……정우야. 미안하구나.

 라나는 그런 말을 계속 중얼거리다, 결국 천천히 눈을 감았다. 곧 힘을 잃은 육체가 차오르는 강물에 완전히 잠겼다.

　　　　　＊　　　＊　　　＊

 연우는 튕겨 나듯이 정신을 차렸다. 사념에 맺힌 감정까지 동화되어 버린 탓에 아주 잠깐 자신이 연우인지 아니면 라나인지 헷갈릴 정도였다.
 '벤티케의 배신…… 포세이돈이 날 고깝게 여겼던 게 이런 이유도 있었던 건가?'
 처음에는 신살을 이야기하고, 한낱 필멸자가 신의 명예에 먹칠을 하는 것 때문에 포세이돈이 자신을 증오하는 것으로만 생각했었다.
 하지만 단순히 그런 이유만은 아니었던 모양이었다.
 하계를 관조하며 전지(全知)에 가깝다는 신이 동생과 라나의 관계를 모를 리가 없고, 그로 인해 생길 자신과 벤티케 간의 원한 관계를 모를 리도 없었다.
 결국 그럴듯한 명분만 갖다 붙였을 뿐.
 포세이돈은 언젠가 자신과 적이 될 사이였던 것이다. 그도 연우가 원한을 불태우는 대상에 신과 악마도 예외는 없다는 것을 알고 있으니 귀찮아지기 전에 미리 치워 두려 했던 것이고.
 '어이가 없군.'
 연우는 라나가 겪은 일을 보고 나니 흥분되기는커녕 도

리어 가슴이 싸늘하게 식는 것을 느꼈다.

 어차피 잡아먹고 먹히는 것이 일상인 세상. 이런 일은 숱하게 벌어지는 사소한 사건 중에 하나였다.

 다만, 연우를 자극하는 것은 라나가 마지막까지 동생과의 정을 잊지 않아 주었다는 것. 그리고 이제 그 원한을 대신 갚아 줘야 할 사람은 자신이라는 점이었다.

 비록 사념 군데군데에 구멍이 많아서 자세한 내막은 알 수 없었지만. 벤티케의 말투로 보아서는 그도 어쩔 수 없는 선택을 내린 것으로 비치긴 했다.

 '그런 것 따위야 내가 신경 쓸 바 아니지.'

 이유가 무엇이 되었든 간에. 연우는 절대 그냥 넘어가지 않을 생각이었다. 적이 되었다면 그저 적일 뿐이었다.

 [아가레스가 음흉한 미소를 지으면서 당신을 바라봅니다.]
 [아가레스가 더 큰 힘을 제안합니다. 복수를 위해서는 더 강한 힘이 필요할 것이라고 유혹합니다.]
 [아즈라엘이 기대에 찬 눈빛으로 당신을 바라봅니다.]

 [아테나가 슬픈 시선으로 당신을 바라봅니다.]

[헤르메스가 침묵에 잠깁니다.]

[신의 사회, '올림포스'가 아무런 반응을 보이지 않습니다.]

[포세이돈이 날카로운 눈으로 당신을 직시합니다.]

그리고.

파스스—

라나는 마지막으로 할 일이 모두 끝났다는 듯. 남아 있던 사체도 모두 잘게 바스러져 사라졌다.

목걸이만이 힘을 잃고 아래로 천천히 떨어졌다. 연우는 정신을 차리자마자 얼른 손을 뻗어 목걸이를 잡아챘다.

[퀘스트가 생성되었습니다.]

[서든 퀘스트 / 케토의 한]

내용: 옛 바다의 신, 케토는 자신의 사도를 죽인 포세이돈과 그의 사도, 벤티케에게 강한 원한을 품고 있습니다. 하지만 케토는 힘의 상실이 큰 나머지 포세이돈에 항거할 수가 없는 상태입니다.

하지만 그는 오랜 기다림 끝에 한 가지 방법을 찾아냈습니다.

케토의 의지에 따라 지금부터 포세이돈의 사도들을 척살하십시오. 퀘스트를 진행하는 동안, 케토는 당신에게 사도에 버금가는 축복과 가호를 내릴 것입니다.

제한 시간: 무제한
보상:
1. 케토의 신물
2. 케토의 가호
3. 케토의 권능

퀘스트창과 함께 다른 메시지도 줄지어 떠올랐다.

[퀘스트의 원활한 진행을 위해 첫 번째 보상이 미리 주어집니다.]
[케토의 신물, '해수 부적'을 획득했습니다.]

화아악!
연우가 쥐고 있던 목걸이가 갑자기 환한 빛을 발하더니,

부식되었던 부분이 복구되면서 잃어버렸던 광채를 드러내기 시작했다.

아무래도 케토가 목걸이를 신물로 지정하면서 생긴 변화인 것 같았다.

연우는 용마안을 활짝 열어 목걸이를 살폈다.

[해수 부적]
분류: 목걸이
등급: 신물
설명: 옛 바다의 신, 케토가 얼마 남지 않은 자신의 신력을 모아 부여한 신물이다.

케토는 여러 괴물들의 시조(始祖)로서, 이 신물을 착용하고 있는 동안에는 여러 해왕류와 해수류를 마음대로 부릴 수 있는 권한이 주어진다.

또한, 바다의 기억을 읽어 원하는 정보를 찾아내는 데에도 쓰일 수 있다.

단, 부여된 신력에 한계가 있어 신력이 바닥 날 경우 신물로서의 가치를 잃어버리게 된다. 완전한 신물이 되려면, 주어진 퀘스트(라나의 한)을 완수해야만 한다.

* 바다의 왕

해왕류와 해수류에 마인드 컨트롤을 걸어 뜻대로 조종한다. 단, 이때 대상의 체급과 등급에 따라 소모되는 마력량과 성공 확률이 크게 차이가 난다.

* 바다의 노래

바닷속에는 수많은 기억들이 떠돌아다닌다. 그중 특정 대상을 쉽게 찾을 수 있다. 바다 위에 있다면, 특정 물건에 대한 추적이 손쉬워진다.

'이 신물, 라나를 28층의 지배자로 만들어 줬던 물건이야.'

동생도 탐내 했을 정도로 뛰어난 물건이었는데. 해왕류와 해수류를 다루는 것만 하더라도, 망자의 강에서는 적을 찾아보기 힘들 정도로 강해질 수 있었다. 물론, 사용에 한계도 따를 수밖에 없겠지만. 그래도 연우에게는 이런 것을 얻었다는 사실만으로도 큰 힘이 되었다.

그만큼 포세이돈에 대한 케토의 원한이 하늘을 찌른단 뜻이겠지.

연우도 더 이상 포세이돈과 돌이킬 수 없는 강을 건넜다는 사실을 알고 있었다. 그렇다면 이쪽이 먼저 선수를 치는 것도 나쁘지 않았다.

연우는 목에다 해수 부적을 걸었다. 목걸이에 박힌 루비는 검은 마장과 어울려 붉은빛으로 요사스럽게 반짝였다. 신물에 어려 있던 신력이 체내로 일부 스며드는 게 느껴졌다.

[신력이 숨겨져 있던 신의 인자와 반응합니다.]
[신력이 강화됩니다.]

연우는 한껏 차오르는 힘을 갈무리하면서 고개를 위로 들었다. 케토 신이 준 힘은 잘 애용할 참이었다. 다만, 퀘스트를 재확인하던 중에 조금 걸리는 점이 있었다.

'그런데 이건 무슨 뜻일까? 사도 '들' 이라고?'

분명 연우가 알기로 신이나 악마가 점지할 수 있는 사도는 한 명밖에 없었다.

신의 뜻을 받드는 신관이나 사제는 여럿이 될 수 있을지언정, 뜻을 대변하는 집행자는 한 명밖에 두지 못한다. 사도는 곧 신과 악마의 화신이나 마찬가지이기 때문이었다.

'부딪쳐 보면. 무슨 뜻인지 알겠지.'

연우는 그렇게 생각하면서 신물에 걸려 있던 옵션을 작동시켰다. 먼저 벤티케가 어디에 있는지부터 확인할 참이었다.

우우웅—

연우는 시야가 두둥실 떠오르는 듯한 느낌을 받았다. 망자의 강을 둘러싼 잿빛 풍경이 안눈에 들어왔다. 마치 신이 하계를 굽어보듯이. 드넓은 망자의 강을 따라 펼쳐지는 수많은 사건들이 속속들이 눈에 박혔다.

그중 하나가 포착되었다.

물살을 가르는 백여 척에 가까운 거선들. 녀석들의 돛에는 하나같이 포세이돈을 상징하는 삼지창의 문양이 그려져 있었다. 벤티케가 이끈다는 클랜, 트리톤이었다.

그런데 녀석들이 빠르게 움직이는 방향이 어딘지 모르게 연우에게 낯이 너무 익었다.

녀석들에게서 얼마 떨어지지 않은 곳에 연우가 타고 있던 유령선이 보였다.

'설마?'

연우의 눈이 살짝 커졌다.

벤티케가. 이곳으로 다가오고 있었다.

〈다음 권에 계속〉

E의 탄
ETAN

ORIGINAL FANTASY STORY & ADVENTURE

쥬논 판타지 장편소설

〈흡혈왕 바하문트〉, 〈샤피로〉, 〈하라간〉을 잇는
쥬논의 사대신수 시리즈, 그 마지막 이야기!

혹독한 훈련을 받고 가문을 위한 희생양으로서
다른 차원으로 보내진 이탄.
듀라한으로 다시 태어난 그는 신관이 되어
본래 세계로 돌아갈 방법을 찾기 시작한다.

dream books
드림북스

DREAMBOOKS

DREAMBOOKS★

DREAMBOOKS

DREAMBOOKS